山东理工大学人文社会科学发展基金资助出版

赵德发
创作论

王晓梦 著

中国社会科学出版社

图书在版编目(CIP)数据

赵德发创作论／王晓梦著 . —北京：中国社会科学出版社，2016.5
ISBN 978 – 7 – 5161 – 8061 – 7

Ⅰ.①赵…　Ⅱ.①王…　Ⅲ.①赵德发—小说创作—文学创作
研究　Ⅳ.①I207.42

中国版本图书馆 CIP 数据核字(2016)第 084386 号

出 版 人　赵剑英
责任编辑　周晓慧
责任校对　无　介
责任印制　戴　宽

出　　版　中国社会科学出版社
社　　址　北京鼓楼西大街甲 158 号
邮　　编　100720
网　　址　http://www.csspw.cn
发 行 部　010 – 84083685
门 市 部　010 – 84029450
经　　销　新华书店及其他书店

印　　刷　北京金瀑印刷有限责任公司
装　　订　廊坊市广阳区广增装订厂
版　　次　2016 年 5 月第 1 版
印　　次　2016 年 5 月第 1 次印刷

开　　本　710×1000　1/16
印　　张　12.75
插　　页　2
字　　数　273 千字
定　　价　48.00 元

序

李掫平

作为中国传统文化的重要源地，齐鲁文化源远流长，有力地托举着山东文学的发展。根植于这片文化沃土，山东文学文脉昌盛、人才辈出，在新文学发展史上，一大批山东优秀作家活跃于中国文坛。尤其是新时期以来，山东文学以其鲜明的思想艺术特色，成为中国文坛一支重要的力量；同时也涌现出了一批代表性作家，受到了文坛的广泛关注。2011 年，山东省作协主席张炜的《你在高原》和山东籍作家莫言的《蛙》同时获得第八届茅盾文学奖，极大地提升了山东文学的影响力；2012 年，莫言更是走向国际舞台，获得了诺贝尔文学奖，更显示出山东当代文学的深远影响。

从有影响力的作家作品里可以看出，山东作家的创作一直表现着对文化的深度思考，呈现着对人性的深刻表达。而齐鲁大地的广袤乡土，又给予作家们丰富的民间和乡土写作资源，于是，在齐鲁文化的伦理道德与精神立场之上，书写民间，书写乡土，使得山东作家的民间性成为文学传达的一种强力精神资源。

赵德发先生是新时期山东文学较有成就和影响的作家。他的书写自觉地传承了齐鲁文化的精神资源。从他早年的《通腿儿》的乡土风致，到"农民三部曲"的厚重乡土情结，再到新近的《乾道坤道》的宗教文化沉思，赵德发先生的写作呈现了齐鲁文化的丰富与深度。现在，身兼省作协副主席的他依然笔耕不辍，身体力行地传达着他执着的文学理想。

可以说，赵德发先生是中国当代乡土的真诚歌者。赵德发先生说，土地和农民能引起他最为持久、最为深沉的创作冲动。这种创作取向是由他作为农民儿子的血质决定的，所以他一直执着地把自己定位于一个以描写土地为己任的作家。农民情结就成为赵德发乡土小说建构的重要支柱。从早期的《通腿儿》开始，在之后的《樱桃小嘴》《断碑》《窖》《止水》《小镇群儒》《回炉》等中短篇小说中，他切开了乡土的内在肌理，为我们展示出历史行进过程中的乡村变迁；他以出自心灵深处的文字，切中乡村大地上生存着的乡民的灵魂之根，为我们呈现出丰富的乡民内心世界和生活图景。

赵德发先生对他生活过并眷顾着的乡村一直持有温情的注视与回望；对生活在他笔下的乡村普通乡民的心理活动、行为方式、现实苦难、生存困境充满了温情与悲悯，这使他的文字总能触及乡土与乡民的精神核心层面。为了在日常描叙所展现的叙事空间中呈现出深沉的乡土情怀，赵德发站在为他的乡土立传的写作立场上，开始了艰难的深入探寻，他深入乡土的文化肌理去发掘中国乡土的根脉。尤其是在商品经济大潮扑面而来的背景下，旧时的乡土面对着剧烈的社会、经济、文化变迁，文化层面的坚守似乎被时代文化所强行扭转和撕裂。从传统走向现代，这是现代化带给乡土中国和中国农村大地上生活着的农民的深刻转变。面对乡土的历史剧变，赵德发先生雄心渐生："要用三部长篇小说也就是'农民三部曲'的形式，全面而深刻地表现农民在二十世纪走过的路程，写一写他们的苦难与欢欣、他们的追求与失落。"在赵德发看来，农民的精神形象在历史的动荡之中是动态的、发展的、变化的，传统意义上的农民不久将不复存在，于是他力图在"农民三部曲"叙写中将近一个世纪以来农民的生存状态、精神追求和心灵变异给予全景式的呈现。"农民三部曲"对土地、道德和权力的聚焦确实表现出立足于农民生存现实的"倾向性"，而这些问题又是中国社会的历史症结，是中国摆脱现代性危机、构建和谐社会、走向生态学时代无法回避的障碍。赵德发先生的思考因而超越农业文明的单向视野，敞开了对中国乃至人类生存的历史性考察。他把自己对历史与现实的忧思融入村落、家族和个人命运的深度探幽和精微呈现里，努力实践自己的文化伦理重建使命。所以，"农民三部曲"显示了宏大叙事和文化整体性的自觉追求。他以贮满痛惜的文字为他的乡土立传，书写那些渐渐老去的传统农民、渐渐败落的传统乡村和渐渐失去的土地，这是他多年来看农民、写农民的思想结晶，既是他以温情对日渐式微的乡村文化命运的挽唱，更是他对中国农民问题的个人式确诊，具有重大的理论意义和现实意义。

但赵德发先生总是以他的意外之笔给我们带来新的惊喜，给文坛带来新的风度。承接着"农民三部曲"中表现儒家文化的《天理暨人欲》（又名《君子梦》），他又把笔融深入佛、道文化，为我们献出了《双手合什》《乾道坤道》两部宗教题材的长篇小说。《双手合十》被称为中国内地第一部全面展现当代汉传佛教文化景观的长篇小说。小说以佛门寺院为主要叙事空间，反映了市场经济和世俗化浪潮对僧俗两界的影响，旨在弘扬以理想对抗世俗，以精神对抗欲望，修持自身、净化心灵的人生蓝图，在僧俗两界面临的共同困境中，正视问题，审视生活，追问终极意义，蕴含着关于生存意义与人生境界的独特思考，直指人心，明心见性。《乾道坤道》是当代第一部全面反映道教发展和道士生活的长篇小说。小说以传统道教与当代生活的相互渗透、道教文化与现代科学的彼此对照作为线索，追问人生的意义和存在的理想境界，对人类社会的发展方向和人类的生活目的发出质疑，对宇宙间自然科学无法解释的现象给出另外的思考路径。小说以细腻的日常生活与宏大的文化视野互为镜像，勾勒出人类在漫长的精神和生存探索中经历的考验，付出的艰辛，以及不断的超越。这两部宗教题材长篇小说在当代中国文学史上的意义重大，不仅体现了赵德发先生对宗教文化的深厚积淀，以及对神学思想的深刻领悟，对生命存在的独特思考，而且显示出他对长篇小说叙事艺术执着的探索和创造能力。

本书的作者王晓梦是我的学生，这是他的第一本学术专著。他一向是个感性的阅读者，对作品的内在蕴涵常常会有发自内心的情感共鸣之后的敏锐把握。他喜欢以感性的阅读感悟介入对所阅读作家作品的评论之中，从而使他的评论文字少了些许学理化的清冷，多了散文般的情蕴流动、思绪纷飞，仿佛是与作者、作品相对娓娓而谈，进行着真挚的情感交流。在这本研究专著中，晓梦表现着他惯有的风格，他以自己的乡村生活经验接通了赵德发先生的乡村经验，他以自己的乡村情感感受着赵德发先生的乡村情感，注视着赵德发先生的小说所表现的乡村生活场景，乡村的人和事，乡村的历史变迁，从而在他的研究中思考着乡土的

序

丰富文化与厚重历史蕴含。因而，这本专著的研究视野尽管不算宏大，却也能知微见著地深入小说的创作肌理中，以灵动的批评研究有效地拓展了赵德发先生作品表情达意的丰富性。晓梦的批评文字理性中时见诗意的闪现，让这本学术专著带着散文般的行文风致，显出的是文字的生动灵性，而不至于都是理论的滞重。

　　有了好的开头就会有良好的未来发展。希望晓梦在这本专著的基础上未来能在学术研究领域有新的更大的发展与拓展。我相信我的这一期待不会落空。

2014 年 12 月 8 日于济南

赵德发创作论

目　　录

赵德发创作论

第一章　守望乡土的灵魂

一　乡村经验与当下乡土小说

如果说有哪一处地方，因其深厚的历史传统而拥有厚重的精神品质，给予无数行走在人生路途中的人们内心无形却又无处不在的影响，让他们时时回眸凝望，流连眷顾却又无奈长叹。我想，这一定是乡村，是每一个行走在人生路途中的人心中所守望的故土。即使时代变迁，他们曾经的故园不在，可是，那弥漫在记忆中的乡村氛围、情调，乡间的阡陌田塍、桑麻旧事，农家的鸡犬相闻、朝夕炊烟，依旧时时给他们带来心灵的慰藉。他们也以心灵感应和召唤着永远古老而又清新在目的乡村，常常在笔墨之间营构出迷人的田园诗意，追寻着哲人的脚步，盼望着能够"诗意地栖居在大地上"。

但是，诗意总是更多地存在于想象和追思中。田园梦幻更多的是中国传统文人在仕途坎坷、心灵疲惫之后无意识寻找的想象性憩园。当农业文明不可避免地朝工业文明转向时，两种文明的激烈冲突使人们终于从田园梦境中惊醒，乡村终于从一个相对宁静的身心寓所步入了现代性的路途。乡土小说也就成为 20 世纪中国文学现代性追求中的一个重要叙事范畴。从五四新文学开始，乡土小说经过一个世纪的发展流变，越来越丰富着自身的美学风范。无论是五四启蒙时代对乡村的苦难表达，还是革命时代对乡村美好未来的想象式展望；无论是新时期改革之际的乡村风气，还是世纪末与新世纪来临时多元文化影响下的乡村变迁，都深刻地融入了乡土小说作家们的不尽探求。

在乡土小说建构并确立起其独特审美形态的过程中，乡村经验无疑是乡村小说叙事的一个核心支点。从乡土转移到城市是多数乡土小说作家相似的人生历程，所以基于乡村经验而认同乡土、认同农民使他们的文字里充满了亲切深沉的乡土感。对于乡土小说作家而言，乡村是他们共同的、熟悉的世界。即使地域的不同使他们的作品常常显现出不同的地域风情，乡村也依旧是他们共同的文化经验和文化情感世界，所以他们的作品总会被评论者赋予一个共同的"地方特色"或"地方情调"的特征。于是，我们从鲁迅的乡村叙事中看到他的故乡生活和江浙地方风俗，从废名、沈从文的乡村叙事中看到他们各自故乡的美好人性。萧红的呼兰河，芦焚的果园城，周立波的"茶子花"，赵树理的"山药蛋"，孙犁的"荷花淀"，无疑都成为中国乡土文学史的经典记忆。新时期以来，汪曾祺的高邮水乡，林斤澜的"矮凳桥"，路遥、贾平凹的西部乡土，迟子建的东北原野，李杭育的葛川江，莫言、张炜、赵德发等人的齐鲁厚土……不同的地域风情，在中国的版图上呈现出以"地方特色"为共同特征的乡土小说新的经典言说。作家们常常身处他乡，却心怀曾经生长生活的家园故土，以自我的乡村经验叙写了记忆中的乡村。尽管落后甚至蒙昧的生活现象依旧无法从乡村生活中抹去，但那些乡村经验却真实地表现着中国乡村的个性精神。在世纪末现代化与市场经济大潮的多元文化激荡中，作家和读者再一次于"乡关何处"的怅惘中重温着记忆中的故园乡情。

这种乡村经验和记忆也必然成为乡土小说中不能抹去的"乡愁"底蕴。

就乡土而言，其本身就天然指涉着对一方水土的情感眷顾。而"乡土中国"的"中国形象"也使现代以来的知识分子自觉地融入了这种乡土情感之中，在"古道西风"的人生路途中，"小桥流水"也就成为离开家园走向异地的人们无尽乡愁的原型性情结。所以从情感层面上看，乡土之所以成其为"乡土"，正是内心贮满了乡愁和漂泊感的人们的频频回顾使然，是他们离开之后的"反观"和精神流连。生于乡土而终老于乡土的乡下人是无法生成乡愁体验的，它只是离乡游子恒定的情怀。所以从某种意义上说，作家的乡土想象及其执着叙写的乡土小说，在某种程度上都是思念乡土的一种替代性满足，是精神返乡的结果，更是对郁积于胸怀的乡愁的抒发。乡土想象以及蕴涵其中的乡愁理念其实永远都属于离乡者。因而，那些因为对乡村苦难的情郁于中，那些由于从此乡不可归的感伤低回，以及因乡村的纯真不再且逝不可追而弥漫起来的忧伤，也就成为乡土小说引起读者诗意情怀的"乡土想象"。

但我们发现，一方面，随着现代化进程的日益加快，尤其是 20 世纪 90 年代以来，工业化、城市化进程的加速导致城乡差别日益明显，大众传统视野中的乡村生活渐渐远去，乡村越来越频繁地被演化为城市人想象中落后与贫穷的代名词，或是他们被钢筋水泥束缚着的身心需要放松时外出游玩的去处，或作为他们体验城市之外生活的观赏景点。因此，20 世纪 90 年代以来的乡土小说很难再有现代时期京派乡村小说作家以缅怀旧梦的深情抒写的诗意乡村，也很难再有 80 年代汪曾祺、刘绍棠、李杭育、贾平凹、张炜等人笔下的乡野温馨。另一方面，20 世纪 90 年代以来，随着中国社会经济的加速发展，市场经济日益改变着人们的生活观念，以市民为代表的大众文化和消费主义文化逐渐成为多元文化时代的中心。于是，在消费主义文化的影响下，都市文化及城市生活越来越多地占据着叙事空间，乡土似乎渐渐淡出了消费社会的文学热卖场。最明显的表征是：90 年代以来，从新写实、新现实主义再到新人类等被学界以"新"命名的文学现象成为言说的中心，与文化思潮中以"后"命名的各种文化思想现象一起，构成了 90 年代以来最为炫目的文化风景。乡土小说在这一文化转型时期的影响式微，并且在主题和情感方面都表现出复杂性。

这种复杂性究其原因是新世纪商品经济和城市化进程的快速发展所引发的乡土叙事疆域的拓展，于是乡土小说逐渐展露出新的"乡土经验"。这同时也是不同于既往的陌生的历史感受与体认。作家李洱说："中国作家写乡土小说是个强项，到今天，我认为有必要辨析一下，现代以来的乡土写作传统，对我们今天的写作、对我们处理当下的乡土经验，有什么意义。也就是说，怎么清理这些资源，然后对现实做出文学上的应对，我感到是个重要的问题。"①这也是当下乡土小

---

① 丁帆：《中国乡土小说生存的特殊背景与价值的失范》，《文艺研究》2005 年第 8 期。

说作家们共同面临的重要问题。对此，著名学者丁帆做了深入的剖析，指出让作家们感到最为困惑的"乡土经验"的重构问题主要有三个方面："一方面历史环链的断裂，使他们在面对现实和未来时，失却了方向感；另一方面面对从未有过的新的乡土现实生活经验，他们在价值取向上游移彷徨；再一方面就是可以借用的资源枯竭，作家需要自己寻找新的思想资源和价值资源。"① 对"从未有过的新的乡土现实生活经验"的捕捉，其所需要的认识力和想象力已大大超出了中国乡土叙事近百年来所形成的传统。在当下社会进程所表现出来的经济大潮和"城市化"的经济时代历史图景中，作为乡村文明承载者和社会弱势群体的农民，在还未来得及完成自身文化人格的现代性改造之前，就在乡村文明与城市文明的历史冲突中，承受了时代历史剧变过程所加诸给他们的全部苦难。当下的农村生活图景及农民面对日益错综复杂的社会文化而无所适从背后深广的精神痛苦，也就有着沉郁的乡土文化色彩。新世纪中国社会现代性转型中的"农民进城"及乡土变迁的现实生活经验，尚未在乡土小说家的乡土叙事中得到深入发掘和系统整合，还处在繁杂、零乱与无序之中。对既有的现代以来的乡土小说写作传统而言，这些都还是一种陌生的乡土经验。寻找新的思想资源和价值观念资源，敏锐地洞察历史前行中的幻象与本相，将这种陌生的乡土经验化为有别于此前任何历史时段的乡土叙事，正是新世纪前后乡土小说获得内在新质的重要所在。

同时，新世纪前后乡土小说的叙事领域也表现出新的拓展。面对经济大潮和城市化的进逼，乡村世界的自然生态和传统伦理生态渐渐成为乡土小说新的叙事领域。自 20 世纪 90 年代以来，以"生态"为书写对象和主题的文学，相对于其他文学艺术品种而言，还是很年轻的文学样式，其学术命名至今未能达成共识。在繁多的命名中，有"大自然文学""自然取向的文学""大地文学""公害文学""绿色文学""自然书写""环境文学"等指认方式，而最为常见的称谓是"生态文学"。就其理论形态方面的取向而言，生态文学以具有反人类中心主义色彩的生态整体主义为思想基础，以生态系统整体利益为最高价值，揭示出生态危机及其社会根源，批判纯经济主义，抨击人类对自然的征服和掠夺，倡扬生态忧患意识和责任，重新审视和表现人与自然之关系，倡导人与自然和谐共存，描述回归自然的浪漫。这些叙事理论主张契合了乡土小说家在广大乡村世界因经济主义和城市化进程而被侵扰、侵蚀甚至掠夺时内心强烈的忧患意识。他们一方面期待乡村能在新的社会时代变迁中展现出新气象，以新形象带给他们曾有的乡村诗意想象；但另一方面，却不得不面对被经济主义和城市化冲击得千疮百孔、诗意全无的乡村现实。他们这种矛盾交织的心境使新世纪前后的乡土小说叙事表现出情感与主题的复杂性。

特别应当指出的是，对于当下的许多年轻作家来说，"乡村经验"并不充分。他们多数通过上大学等途径离开了从小生活、生长的乡村，但是由于成长过程中一直与时代文化的剧变相一致，改革开放以来物质生活的丰厚以及现代化之后都市文化的发展都淡化了他们对城市的向往。因而，这些年轻作家的乡村经验有一定的模糊感，甚至是与真正的乡村传统相悖的。他们更多的是由于走入城市之后很快融入都市文化而渐渐远离乡土文化。虽然他们的乡土小说也许仍然会在心灵层面上偶尔感受到消费主义文化的逼迫感而表现出漂泊与回归的审美指向，但反叛与眷恋的矛盾却始终无法消解，所以面对曾经的乡土，他们的情感面临着困惑与选择的两难。正如马平在《我的另一个乡村》中所说："说到关于乡土的写作，好像总是离不开'乡村经验'。就是说，我已经从乡村撤出，那些乡村生活已经退到身后，像昨天的夕阳一样悬挂在记忆的天幕上。不是么，今天，在我们面前，高楼林立，浮华遍地。……与一直在乡村的黑夜里摸爬滚打的经历相比，城市的霓虹灯下的那些'乡村经验'往往更像那么回事。""我有了一点教训，开始正视自己的乡下人身份，也就是说，正视自己的'乡村经验'。我这才注意到，我那一双炫耀的皮鞋，底下沾满了乡村的泥。我一步一步走回记忆的乡村，并在现实的乡村驻足。""我们或许需要生长庄稼的乡村才是真实的，但乡村生长梦幻，梦幻改变乡村，这也是真实的。"从这些充满悖论的话语中可以看出，对年轻一代来说，乡村经验所带给他们的只是一个曾经的乡下人的生活经历，这些经历很难带给他们以往乡土小说曾强烈表达的文化乡愁。相反，他们日益沉浸于当下文学的世俗流变中。而且，在当下的乡土经验中，作为"他者"的城市是进城农民爱恨交织的巨大存在。不论是否定性的还是肯定性的，在关涉农民进城的乡土叙事中，城市始终"在场"。那些浑身散发着泥土气息的乡民，被看不见而又无处不在的历史之手牵引到这人造的地狱或天堂里来，在"现代"的熬炼中，艰难地剔除深入骨髓的泥土气息。在城市挤压和改造农民与乡村的时候，乡土叙事也似乎被城市叙事改造了，至少城乡叙事的界限在"农民进城"的文学叙述中，变得不那么清晰了。

因而，在复杂的"新世纪"文化语境中，当下的乡土小说敏锐地感应到中国现代转型的社会律动和历史阵痛，以忧患的目光注视着人们在经济大潮的追逐中所造成的生态危机，在承继现代乡土叙事既有领域的同时，将叙事疆域扩展至"农民进城"和全球"生态"上，从而突破了中国乡土小说既有的现代性叙事格局。显然，如此宏阔的叙事视域，需要更加敏锐的洞察力和更加丰赡而深邃的思想，当然也需要具有面对当下和指向未来的更加多元的价值选择。这就是说，从乡土叙事疆域的扩展、"乡土经验"的重新整合到思想和审美的多种选择，新世纪中国乡土小说面临着前所未有的挑战。

二 赵德发：为乡土立传

乡土是一种论述，它总是指涉着乡土的过去和现在，指涉着写作者的身份及他曾经的离开与眷顾情怀。借此，上文对乡土小说的创作情态的玄览也就成为我对赵德发先生乡土写作者身份的首要确证。在他的乡土写作中，乡土无疑是一种话语的话语：乡土与作家的对话，乡土与乡民的对话，乡土与离乡者和城市的对话。于是，他的乡土小说就成为乡土历史的当代镜像。

赵德发说，土地和农民能引起他最为持久、最为深沉的创作冲动，这种创作取向是他作为农民儿子的血质决定的。赵德发出身农民，在蒙山沂水的孕育中成长，丰富的沂蒙生活记忆，10 年的乡村教师生涯，8 年的基层干部经历，使他对农民有一种天然的同情，也获取了大量的农民生活信息。更为重要的是，赵德发一直自觉地认识到他"是农民的儿子，同时也是一个以描写土地为己任的作家"。

　　所以，农民情结就成为赵德发乡土小说建构的重要支柱。从早期的《通腿儿》开始，在之后的《樱桃小嘴》《断碑》《窨》《止水》《小镇群儒》《回炉》等中短篇小说中，他总是能切开乡土的内在肌理，为我们展示出世纪行进过程中的乡村变迁。他总是以源自心灵深处的文字，切中乡村大地上生存着的乡民的心理之根，为我们呈现出一个丰富的乡民内心世界和生活图景。他对他曾生活并一直眷顾着的乡村始终在温情注视与回望，对生活在他笔下的乡村普通乡民的心理活动、行为方式、现实苦难、生存困境充满了温情与悲悯，这使他的文字总能触及乡土与乡民的精神核心层面。

　　赵德发始终以自己敏锐的洞察力和深邃的体悟能力，关注着自古以来匍匐劳作在中国乡土大地上的农民深重而悲苦的历史命运及其担负的社会、人生重压。他笔下的农民，比如狗屎女人和榔头女人、捉癞蛤蟆的老汉、老木墩、金大头、封大脚、许正芝、吕中贞等，就像西西弗斯一样，进行着一次又一次的伟大劳作，循环往复，无穷无尽。作为一种悲剧的象征，它是广大农民苦难、酸辛、窘困命运的写照；而作为意志的昭示，它又是广大农民不屈、韧劲、质性的象征。短篇小说《通腿儿》作为作家早期的成名之作，以北方寒夜睡觉"通腿儿"这种独特的生活方式写出了农民悲剧命运的强烈质感和意志不泯的韧劲。狗屎和榔头从小通腿儿，狗屎的爹妈通腿儿，榔头的爹妈通腿儿，狗屎和榔头娶了媳妇隔着一道墙还是通腿儿，后来狗屎、榔头参军抗日，狗屎战死，榔头进了大城市，两人的媳妇又通腿儿，直到老死。他们的祖祖辈辈就是这样重复着相同的生活，生生不息。她们无怨无恨，不悲不喜，共同承受着失夫、丧子的创痛，忍受着生活的窘迫和社会的挤压，并把温情关爱传达给对方。就人生而言，人人都需要物质生活的丰盛、性爱生活的饱满和精神生活的充盈。可是，这些通腿儿的理想人生在哪里？就是在如此悲苦的人生中还有那么多的"温情"和"关爱"，在如此矛盾的窘困中，来历练一个人最卑下和最伟大的自我救赎的人生。

　　书写乡土，从乡土的日常叙事入手无疑最能深入乡村的灵魂，最能深入农民最本质的心灵深处。"从某种意义上说，现代小说是对日常生活的奇迹性的发现。在那些最普通、最平凡的日常生活中小说找到了它的叙事空间。"① 赵德发在这样的日常生活中为我们呈现出带着独特韵致的农民生存图景。《秋水》中，老汉一生打蟾酥，年轻时的青春悸动，失意时的彻骨伤痛，年迈时的灵魂救赎，这些情景都是一幕幕普通农民的日常生活图景，却串起了一段岁月和一个普通农民的人生历程。《好汉屯的四条汉子》《奇女村的四位女子》《赶喜》以及《沂蒙山的花瓣》等作品，则以一种为乡村人物立传的手法，把重点放在形象塑造和风土人情的展示上，故事情节不枝不蔓。家长里短，邻里之间，人物品藻，或知人论世，或见微知著，点滴日常细节之间尽显人物品性与民间百态。

　　日常生活里不只是乡民们的生存状态，还容括着他们内心的苦乐和他们的精神诉求。《蚂蚁爪子》很深刻地表现了这一点。蚂蚁爪子是北方无文化农民对文字的称谓，它暗示着学习的艰涩和农民对掌握文化的欲求。生活的磨难和工作窘困，使老木墩对文化知识的渴求无比强烈，他甚至认为，要真正掌握文化知识就要改变"人种"。所以老木墩在恐怖的"文化大革命"中，硬是让儿子皮缏找了一个地主的"瘸把"女儿。果然孙子尼龙考上了大学，然而播下的是龙种，收获的却是跳蚤。小说以此结局，颇耐人寻味。它不只是一种简单的社会批判，更是在述说一种西西弗斯式的集体无意识的宿命人生——既是西西弗斯不朽精神的展现，又是一种无可奈何悲剧的轮回。应该说，赵德发的农民小说创作篇篇都具有独特的视角和深刻性。《杀了》写老蜗牛卖猪，屠户不给钱，人格又被侮辱，一怒而杀了买主邢屠子。这是新形势下一种社会矛盾的突现和人性不可侮的展示。《实心笛子》和《琴声》则是对真、善、美的渴求，对优美和魅力的展现。婉转悠扬的笛声，使"梁彻底惊呆了"（《实心笛子》），笛声"轻轻的、悠悠的，恰是这一院子的月光……让关明慧感到心里发疼"（《琴声》），它是"上帝"向虔诚"羔羊"传来的天籁圣音，是人人都有的精神需求和对美好的殷殷向往。

　　① 林建法、徐连源：《中国当代作家面面观——寻找文学的魂灵》，春风文艺出版社2003年版，第316页。

但是，乡土会随着时代的进程发生变化，乡民们原有的生活样态也会在时代的进程中被打破。当他们的视界不再局限在生于斯长于斯终于斯的家园时，内心便会因时代文化的影响而波澜起伏。《青城之矢》中，郭全和与小蒜、周红英与刘老师，虽然在茫茫城市里做着低下的拾荒工作，他们的生存处境和生活状态比之于乡下农村并没有多少改变，但是城市生活还是打开了他们的视野，让他们开始思考自己想要的生活，开始思考婚恋家庭与社会现实等原本似乎和他们不太相干的事情。于是，在城市里经历了生命的悲欢之后，他们漂泊的生命才真正有了成长与成熟的人生状态。同样，《嫁给鬼子》似乎在考问主人公高秀燕的灵魂。金钱的诱惑和道德、情感的制约，让高秀燕处在一个"二律背反"的矛盾窘境中，接受着"灵"与"肉"的双重考问。然而，作家不仅仅是为了揭示，更重要的是批判，是要告诉读者，人不是只有物质利益的追求，道德、情感、意志、精神才是人的主要追求。卡西尔在《人论》中谈道："人被宣称为应当是不断探究他自身的存在物——一个在他生存的每时每刻都必须查问和审视他的生存状况的存在物。人类生活的真正价值，恰恰就存在于这种审视中，存在于这种对人类生活的批判态度中。"[1] "所有那些从外部降临到人身上的东西都是空虚的和不真实的。人的本质不依赖于外部的环境，而只依赖于人给予他自身的价值。财富、地位、社会差别甚至健康和智慧的天资——所有这些都成了无关紧要的。唯一要紧的就是灵魂的意向、灵魂的内在态度；这种内在本性是不容扰乱的。"[2] 在小说中，高秀燕选择的艰难及犹豫，对恋人吴洪委的无限愧疚，其父母羞于见村中人，更羞于见吴家的人，全村人对高秀燕选择的不敢苟同等，都说明人的"良心"未泯。这一切都是对高秀燕"背弃"爱情及灵魂以"哀其不幸，怒其不争"的深刻批判。马可·奥勒留·安托尼努斯说："事物并不对灵魂起作用，因为它们是外在的并且始终是无动于衷的；而我们的骚动不安则仅仅来自于我们自身中所形成的那种判断力。你看见的所有那些事物，都是瞬息万变并且将不再称其为所是的；要牢牢记住你已目睹了多少这样的变化。宇

第一章　守望乡土的灵魂

---

①　卡西尔：《人论》，上海译文出版社 1997 年版，第 8 页。
②　同上书，第 5 页。

宙——变动不居，生活——做出判断。"恐怕这就是人是什么，我是谁，以及赵德发《嫁给鬼子》中审美意蕴的全部深刻。赵德发创作这篇小说有自己的理性思考，其目的就是在"考察"和"试验"的经济大潮下，广大农民价值取向的位移。

在赵德发的短篇小说中有相当一部分是反映农村民办教师题材的。虽然这个群体在当下已经渐渐成为历史记忆，但是，赵德发却能够在日常生活的细枝末节中让我们重回历史，在乡间的日常生活中细细体验乡村民办教师们的苦乐生活。在这些作品里，他们在农村的尴尬处境以及他们所面对的来自工作和生活的沉重负担都被作家细致入微地表现出来。民办教师作为农民与教师身份的混合体，在现实生活中确实面临着角色定位的困惑。用《闲肉》中金囤老婆的话形容："民办教师呀，就在那油水中间浮着。"作为乡间知识分子，他们的知识贮备需要提高，而作为典型的农民，他们又离不开土地。低下的待遇使他们生活艰难，而对身份被承认的渴求又迫使他们必须坚持下去。《圣人行当》中李传嵯的工资不够买一袋化肥，自己教学成绩在全乡名列第一，却连张奖状都没有，他顺手从会场拿了六块砖。当自己好不容易转为公办教师后却遭遇家庭的巨大变故。妻子因为儿子对于"农转非"的异议而自杀身亡。小说写出了民办教师的艰辛，也写出了他们的困惑。《小镇群儒》中的各色人等为了各自的利益或不择手段或沉浸在幻想之中。樊家兴的"喜新厌旧"让我们看到教师身上的道德缺失；秦小建的曲线调动以及聂聂的艺术堕落让我们看到，这些知识分子身上有的是生命的委顿和琐屑，找不到任何希望所在。

《别叫我老师》这篇小说在同类题材中尤为独特。作品以人物小传的方式对人物展开塑造，并以第一人称的叙述视角结构文本，小说营造的艺术真实得以强化。作家以一种博爱的胸怀看待自己过去学生的不同人生经历，并反省自身的文人意识。作家在这里已经放弃了启蒙意识，俯身注视平凡乡民的生命世界，关注他们的日常生存状态。白云苍狗，物是人非，对作家来说，学生卢自动、盛大叶等人已经有了迥异于自己学生时代的坎坷人生，而自己灌输给他们的理想也在强大的现实面前显得苍白无力，"不甘于平庸，不流于世俗"这十字训导成了13年前的美好回忆。现实对于人的精神世界的冲击远比我们想象得残酷，事实

赵德发创作论

上，这种悲剧在我们的现实社会里具有普遍性，作品因此也有了哲理性的意味。作品最后以带有人性色彩的祝福结尾，显示出作家对于苦难人生的另一种超越，这种超越不是建立在启蒙立场之上，而是在对于农民身份的自觉认同和自身审美立场确认的前提下的。

但是对于乡土的日常描叙所展现的叙事空间依旧无法呈现出深沉的乡土。赵德发站在为他的乡土立传的写作立场上，开始了更为艰难的深入探寻，他深入乡土的文化肌理，去发掘中国乡土的根脉。"在1992年的一个秋日里我明白了。那天我回老家，与父母说了一会儿话之后，便信步走到村外一道地堰上坐了下来。我的眼前是大片土地，我祖祖辈辈赖以生存的土地。那个时刻，我看着她，她看着我，四周一片静寂。就这么久久地，久久地。我在想她几十亿年的历史，我在想几千年来人类为她所作的争斗。她顺着我的思路，显示她的真身给我看，让我在恍惚间看到浸润她全身的农民的血泪。这时我的心头翻一个热浪，眼泪夺眶而出：你是希冀着我来写你啊！"① 当历史行进到世纪末，商品经济大潮扑面而来，旧时乡土面对剧烈的社会经济文化变迁，文化层面的坚守似乎被时代文化所强行扭转和撕裂。从传统走向现代，这是现代化带给乡土中国和中国农村大地上生活着的农民的深刻转变。面对传统意义上的农民正在消失的历史终结阶段，赵德发雄心渐生："要用三部长篇小说也就是'农民三部曲'的形式，全面而深刻地表现农民在二十世纪走过的路程，写一写他们的苦难与欢欣、他们的追求与失落。"② 在赵德发看来，农民的精神形象在历史动荡中是动态的、发展的、变化的，传统意义上的农民不久将不复存在，于是他力图在"农民三部曲"中把将近一个世纪农民的生存状态、精神追求和心灵变异进行全景式的呈现。"农民三部曲"对土地、道德和权力的聚焦的确表现出立足于农民生存现实的"倾向性"，而这些问题又是中国社会的历史症结，是中国摆脱现代性危机、构建和谐社会、走向生态学时代无法回避的障碍。赵德发的思考因而超越农业文明的单向视野，敞开对中国乃至人类生存的历史性考察。作为一种根性的写作，赵德发把自己对历史与现实的忧思

---

① 赵德发：《缱绻与决绝·自序》，山东文艺出版社1997年版，第2页。
② 赵德发：《赵德发》，人民文学出版社2002年版，第438页。

融入村落、家族和个人命运，并对其进行深度探幽和精微呈现，努力践行自己的文化伦理重建使命。

"农民三部曲"显示出对宏大叙事和文化整体性的自觉追求。赵德发没有先入为主地预设小说的人物性格及命运，而是把自己对文化伦理的思考转为生动的文学元素。小说中，人和自身，和土地，和时代，和历史的血肉相连，被表现得生动细腻、平和温厚。从中不难看出赵德发对文化伦理的传统与现状有自己的理解，其思想核心是人，是人本，他试图给出的道路是朝向具有独立品格的文化理想国。这里面，不单纯指向传统这一个维度。在历史和现实的二元坐标中，有个很关键的问题，就是如何重构中国叙事。但是从新时期的社会变革及其所影响的中国文化的现代化进程来看，尤其是 20 世纪 90 年代出现的所谓世纪末各种文化思潮的影响，让我们真切地感受到世纪末的中国思想文化重构，恰如我们的意识动态对中国的社会主义形态表述一样还处于初始阶段。面对西方后现代主义思潮在国内文化界的涌动，大多数人都习惯于运用西方现代主义或后现代主义的文化理论和思维，来看取世纪之交中国社会各种价值观念的剧变问题。那么，对于一直恪守着传统文化的农村，还有更广大的乡土中国的社会生活，中国的问题究竟是什么？土地和生存，伦理和秩序，政治和制度，这是最基础的，是一个良性运转的社会机制不可或缺的三维。赵德发不是社会学者，虽然他可能和费孝通一样为写作做了大量的田野调查。当然，前提是对历史的独立认知，对生活的独特感悟，还有性情和心灵，比较个人化的，这一点在恢弘的现实主义文本里，可能藏得比较深，不过却可以给叙事带来更丰富的色彩和更长久的生命力。

"农民三部曲"不是站在外面静观乡邻们的生死悲欢，也不是高高在上地悲悯苦难的时代和沧桑的土地，作家一面冷静考察已经远去并且尘封了的乡村历史，一面热切注视着眼前正在不断沧海桑田的乡村现实，饱含情感地解剖历史文化，描摹社会生活。农民的生存轨迹和精神境遇，不同历史时期遭遇的生存困境和精神裂变，在乡土作家笔下或多或少均有所呈现。新文学其实有一个很有趣的现象，即中国故事与西化叙事之间的重叠与游离。以鲁迅为例，鲁迅笔下的孔乙己、阿 Q、闰土和祥林嫂，作为旧式读书人、村中闲汉、本分农民和传统女性的典型，

赵德发创作论

是陈旧中国沉重历史的缩影。这些人的命运和道路，是相当有代表性的中国故事，不过鲁迅描述、塑造他们，目的是文化批判，小说的话语体系和核心价值观是西方的，是西方的思想启蒙立场和现代性追求。也正是这一点，鲁迅反传统的文化立场比较明显，对中国式农民缺少体恤之情。赵树理是个例外，他的文学理想和社会理想也不乏启蒙精神和乌托邦色彩，只是他的叙事追求的是中国风味的通俗性和可读性，用纯粹的中国叙事来建构他的乡村世界，且对农民和乡村更包容。从祥林嫂到三仙姑，一个是典型的悲剧人物，一个带有轻喜剧色彩，这里面当然有知识分子和农民作家视角的差异以及时代变迁的鲜明烙印，不过，仅就传统批判而言，死亡和归顺都算不上真正的出路。今天来看，这两条道路并没有高下之分，我们要思考的是如何在全球化的现实面前，找到更适合的叙事方式，讲述自己的历史和当下的生活。综观"农民三部曲"，不难看出赵德发在思想性和艺术性上的双重追求，这种思想性与艺术性的内在相融，提供了一种叙事上超越的可能。

"农民三部曲"不仅为读者描绘了中国农民的历史命运、精神脉络和心灵变迁，还以丰富的文化思考和理性批判提升了当代乡土文学的思想和审美高度。长期以来，赵德发始终专注于对传统文化与现实生活的思考。在他看来，中国农民在长期动荡的历史中，既存在着自身的精神惰性，也被动地不断发生着变化。传统意义上的农民正在文化视野里不断消失。把近一个世纪的农民命运放在重大的社会事件和社会问题之中，揭示农民的生存状态和心灵变异，这是他写作"农民三部曲"的初衷。"农民三部曲"在一个长时段的历史沧桑之中思索农民的基本生存、精神追求、社会地位、历史命运等根本性的问题，"充满了强烈的现代理性精神和对当代文化建设、农民命运、农民地位等重大问题的反观性思考，有很深的文化底蕴和哲学高度"。农民命运的剧烈变动不可测，精神领域的凝滞难以撼动，二者之间的冲突与碰撞形成了"三部曲"多维度揭示农民精神世界与探究其命运可能的历史理性。

总观"农民三部曲"的创作，赵德发怀抱儒家传统的济世情怀，坚持现代文学批判社会现实的传统，意欲借助文学想象剖析中国走向现代化的重重阻力和两难困境，其凌云壮志自有过人之处。尤其是对土地、道德、权力的提炼，堪称慧眼独具的发现。古老的中华文明体现了农耕文明的最高成就，而土地、道德与权力就是书写漫长的农业社会发展史的三个关键词。土地是民生之本、国家之本。自古以来，围绕土地的血腥争斗从未停息过。道德是中华民族的立身之本，源远流长，已融入民族文化血脉之中。同时，道德与权力结合，又成为统治者驾驭百姓的意识形态工具，与权谋文化一起，形成封建专制制度的政治文化。因此，中国的现代化历程必然是土地、道德与权力的生死蜕变，这是赵德发"农民三部曲"重构历史的独特思想发现，体现了赵德发张扬主体性思考的史诗性追求。

而从更高远的场阈看，赵德发心系乡土的写作，为我们塑造了沧桑岁月的乡村形象。在他书写乡村的小说中，那些写满痛楚的生存困惑，那些带着惶惑的生活态度，那些无奈难言的生命喟叹与抗争，都是他在一个长时段的历史沧桑中思索农民的基本生存、精神追求、社会地位、历史命运等根本性问题的深思与隐忧。他以贮满痛惜的文字为他的乡土立传，书写那些渐渐老去的传统农民、渐渐败落的传统乡村和渐渐失去的土地，这是他多年来看农民、写农民的思想结晶，既是他以温情对日渐式微的乡村文化命运的挽唱，更是他对中国农民问题的个人式确诊，具有重大的理论意义和现实意义。

三　乡土世界的哲思

新文学中的乡土小说多半以特定地域为书写对象，不同地域的作家由于文学观念、文化背景的差异形成了风格各异的乡土文学流派。现代作家力图站在思想启蒙的文化人类学高度，运用现代意识和哲学眼光去审视古老的乡土中国，努力揭示乡土社会本质，表达与传统迥异的人生社会理想。乡土文学的审美内核，即特定地域的独特景观、民风民俗、文化品格、乡土情感等，是乡土文学的自然性特质。作家在此基础上，以现实投射历史，以历史反思现实，以生命体验、文化意识、哲学思考和理性批判等贯穿其中，为乡土文学赋予了更开阔的精神性和思想性空间，而这一点无疑也是我们考察 20 世纪中国乡土文学价值的重要层面。1990 年以降，中国社会经历了重大转型，乡村生活不再是宁静稳固的自足体，外来文化、多元价值观念，后现代生活方式的全面冲击，给古老的乡土中国带来了深刻变革。在这一时代背景下，新乡土小说渐成规模，且影响日益广泛。不过，关注农村生活的作家，多以变动时期的农村社会现状和农民生存现实为视点，缺少更宏观的文化视野和历史纵深度，发掘问题根源的勇气和韧性也稍嫌匮乏。赵德发书写乡土的中短篇小说及史诗性的"农民三部曲"拉长了审视乡村生活的视线，对行进在20世纪现代路途上的中国农民命运、农村道路展开了全方位的书写和多角度的探究，他笔下的欢乐与苦难，说出的是他对民间中国的基本关怀，对大地和故土的深情感念。其历史叙事的高远、文化反思的冷峻以及深厚的思想底蕴和人文情怀，在浮躁的当代文坛称得上独树一帜。

　　在我看来，尽管赵德发先生并非只是书写乡村，在他的创作过程中，一直有着关于乡土之外的城市书写，甚至在"农民三部曲"之后，他把笔触深入宗教领域进行更深入的人生思考，但是他初始于乡土的小说创作让他的小说之根深深植在乡土大地上，因而我更愿意把"大地"作为赵德发小说创作的一个基点。海德格尔曾以抽象化了的大地作为存在的归所和本体，并引据荷尔德林的诗句"人，诗意地栖居在大地上"。而事实上，自现代文学起始的中国乡土小说在20世纪近百年的行程中一直存在着极具诗意的乡土田园，也许这种乡土诗意带着浓厚的中国传统影响的意味，但仍呈现着对大地的诗意向往。土地、大地的概念对海德格尔很重要，而当土地开始成为一种哲思走入乡土小说时，乡土大地必然就成为人生主题，成为乡土小说及乡土小说作家艺术和生命的源泉。正如哲人所言："呈现土地就意味着把土地作为自我封闭者带入公开场。"

　　土地是灵魂得以栖息的场所，荷尔德林曾深情地写道：

　　　　请赐我们以双翼，让我们满怀赤诚
　　　　返回故园……

　　故乡是土地的象喻。对一个人而言，故乡就是他的土地。因此，"诗人的天职是还乡，还乡使故土成为亲近本源之处"，这使他们的灵魂和情怀趋于安闲和沉静。当赵德发在小说中表现着他的沂蒙山故土，深情而悲悯地注视着他的乡村大地以及土地上的河流、山坡，旷野中的

第一章　守望乡土的灵魂

15

风、阳光的时候，也许他正渴望着自己灵魂重返土地。他的农民血质一直郁结在他的内心和创作的深处，离开故土使他始终处于人在中途的感喟里。他的灵魂漂泊在异乡的土地上而不能重返故土，他只能在以10年光阴呕心著写"农民三部曲"的过程中，俯视他的故土乡村，重温故乡的温情，抚摸那片土地所带给他的安闲和沉静。

海德格尔说："大地独立而不待，自然而不刻意，健行而不知疲惫。在大地之上和大地之中，历史的人把它安居的根基奠定在世界中……"在赵德发的小说中，我们可以清晰地看到作为"场"的大地的存在，于是土地作为一个核心的场域出现在《缱绻与决绝》的世界中。但也正因时代的风云际会，使赵德发的土地不再是诗意田园，他只能沉痛地展现着这片充满苦难的土地。他以一种深沉的忧患意识呼唤着沉沦的土地。

那么"苦难"也必然成为赵德发小说创作所深切关注的一个基点。

赵德发的小说带给我最深刻的印象在于，他对生活在乡土大地上的农民的生存苦难的深切关注。在他书写乡村的作品中，他把笔触集中在农民和乡村民办教师形象的展示上。这些最具有传统乡土中国和时代特征的人物形象可以说正是赵德发对时代历史深思的结果。20世纪的中国经历着从古老的封建王国向现代化社会的历史性转变，在内乱外侵的历史环境中，处于社会最底层的农民是历史痛苦的主要承载者，对他们而言，这是一段痛楚而漫长的人生之旅。在《通腿儿》中，赵德发呈现出两个中国传统农妇所遭受的心灵苦难：邻里之情的关爱让两个年轻的女人相互慰藉，以通腿儿的方式共同承受着心灵巨创，在无所期待的日子里让日子从年轻走向苍老。在《震惊》里，赵德发细致入微地深入年轻的池喜子和姐姐池明霞的心灵深处，展现出他们在乡村政治威权下绝望的抗争。在《青城之矢》中，赵德发以悲悯之情呈现出小蒜和嫂子以及小郭和刘老师这些从乡村走入城市谋生的乡下人悲剧性的生存状态。在《小镇群儒》《回炉》等作品中，他以感同身受的关切叙说着乡村民办教师在农民与教师双重身份中的挣扎。在他笔下，这些乡村之子始终承载着千载以降自大地而因袭的负重。在这些充满辛酸的作品中，赵德发把自己的内心悲悯与乡村大地上的民众连在一起，与他们的苦难连在了一起。

从更为高远的视野来看，土地上的苦难又总是和土地的历史紧密相连。所以赵德发的为乡土立传，自然而然地凝结了历史深思。在中国现当代小说史上，不乏注重史诗的厚重之作，在众多史诗性的鸿篇巨制中，作家常常以宏大叙事表现历史的进程及其进步的意义，具有高度的概括性。然而，随着商业权威的兴起、政治权威的弱化和后现代主义思潮的传播，以小叙事的角度介入历史书写的新视角出现，即从家族、村落或个人的角度来叙述历史，并成为作家对以往固化的历史书写的一种补缀、丰富、深化，甚至是一种消解与对抗。"历史都是国家民族的历史，即所谓'大叙事'，而当'大叙事'走到尽头时，就要用老照片来代表个人回忆，或某一个集体、家庭的回忆，用这种办法来对抗国家、民族的大叙事。"① 在这里，个人的历史叙述与老照片都可以看作是一种私人性的历史叙事，在公共性的历史大叙事中处于一种被遮蔽与消解的位置，但正是这种从私人性的个人感觉、个人记忆来书写历史的小叙事，出现了以一种更为人性的眼光来看待历史的可能。

赵德发的乡土小说对历史的关注是一种微观历史关注的方式。他的书写有着作为半个世纪中国历史变迁的亲历者群体不可复制的时代体验、生命经历。相对于自"新生代"作家以降被学界以"后"称之的更为年轻的作家而言，即使是从五四至新中国成立的这段沧桑历史，20世纪50年代的作家也会有更为接近真实的表现。所以我们有理由说，赵德发以微观历史的方式展现小人物在历史洪流中跌宕沉浮的命运，使文字涉及的历史同时也成为个人心灵的历史。但赵德发又不止于此，他还有着更广阔的关怀视野，即对于一代甚至几代乡民的精神解读，那细屑而丰盈的"小历史"背后，隐藏的是"大历史"的沉重面影。虽然赵德发的乡土小说呈现的只是自己一小部分生活世界的经验和常识，可是却拥有真实的、个人的深度，所以无论是他所叙写的如《通腿儿》中两个女人的历史，还是乡村民办教师的心路挣扎，以及那些传记式的乡村小人物的人生状态，那些文字间充盈的场景和细节，都构成了一段不可遗忘的历史。虽然在宏大的历史进程中，这些小人物都会被湮灭在远去的历史车轮下，尤其是如李传嵯等乡村民办教师更是走入了历史深处，成为历史的一帧剪影，他们的生命及生命中的一些东西会被历史之

---

① 李欧梵：《当代中国文化的现代性和后现代性》，《文学评论》1999 年第 5 期。

轮轧得粉碎，消散在烟云之中，但他们的生命诉说，注定是土地历史幕布下不可缺少的亮色。

"农民三部曲"（《缱绻与决绝》《天理暨人欲》《青烟或白雾》）无疑是赵德发凝视土地历史的代表之作。借此三部长篇巨制，赵德发在近百年的历史变迁中再现了中国农民的生存图景，其书写历史命运的"野心"终于实现。一方面，赵德发作为一个农民之子，对农民命运的悲悯使他在写作中自发地用农民思维感知并营造农民形象，对农民和土地充满了深深的温情和敬意。另一方面，作为一个现代知识分子，赵德发在创作中又用现代的思想眼光观照和审视农民的精神之根，发掘农民身上闪耀着现代资源光芒的素朴内质。在一个大时段的历史变迁漩涡中，农民所发生的痛苦精神裂变又混合着一些复杂的、悖论性的命题。这样，农民精神内核的恒定与历史变化中的现代性诉求之间的冲撞变成了作家表现农民精神世界和表达对历史的理性思考之间的矛盾。这种情与理的冲突对于赵德发创作的影响并不是单向度的，一方面，他凭借农民式的执着和知识分子的现代意识，将这种冲突杂糅于历史叙事的超越性向度里，在沂蒙文化包容性的语境当中，造就了乡村小说的特异景观，从而把对中国现代农民心灵史、精神历史的艺术表现推进到更新更深的层面。

"三部曲"第一部《缱绻与决绝》，历史叙事的线索清晰，结构宏大，通过梳理和呈现百年中国农民的心理变迁及生存情境，勾勒出土地和农民之间的内在联系和历史脉络，展示了不同历史时期农民的生存状况和悲欢离合。中国始终是个农业大国，农村和农民问题不仅仅是社会学家研究的领域，对于根在乡村的现代人来说，丧失了土地感，就意味着丧失了历史感和家园感。赵德发以冷静的笔触，及一个历史探求者的良知与勇气，写出了这段历史的偶然、多向、歧路与复杂的可能性，写出了近现代以至当代中国农村经历的战争、动乱、饥饿、社会运动，以及农民所遭遇的痛苦磨难和艰难抗争。作品打开了历史与人生之窗，客观真实地还原了乡土人生和历史的本真状态，并且冷静地追问动荡背后的文化根源。小说从民国写起，依次写了抗日、土改、办合作社、"大跃进"、吃食堂、1960 年挨饿、"文化大革命"、学大寨、大包干、两田制、办开发区等不同时期的乡村社会生活图景。在半个多世纪的历史巨变中，农民的命运轨迹叠着历历伤痕，而在生存线上挣扎的中国农民所经历的思想转换之旅尤其艰难。"国际天牛文化节"作为小说的结束事件，强化了农民所面临的身份转型与历史转折之痛。

《天理暨人欲》围绕农民与道德的问题，追问困惑世人两千多年的"天理与人欲"的纠葛。小说以"律条村"的三个大时代为纬，以三个核心人物的思想为经，建构了宏大的文化视野和历史叙事结构。民国时代的许正芝，"文化大革命"期间的许景行，改革开放以后的许合心，他们在不同的历史语境中，以不同的文化策略，规范人情民风，提倡君子道德，排斥小人之心，实践自己的社会理想。作品中的文化反思既是在思想层面，也是在实践层面展开的，从儒学伦理、革命文化、现代法制三种不同的精神资源出发思考当代的文化伦理建设。当然，近百年来的理论建设和实践道路，都说明依赖农民自身来完成自我启蒙几乎是不可能的。那么，民间文化的稳定性与外来文化的冲击，对于普通人的日常生活究竟有着怎样的影响？赵德发给出了跨越历史、重建民间文化伦理信念的再思考。

《青烟或白雾》中的支吕官庄在文化意义上仍然可以看成是作家思想的实验场。这么说，并不意味着作家舍弃了文学自身的独立审美追求。小说以支吕两家主要人物支明禄和吕中贞的一生，贯穿 20 世纪 60 年代前后到 21 世纪初期农村大地上发生的种种政治事件，展示了广大农民在政治运动中的命运沉浮。小说中的白吕和许景行，是赵德发笔下带有理想主义色彩的人物，具有独立思考能力，并且能以实际行动张扬各自的理想和信念。透过白吕的思考，我们看到赵德发不仅关注中国农民的社会地位、合法权益，同时把清醒的目光探入中国农民漫长的心灵解放史，对无法主宰自己命运的农民满怀悲悯和同情，对当下乡村社会中权大于法等贪污腐败现象深表痛恨，对科学与民主法制社会充满期待。小说中最能体现作家文化反思立场的是对清官意识的思考，这一思考的背后是对历史和传统在民间文化和民众心理中积淀的理性认知。

德国历史学家雅斯贝斯认为，人们之所以建构历史，是为了理解自己，历史是回忆。"这种回忆不仅是我们谙熟的，而且我们也是从那里生活过来的，倘若我们不想把我们自己消失在虚无迷惘之乡，而要为人性争得一席之地，那么这种对历史的回忆便是构成我们自身的一种基本成分。"① 赵德发如此倾心于自己的故园乡土，显然在土地中融入了对自我的确认，对某种精神的召唤。他所书写的这一段乡土历史已经内化到作者心中，它是一次乡土大地集体的受难，也是一种个体的创伤。赵德发从个体的乡土记忆中聆听那些被历史烟云所湮灭的声音，从而对历史有了更丰富、更质感、更立体化的发现。

在我们的意识形态所构建的历史长河中，乡土大地的历史往往处于边缘或遮蔽的状态，或是以"民间"的姿态出现在历史叙事中。于是在历史行程中，土地上一代代人转瞬间即已成为过往，芸芸众生的身影在历史的困境中悄无声息地存在着，然后又被巨大的历史大潮裹挟而去，终而弥散。谁为大地历史留下文字的诉说？谁为大地上匍匐的乡民作证？谁来勾勒出他们写满泥土沧桑的背影？谁又去聆听他们在历史中心之外的边缘的声音？文学是人学，是个体心灵的历史，文学是对于"人"的精神关怀与烛照，是对生命存在、生命价值的一种深切的关怀与体认。在一个历史真相还在被各种话语所改写和遮盖的年代，"的确是需要有一些人，愿意面对历史的黑暗角落，进行心灵的逼问和审视，否则，那段历史就会轻易地被权力篡改，归于虚无"②。赵德发将笔触伸入个体生命的深层，去表现人性的隐忍、搏斗、无奈、纠结与坚韧。他基于自身的生命立场去发现历史，追问历史，也由此领会历史给予人生的启示，使我们在对历史回望、对人性审视中，得以将目光越过那些个人的肩膀，去发现其背后巨大的历史存在。

---

① ［德］雅斯贝斯：《历史的起源与目标》，汤因比等著，张文杰编：《历史的话语：现代西方历史哲学译文集》，广西师范大学出版社 2002 年版，第 55 页。

② 谢有顺：《话语的德性》，海南出版社 2002 年版，第 60 页。

第二章　土地·乡村

一　土地情结：缱绻与决绝

诗人艾青曾满怀深情地写下这样的诗句：

为什么我的眼里常含泪水？
因为我对这土地爱的深沉……

我想，这不只是一个诗人对乡土中国土地的深情眷恋，也是传统乡土中国在经过 20 世纪深刻变革之后走向现代之途时，离乡的现代知识分子们普遍的心声宣泄。同样，当现代中国在现代化的路途上行进了近一个世纪，面对新世纪的到来，赵德发先生回望自己出生并生长的乡土大地时，诗人的乡恋之情也会油然而生。而常年身居故土之外，现代精神漂泊者的生命体验让他的内心多了一分彷徨，生于乡土，成长于乡土，他无法割断与故园乡土的联系，这使他内心和大多数离乡者一样一直都保有那种与土地的特有的血肉联系。其实，这不仅仅是一个身份和经历的问题，中国农业文明所独具的小农经济生产方式、大陆农耕的文化土壤、普遍而强烈的乡土民俗风情，都是中国 20 世纪乡土小说作家故乡情结的文化渊源。所以 20 世纪的中国乡土小说作家的精神根柢始终与他们的故乡连在一起，他们的情感思绪也始终依凭于自己的故园情怀。因而在他们为寻求人生的未来而走入城市之后，扑面而来的工商业文化气息所引发的人情淡薄、灵魂焦灼，使他们由最初对都市的瑰丽梦幻变为清醒之后的失落与痛苦，于是眷顾故乡的情愫，精神还乡的渴望便表现得强烈而执着。在漂泊于都市的精神旅途中，中国乡土小说作家也曾清醒地以现代知识者的身份去审视自己的故土，发现了故乡沉重的封建文化积淀以及故乡的落后、封闭、愚昧等种种同乡村现代化进程相悖谬的东西，但眷恋与审视的矛盾却成就了他们再也无法抛开的土地情结。

土地是农民的根，乡土文学书写的最重要母题就是土地。土地情结同样成为赵德发乡土小说创作的心灵动力。

中国文化说到底是农耕文化。这是由我们的乡村生活经验和中国文学传统验证过的历史文化本真。从《诗经》及其绵延的田园诗传统里，我们读到的是诗意的乡土田园；从五四现代文学所奠定的新文学乡土小说传统里，我们读到的是眷恋回顾与审视的乡土；而在20世纪三四十年代的文学里，我们读到的是忧郁的乡土、愤怒的乡土、燃烧的乡土；新中国成立后，"十七年"的乡土小说，我们读到的是火热新社会的乡土大地，而在新时期以来的农村题材小说里，我们读到的是诗意、忧思、沉沦交织的乡土大地。从中国的农耕文化看，千百年来，个体、落后的手工劳动决定了中国农民与土地难割难舍的依附关系，深远而持久地影响着他们的生活方式、道德观念和价值取向。

土地是农民生命的全部寄托和生存的精神支柱。正因为有了土地，农民才有了生活的动力，他们的生命才显得鲜活有力、光彩照人。农民离不开土地，土地是农民的灵魂。所以，在"十七年"农村题材里，我们看到那些重新得到土地的农民对土地的无限眷恋。不论是梁三老汉（《创业史》）、盛佑亭（《山乡巨变》），还是马多寿（《三里湾》），这些老一代农民并不在意合作化运动能否让他们从此走上"金光大道"，也不在意他们被新时代的人看作落后分子，而是执着地沉浸在旧式生产方式所带给他们的幸福感中。他们在意的是那几亩薄田所赋予他们的主人公身份以及背后的自豪和踏实感，他们惶惑的是那几亩薄田被重新收归集体之后自己能否继续拥有土地。失去土地的惶恐和不安正是这些老一代农民的内心郁结。同样，恰是再一次拥有了土地，曾经的"漏斗户主"陈奂生终于得以悠然上城（高晓声《陈奂生上城》），冯幺爸（何士光《乡场上》）终于挺立腰杆，勇敢面对以村支书为代表的乡村权力的逼迫。中国社会的这种深厚的农耕性使得中国乡民与土地的关系彼此相融，但这种关系又因城市化进程的推进而变得极为复杂。这种关系常常会让行走在故乡之外的人在书写乡土时因种种复杂的情绪化因素的介入而变得临纸难言。可是，那种关于农民与土地间集生存与情感的胶着亲密又爱恨错杂的关系，那种关于在每一时代变迁社会转折期由土地这面镜子折射出的农民命运的所有书写，却汇成了我们对乡土历史的心灵接通。或丰饶或贫瘠的土地就这样无限地托起了中国乡土小说里一个个乡土大地上丰满的灵魂，而那一个个历尽沧桑的乡民则以他们辛苦耕作在土地上的形象写就了中国乡土小说的大地历史。

土地，意味着厚实的历史，意味着沉重的生存，意味着沧桑而又执着的民间。于是，赵德发守望着他的土地，固守着他的民间立场，以最接近土地的灵魂来建构他的乡村世界，建构他的乡土历史。他执着于土地的书写，写出了土地和农民的血肉相连，写出了土地与人的唇齿相依和深刻裂变。

所以，当封大脚以他那特有的因左右两只脚大小不一而无法平衡的身躯，站立在天牛庙村外的旷野上时，从他贮满土地沧桑的身影上，我们也就深切地感受到当历史的潮水用近一个世纪的时光缓慢而决绝地冲刷着传统的乡土文化与生活时中国大地上的农民对土地的无限缱绻，感受到当赵德发面对着历史的潮水回望故园时对他的乡村大地无限的眷恋与忧思。

从创作心理看，土地的忧思是贯穿赵德发农民三部曲的文化脉络，它或隐或显，把《缱绻与决绝》《天理暨人欲》和《青烟或白雾》三部小说连缀为一个有机的整体，土地文化是他小说中可闻可见可触摸的潜流，是小说与小说之间的连缀纽带。赵德发从农民中走来，并以一个地道的农民身份真实地再现了农民对土地的那份刻骨的真情与依恋，他写历史变迁过程中农民对土地的情感，写生活在这片土地上的农民的人生和人性，写这片土地上的风土人情，从而形成了独特的土地文化景观。《缱绻与决绝》则是赵德发土地忧思的最直接表达。

《缱绻与决绝》首先把焦点对准土地，表现了农民由死守土地到走出土地的心理变迁。小说反映的生活跨度长达 70 年，从 20 年代到 90 年代，几乎贯穿了整个 20 世纪。这个世纪农村所发生的所有重大事件及农民命运天翻地覆的变化都在作品中得到了表现，大到土地革命、土改、合作化运动、"大包干"等历史变动，近到征地发展商品

23

经济、"拾地运动""非农业长廊"、兴建经济开发区等现实发展，可谓波澜壮阔。作者选择了20年代、40年代、50年代、七八十年代及90年代几大时空来把握农村近一个世纪以来的嬗变过程，经由土地的聚散形式，揭示中国社会基础的经济变动，并通过此，揭示出几代农民土地观念的差异同时也是中国最基层百姓的心灵嬗变。宁家和封家等几户农民前后四代人经历了七十多年的土地变革，他们的苦难、奋斗、命运转折都与土地息息相关。新中国成立前，农民为了土地舍弃亲人，拼死抗争，绣绣甚至因开荒累得流产。新中国成立后每一次政策调整，农民为了土地依旧会流血和残杀。到了90年代，大批土地被非农产业长廊、天牛开发区征用，农民丧失了土地，青年农民纷纷踏上外出打工之路，沦为城市的最底层。多年的底层生活经历，大量的民间资料整理，深切的对土地的挚爱，使得赵德发的乡土小说创作总是能切中农民的生存之苦和精神之痛。中国农民几千年来一直处于社会的底层，他们没有政治地位，缺乏经济保障，基本上是在生存线上挣扎。农民中大部分人固守在土地上，多数人没怎么读过书，对生活不做追问。严峻的生存现实决定了农民的精神视野局限于自己脚下的土地。赵德发同样深爱着这片土地，还有土地上挣扎前行的那些农民，所以，他在创作中采用了温情的平视态度面对普通农民的心理状态、行为方式、现实苦难、生存困境，为他们的生存苦难而悲泣，歌咏他们素朴的精神质地，为他们苦难的历史命运而呼喊。

70多年的沧桑巨变，其实就是一部现代农村史、农业史和农民史。所以《缱绻与决绝》可作为乡村土地的一部变迁史来读，这是其历史的认识价值。赵德发敏锐地意识到：现代中国的土地革命及其后围绕土地发生的一系列变迁，从阶级斗争到公有制与私有制之间的斗争，再到土地承包、"两田制"改革、经济开发区，土地和农民生存之间的内在联系正在不断遭到瓦解。现代国家功能的强化，对乡村社会的控制极为严密，土地管理是保持乡村基本社会秩序的有效手段。改革开放使土地重新回到农民手中，不过，我们在小说中看到，政策的松动带来了新的现实问题，土地集中、征用、闲置，农民离乡离土，生存并未得到根本的改善。小说结尾渗透了作家强烈的现实忧思和批判意识：70多年沧桑巨变中一个不变的事实却是，土地和血总是分不开的，农民永远不能安心拥有属于自己的土地。这也正是我读"十七年"农村题材小说对那些执着地固守着自己土地的如梁三老汉这样的农民的强烈认同。从《暴风骤雨》《太阳照在桑干河上》《三里湾》《创业史》《山乡巨变》对有关土改的真理性阐释，以及 20 世纪 80 年代初期高晓声、何士光、贾平凹等作家相关作品对改革光明前景的单纯信心，到新世纪之交一些当下的农村题材小说对乡村美好未来的憧憬，《缱绻与决绝》仿佛是一次对历史的回归现场、重返事实的现实主义再叙述。《缱绻与决绝》高屋建瓴地透视了中国现代化进程中至关重要的土地变迁，以穿透性的历史思辨捕捉到一个渊源深厚的历史事实：在人类社会诞生之初，土地就渗透着人类献祭的鲜血，也沉淀了农民对土地的深沉情感。赵德发以细致绵密的叙事解开了传统农民的恋土情结和创伤记忆，对土地革命进行创造性的改写，无论在社会批判还是生存关怀的层面上均称得上意蕴深广。

"土生万物由来远，地载群伦自古尊。"对于中国农民而言，土地崇拜是中国农民重要的人生观、价值观，他们的生与死、苦与乐都源于土地，土地是他们存在的基础，也是乡村一切价值维系的根本。所以土地—农民便成为同构的关系，我们会说土地犹如农民古铜色的胸膛，或者说，农民犹如土地般坚实、朴拙和沉默。事实上，中国乡土小说对农民的呈现一直有着原型的意味。农民像是永远的常数，其沉默或笑容都像是永恒：质朴、憨厚、沧桑、凄凉。他们使乡土小说充满了历史的文化的暗示。他们俨然从历史深处走出，负载着几千年乡土中国的历史，负载着几千年乡土中国的苍凉黄土，古树般藤蔓缠绕，风尘仆仆、苔痕斑驳。我们传统的乡土文化把这种土地崇拜具象为一个神祇——"土地爷爷"，这显然有着农民对于土地的情感态度。这种态度恰也说明，农民就成了"土地原型"。就如同我们看罗中立的油画《父亲》，其中包含着对农民最朴素深沉的情感，也包蕴着对乡土中国沉默的土地的历史情感。所以从另一个意义上说，在赵德发的《缱绻与决绝》和其他乡土小说中，土地是农民的生活宗教，沧桑的农民则如沧桑的土地，这种对农民心灵命运的关切，无疑是对现代以来中国乡土小说作家乡村意识的人文传统的传承与开掘。当他把承载在土地之上的一切，包括历史、人性、道德、信仰、伦理拂去之后，土地上的农民及他们的生存状

25

态便以粗粝朴素的土地般形象表现出来。

封大脚正是这类"农民—土地"原型的典型。他勤劳、质朴，对土地有一种近乎变态的热恋。成家立业之后，他就像祖祖辈辈的农民一样把土地与生命紧密地联系在一起了："男人是应该把力气白天用在土地上的，而不能把力气用在女人身上。"他不想固守祖辈留下的那份家业，而是想要更多的土地。为了实现这一计划，他开始在满是砾石的山坡上艰难地开垦出二亩荒地，"他们（封大脚和妻子绣绣）这时对土地的搜求已经不亚于大烟鬼对烟土的痴迷"。不管是在土地私有制的封建社会，还是在土地公有制的社会主义社会，封大脚都始终如一地保持着对土地的那份执着的依恋，土地成为他一生快乐、痛苦的最终根源，拥有更多的土地是他一生唯一的索求，因而对土地始终存有一份占有的欲望。在他心目中，土地既是母亲，又是妻子，还是孩子，它们都有刻骨铭心的名字："圆环地""镰刀把""算盘子""涝泉窝""破蓑衣"；尤其是那块自己亲手开出的"圆环地"，在合作入社时他"死也不舍"。当得知要交出他辛辛苦苦开垦出的荒地时，他"抓一把土攥在手里，就再也把持不住自己，'哇'地一声蹲在那里哭开了"。他想起了开拓这块地时的情景，想起他一年一年在这块地上的深翻、加粪，他曾无数次地想着他的子孙后代永远守着他所创下的这份家业。而土地归社以后，他再也找不到拥有自己土地时的那份自信，"感到心里空空荡荡。……他有生以来第一次产生了对自己的不自信，他甚至怀疑自己还有没有必要再活在这世上"。这是农民在土地命运改变时的一种失落与悲鸣。而在没有了那片自己所开拓的土地和那些曾分到他名下的土地的日子里，他一次次去"偷"这些曾属于他的土地上的庄稼的行为心理，更为突出地展现了他对土地的情感郁积。这份情感缘于中国农民几千年积淀下来的土地崇拜心理，是地地道道的几千年乡土中国祖祖辈辈面朝黄土背朝天的农民最本真的土地价值观。

在封大脚的身上，同时也凝聚着中国农民的处世生存之道。他辛勤耕作，相信以自己的双手可以开创出属于自己的幸福生活，可以开拓出承接祖上但比先祖们更为丰厚的可以继续世代相传的家业。春种秋收，精耕细作，开荒拓土，捡石加粪，勤俭持家，这是他承继的来自先祖来自乡土中国几千年的农民传统生活观念和道德素质基因。他孝敬父母，从不因为自己家世的贫穷而埋怨命运，即使当绣绣因被马子绑架而名声扫地时，他也清醒地面对自己家庭的现状，在短暂的心理波动之后，以最大的善良和喜悦迎接了这个身遭厄难的妻子，并在半个多世纪的风雨人生中与难妻一起相搀相扶地度过他们苦难的人生。他以先天不足的身躯勉力支撑着自己显得单薄的家，同时却又以最宽厚的善良之心在天牛庙土地改革那段混乱的阶段里冒着风险接纳了宁可玉，然后又收养了苏苏的私养女羊丫，尽管他无法用自己的能力满足他们的其他愿望，但那一份勉力抚养之情也显示了一个最底层的农民最为善良的本性和乡土中国那一份质朴的血缘亲情。他对自家的土地所倾注的那份执着情感，处处表现着一个普通农民的现世世俗化生活状态，表现着一个普通乡民在狭小生活空间里的精神向度。他来自土地，没有受过文化教育，所有的人生理想和认知都来自于他那同样没有任何其他文化知识和人生阅历的父母的朴素生活经验的教导，来自于他个人在半个多世纪岁月涤砺中的世俗生存经验，所以他常常会表现出世俗、粗浅、隐忍甚至麻木、蒙昧、怯懦的一面，但他又常常坚守着自己做人的善良道德底线，从不以恶待人，从不贪不义之财，甚至在他晚年无法挣得生活费用，拿不出钱的时候，也不愿意向已经腰缠万贯的大孙子封运品要钱，因为在他看来，大孙子那钱挣得不干净，即使他已如一棵干枯的老树，却也要让弯曲的身躯挺起硬骨。

封大脚在半个多世纪的岁月里负载前行的苍老的身影，恰如苍老的乡村历史苍老的土地历史，彰显的是古老的乡土中国农民的历史智慧，是关于过去的土地上的人生智慧，也是现在甚至将来依旧延续着的农民的处世和生存智慧——极简朴实用，带着土地的本色，是苦挣苦扎苦熬苦练出来的，成色极其纯净。

同样，在农民—土地的同构关系中，我们还要关注赵德发笔下那些与封大脚一样的写满沧桑的女人们，她们一如其他中国乡土小说中那些"大地一样的女人"，构建着乡土中国"母性大地"的历史。比如封大脚的妻子绣绣，比如《通腿儿》中槬头家的和狗屎家的等。和这些作品中的男人们相比，她们更能吃苦，更能内在地承受力量。她们的存在就是为了和自己的男人承担共同的苦难，甚至还要比自己的男人付出更

多的牺牲。她们增加了这乡村土地的广阔混茫。

如果进一步深入发现小说的农民形象，赵德发则是用自己的心灵走进了天牛庙这片土地的灵魂。他无意于对他笔下和每一个农民做深入的道德评判，而是借他们的生活状态、日常行为去展现乡土中国农民的本真心理。大地主宁学祥为了保全土地，可以不顾自己的亲生女儿绣绣的性命和清白，而让其妹妹苏苏替代她完婚。绣绣被马子绑了"快票"，让家人尽快拿钱赎回，而对于地主宁学祥而言，骨肉亲情无法替代土地，拿钱赎人就意味着要卖掉自己苦心经营的土地。封大脚和绣绣夫妇，为了有一块自己的土地，以超乎常人的毅力在一块叫"鳖顶子"的岩石上开出二亩地来。因为过度劳累，自己的孩子永远地埋在了地里。土地，是农民生存的唯一寄托，也是他们生活中的唯一希望。尽管小说一次次叙说了各个时代的历史，但历史只是土地的争夺史。土地改革时，腻味等人为了没收和瓜分地主的土地，将宁学祥活活打死。同样，宁可金为了夺回土地，一夜之间几乎将农会干部杀光。即使到了改革开放时期，宁可金的两个儿子从台湾回到大陆，为的还是父亲的遗愿：要回自己的土地。这些历史的纷争，人性的沉浮，成了中国农民固守着对土地强烈占有欲望的见证，同时也恰恰是他们基于现实生活经验之上的生活观念的见证。而对封二、铁头等经历过每一个重大历史变革的农民来说，他们的思想观念、生活观念和宁学祥、宁可金以及封大脚又何尝不是在本质上一致呢？所以，他们一起构成了天牛庙这片传统中国乡土的普通民众，成为乡土中国最本真的农民群像。他们一起用生命演绎了来自乡土中国土地之上的生存、伦理、道德等乡土历史文化变迁，他们站在古老的大地上，用生命书写了乡土中国古老乡村和土地的历史。

对土地的珍爱和依恋毫无疑问是乡土社会最为共通的情感，也是乡土之所以成其为乡土的最为醒目的标记。同样，对土地的眷恋与忧思也是乡土小说最为共通的情感，是乡土小说作家最为本质的情感表达。赵德发以其深沉厚重的文字诉说着他的乡民对土地的缠绵情感。小说中那一代代依土而生的人把他们的身影扎进使他们能够站立为人的土地里，让我们震撼于他们历经苦难打磨出的素朴与苍凉、沧桑与刚强。

二 乡村忧思：传奇与荒原

在读了陶渊明的《桃花源记》之后，那种"土地平旷，屋舍俨然，有良田美池桑竹之属。阡陌交通，鸡犬相闻。……黄发垂髫，并怡然自乐"的传奇书写不只是成为乡土中国的理想家园原型，其间的人与土地的和谐氛围更是我们想象田园的诗意来源。尽管我们的文学传统在《诗经》时代就有着对桑间的或质朴或浪漫的描写，但是对于土地，对于"小桥流水人家"的乡村的描写，恰是自此"桃源梦幻"开始成为古代文人对于土地田园的乌托邦追求。那些土地上的深重苦难一直在我们的心里留着关于土地沧桑沉重的印象，可是，自现代以降，中国的现当代文学在表现这种沉重印象主题的作品之外，却也以一系列表现田园乌托邦这一主题的优秀作品呈现出现当代作家们的故园情思。那是诗意的乡村书写，它是废名的《桃园》，也可以是沈从文的《边城》；可以是汪曾祺的"大淖"，也可以是林斤澜的"矮凳桥"，也可以是贾平凹的"商州"，那一处处纯净的故园乡土合成了现当代作家们的精神家园。就如同当年沈从文评价废名的乡土小说时所指出的那样，这些小说"是充满了一切农村寂静的美。差不多每篇都可以看得到一个我们所熟悉的农民，在一个我们所生长的乡村，如我们同样生活过来那样活到那片土地上。不但那农村少女动人清朗的笑声，聪明的姿态，那小小的一条河，一株孤零零长的菜园一角的葵花，我们可以从作品中接近，就是那略带牛粪气味与略带稻草气味的乡村空气，也是仿佛把书拿来就可以嗅出的"①。众多的现当代作家通过对记忆中的故园乡土的诗意书写，与现代化进程中的都市相比，各方面都处于落后状态的乡村却呈现出了美妙的韵致，乡村的风物人情，世态变化似乎都呈现着宁静与明丽。在这宁静幽远敦厚朴素自给自足的乡村世界中，在他们思乡的情绪中一切都化为诗意的象征，成为作家心中永远的田园牧歌。

而与此田园牧歌并行的乡村大地的书写是革命的乡村大地，这可以从 20 世纪三四十年代左翼文学的乡村书写开始，经过三四十年代"生

①《论冯文炳》，《沈从文文集》第 11 卷，花城出版社 1984 年版，第 96 页。

死场"般的土地与乡村上的烽火岁月，到"十七年"新的社会主义建设过程的火热气象，经过梁斌《红旗谱》、丁玲《太阳照在桑干河上》、柳青《种谷记》《创业史》、周立波《暴风骤雨》和《山乡巨变》、赵树理《三里湾》、李準《黄河东流去》之后，这些经典的巨作曾为我们呈现了一幅完整的新中国农村画卷。自新时期以来，不论是何士光的《乡场上》、王安忆的《小鲍庄》，还是贾平凹的《浮躁》、张炜的《古船》，以及李锐、杨争光、阎连科、刘醒龙等对于改革时代的大地乡村的深切关注，都为我们展示了新时代乡村与土地面对新的历史时期的深刻变化。

土地似乎已被写尽，乡村似乎已被写尽。那些土地上的庄稼和辛苦耕作的农民，那些乡村的人和事，在以后的乡土小说中还将如何表现？面对现当代文学近一个世纪的乡土叙事和乡村展现，赵德发该如何写出他的乡村？赵德发站在齐鲁大地的某一处，注视着他的故土，遥望那或平阔或起伏的土地，凝望那夏天葱郁冬日萧疏的村庄，凝望那朝朝暮暮的炊烟，聆听那猪哼犬吠鸡鸭鸣叫。他站在那里，心怀无限缱绻，要为他的土地写史，为他的乡村写史。

于是赵德发首先为他的乡村赋予了一抹传奇色彩。乡土中国古老的民间文化总会让那些还带着简陋、自然古朴的村落在宁静、舒缓的生活节奏之外，多一些诗性的迷幻。赵德发如同讲述民间故事一样讲述着他的乡村家庭传奇、小人物的趣闻轶事。比如在《缱绻与决绝》中，小说一开篇就是"宁家的家运是用女人偷来的"。这一句贮满悬念的话语引出了先生算卦女人偷种的离奇情节，将宁家的家运繁荣讲述得扑朔迷离。而后的宁老汉嫁女，出嫁前夜遭绑票，土匪索要高额赎金，为了保全土地竟置之不管，让次女代姐嫁人，不料，第三天绣绣从土匪窝中逃回，出于无奈而嫁给了残疾青年"封大脚"。这带有古代"姐妹易嫁"般传奇色彩的乡村家事，氤氲着乡村人家的悲欢离合和亲情聚散。《缱绻与决绝》中神秘的铁牛在不同时代的三次深夜长哞，《天理暨人欲》中蛋子树玄幻的生长现象与神奇功效，无不体现出一种古老乡土的神秘。在《好汉屯的四条汉子》《奇女村的四位女子》《人物速写四幅》《窨》等小说中，乡村普通百姓的生活点滴蕴涵着"志人小说"的传统神韵。传奇也罢，神秘也罢，都在农民乐于接受的故事当中，讲述着农民自己的故事，具有很强的乡土亲和力。乡村本是保存"过去"、收藏"故事"的所在，历史的轮回，人性的浮沉都在土地上的传奇故事中觉察到神秘的命运力量。

与这种乡村传奇叙事联系的是赵德发对沂蒙风俗的多方位展示。风俗植根于民间，它是民间文化的重要构成，是乡村日常生活经过漫长的社会历史沉淀而形成的文化、生活形态。风俗反映着一片地域、地区的生活情态乃至当地的文化心理，风俗带着在历史传承过程中被民族心理与民间文化洗涤之后依然坚实的迷幻色彩，使它那些潜隐的意义和独特的魅力极有韧性、感染力和穿透力。风俗画也常常成为我们评价乡土小说特点的一个有力支点。风俗的展现一直活跃在 20 世纪以来的乡土文学中。鲁迅、废名、沈从文、赵树理、孙犁，以及贾平凹、苏童、张承志、阎连科等对他们各自的故园乡土风俗的描写几乎可以构成一部现代中国风俗史。赵德发作品的民俗来源于他故乡沂蒙山区的地方风俗。即使处于相同的齐鲁大地，"十里不同风，百里不同俗"的地方民间文化也使他笔下的民俗风情表现出与张炜的"野地"、莫言的"高密东北乡"迥然不同的迷人风采。《通腿儿》中两个新娘虽一墙之隔，在新婚的一个月里却不能见面，而且为了不见面都要整天把自己圈在自家的院子里尽量不出门，因各家有嘱咐：同在喜月的新娘不能见面，若见了面，那么谁先说话对谁有利，后说的则不吉利！因了这一风俗，便有了两个女人"通腿儿"的故事。《断碑》中的婚嫁习俗则是新娘要把从娘家带来的写有自己生辰八字的红纸撕碎泡在婆家的水缸里，意思是自己属于这一家人了。《偷你一片裤子》则描写了临沂乡间的习俗，有孩子时，去偷人家一片裤子，而且要找爹娘和孩子都好的，这样孩子就会好养活。其他如人死之后扎纸的风俗，葬礼上那最为隆重的礼仪套数，二月二"趸谷仓"的风俗，人生的生老病死衣食日常被这些乡风乡俗淋漓尽致地诠释了出来。风俗生长在乡村的土地上，恒久古远；风俗活跃在乡村的各个角落里，带着神秘的面纱，既体现了乡民们对生命的朴素初始的理解和对生存的祈望，也有力地构建了中国乡村的传奇书写和牧歌气息。

然而乡村的传奇书写和牧歌气息毕竟更多地只存在于作家的乌托邦情怀里，赵德发在表现他心中乡村世界的迷幻色彩与和谐氛围时，不可

31

自已地对这种乌托邦的逝去流露出深深的伤惋和忧思。现代化的进程正日益加速影响着乡土中国的各个角落，商业文明也以同样的步伐侵蚀着中国的乡土文化。作为现代文明主体的城市文化是现代工业科技文明的产物，相对于中国传统文化集中的乡村文化而言，城市文化是一种上位文化，它势必会影响或同化处于下位的乡村文化，并对乡村文化展开从物质到精神的全方位进攻。于是，在直面故土的现实时，乡村悲悯感与乡土忧患意识便渐渐深郁起来，强烈的荒原感不可遏止地出现在赵德发的笔下。

乡村荒野想象与家园想象处于对立的两极。如果说"家园"是我们对带有浓郁的古典"小桥流水人家"般田园风致的一种诗意言说，它是言说者生活记忆与体验的特有意味的表达，那么"荒野"则是对这种诗意言说的剥离而达到对乡村原始景观的赤裸裸呈现，是诗意存在和意义的消失。因而荒野想象又与家园想象处于同一精神层面，超越了具体的经验背景，带有浓厚的形而上色彩，其内在精神更多地指向"人"，指向人的一种几乎无法直面的生存图景——那是一种诗意被刻意剥离后的生存图景。换言之，荒野想象也是写作者对这一精神意向的思考和表达。正如赵园所认为的那样："'乡土'系于某种稳定的价值感情，它是属于记忆的，'荒原'则由认识图景浮出，被作者们创造出来，主要用于表达人关于自身历史、文化的认识，关于自身生命形态、生存境遇的认识。"[1] 所以，乡村荒野想象直接指涉着人的生命形态，它包括两个层面：一是物质性的，体现为作家对生活于特定地域里的人们生存状态的展示，总体状貌上呈现出源自物质极度匮乏之上的"荒芜"；二是精神性的，表现为生成于物质匮乏之上的精神匮乏，并由此造成意义的流失和精神的空洞。

以此观照赵德发的乡土小说，他的荒原想象呈现在我们面前的自然景观，首先是贫瘠的土地和以那种极为原始的劳作方式生存其上的人们。他们都是为满足最基本的生存欲求而苦挣苦扎地挣命生存。"饮食、男女，人之大欲"，食和性的满足便是生存于荒野上的人们欲求的全部。而荒野想象便围绕着这双重匮乏而展开，在荒芜的土地上男人靠

---

① 赵园：《地之子》，北京大学出版社 2007 年版，第 31 页。

着"力气"求"食",有了"食"的节余进而向女人求"性"的满足,而生存艰窘得无以维持时,女人也只有靠"性"与"食"的交换来维持生存。于是,拂去土地上的传奇与诗意,乡村最基本也是最粗鄙的生存景观——食与性——便浮现出来。《樱桃小嘴》中小奈在娘家就经常吃不饱,到了杌子家跟杌子做夫妻还是挨饿,于是她就经常背着男人偷吃粮食,小奈甚至吃自己的奶水,饿死了自己的孩子,这无疑是物质匮乏年代挣扎在饥饿线上的人生活的艰辛和沉重。《匪事二题·女票》中的金锁和媳妇小娥闹别扭的原因就是"晚上吃饭时,小娥鼓着小嘴竟吃了两个煎饼"。纪兰花(《小皮筋》)"俊得耀花人眼",在相亲上虽然不满意那个三十几岁的男人,却抵不住爹晚上隔门递过来的票子;枣花(《枣花》)远嫁他乡,虽不情愿,但是"吃着在娘家从没有吃过的大米,有时还在脸上绽出了笑容"。在这些小说的人物生活状态里,生命的事实就是活着的事实,它强调了在活着的事实面前一切与活着无关的想法和生活形式的天然疏离。《缱绻与决绝》则更是把这种基于食与性的荒原想象进行了深入揭示。在小说中,费大肚子将自己年幼的女儿嫁给老年的地主宁学祥,为的是换取每天 10 斤的地瓜干,而宁学祥满足的则是自己干渴多年的性需求。他与自己的女仆相好,让人给找妓女,最终用每天 10 斤地瓜干换取年幼的"银子"。在整部小说中,犹如干裂的土地一样,每一个人都似乎处于性饥渴中。在这里,性远离了情,更远离了爱。老腻味积极斗争"地富反右",为的是满足自己的性欲;宁可玉摘了"地富反右"的帽子,恢复了身份,便转向性欲的满足,即使他是一个性功能缺陷者,也疯狂地独占小米,而小米嫁给宁可玉这个残缺的人又何尝不是为了宁可玉那不为村人所知的财产能让她在吃用方面更好一些;村书记封合作,在村里的男人外出打工后,便在"帮助"村里留守的女人们的幌子下与一个个他看上的留守女人发生关系。这一切都表征着天牛庙人的生存图景:他们只是生存而已,生存只是为了食与性。在食与性的纠葛里,小说在此呈现的是一种乡村民生逼人的冷漠与荒凉。

其次,赵德发深切地关注着来自乡村的孤独感。孤独这一现代哲学语词总是被我们用来昭示现代工业化、商业化进程对人的内心进逼所带来的强大不安和无序感,在当下也总是被我们用来昭示消费主义时代以消费文化为核心的都市文化所带来的人文精神没落，以及人再回到诗意栖居的无力感。无序感和无力感往往造成存在世界的孤独，于是一种文学现代性意义上的孤独也就成为 20 世纪众多作家作品用心叙写的一个文学关键词。然而，这种现代意义上的孤独，对于挣扎在土地上的农民而言，未免太过奢侈了些。所以 20 世纪的中国现当代文学往往在追求现代性甚至后现代性的急切中忽略了乡土中国广袤土地上的千年孤独。土生土长的乡下人，虽聚族而居，但局限于小块的土地之上。当城市人苦恼甚至痛苦于熙熙攘攘的人生选择时，农民始终挣扎在土地之上，他们无从选择；当城市人在感受现代工业时代的挤压而缺乏人性的自由时，农民却在看似极为自由之中，默默承受着在土地上生存时所面临的各种压抑与逼仄。这既有来自乡土权力的压抑，也有来自食与性纠葛的压抑，甚至有来自乡村特有的文化伦理所带来的与现代社会无法相融而产生的强烈疏离感。这种压抑绝不是城市现代性之下的人性压抑，因为这种压抑对于农民来说，让他们感受最深的恰是来自于终年匍匐在乡村大地上辛苦劳作、艰辛度日的桎梏感。

桎梏感与对乡民孤绝处境的痛心，使赵德发的乡土小说常常有沉重的氛围弥漫。不必说他笔下那群乡村民办教师们在土地与教师身份之间的挣扎与困顿的生存状态（关于这一群体的分析见第五章），那些乡民的生活图景又何尝不是常常溢满着无望与无奈。《鹰猎》中泥壶花了 2000 块钱从贵州男人手中买来了女人竹子，却并不知道自己陷入了一场骗局中，尽管这女人和他付出了感情，却还是被她的男人强行弄上车拉走了，女人是因为贫穷而无奈地接受了自家男人所编织的这个骗局，而泥壶在这场骗局中付出的却是自己的财产和真心。在泥壶把自己的鹰放飞之后"久久地站着，一动不动"的身影上，反映的该是怎样的辛酸？《别叫我老师》中的宿发芬与丈夫不是近亲婚姻，却生下了两个痴呆儿，我们该如何想象一天三顿饭都需要用力气去挣的乡村农家面对这样的现实，会是什么样的凄苦！尽管宿发芬有着中国乡村女性共有的俭朴与勤劳、坚韧与豁达的品性，可对未来的乐观中却也有着无法抹去的忧戚。六趾二嫂（《奇女村的四位女子·六趾二嫂》）因左脚生有六趾而影响了自己的婚姻，最终精神失常。穗子（《窖·窖缘》）因为在田间的玩笑致秃羊家的死在窖中，不得不接受大人们的调停而嫁给秃羊，与其他乡村女子一样，她们虽对婚姻有期许却总以现实的沉重了结。

土地上的生存从来都是滞重、慢节奏、延续多于变化的，土地上一代代的乡民都是在那种固有的生活状态下生存着的，周而复始，循环往复。正如书中歌谣所唱："吃了饭，没有事儿，背着筐头拾盘粪儿；攒点钱，置点地儿，娶个媳妇熬后辈儿!"一代代人就是这样生存着的。所以《缱绻与孤独》中农民们对土地的崇拜与坚守，也总是带着土地的沉重与孤独。生于乡村长于土地，在乡村的炊烟缭绕中日日年年地守望着自己的那几片土地和土地上或丰茂或瘦弱的庄稼，看似非常闲散的乡土生活，却是封大脚们所不可能逃脱和抗拒的。这种农民式的孤独，不是来自现代社会的压抑，而是来自历史的沿袭。他们倚赖土地，也深爱土地，在土地上默默地承受苦难并繁衍后代。宁学祥虽然在阶级划分上属于"地主"，但实际上不过是靠勤俭持家富起来的农民而已，其做派、气质和农民并无二致。面对劫匪提出的5000块大洋或者说多年辛苦积攒起来的若干亩地与女儿的贞操甚至身家性命的二难选择，他舍弃了女儿而选择了土地，土地对于他具有了比女儿的人生命运更重要的价值。为了种好庄稼，多置地，宁学祥将自己所有的智慧、体力、时间甚至亲情全都派上。事情的结局却是他自己无法预料的。宁学祥因为地多，被强行纳入"地主阶级"之列而成为"专政"的对象，被"革命"而死去。他一辈子百般聚敛的土地给他带来了灭顶的灾难。他无法走出土地这一先天性的束缚，亲情、爱情都无法为他的生活注入快乐，唯一的快乐是拥有土地。生命存在和土地实在无法分开，这种土地崇拜意识的根深蒂固，构成了中国文化充满民族气息和文化魅力的最重要的所在。然而，历史的荒谬使他在众人的狂欢中陷入了极大的肉体苦痛和灵魂孤独之中。他无法逃避，而生命的缺席却隐喻了一代农民对土地发自内心的理解。

对封大脚来说，他对土地的执着情感又有多少人能真正理解？即使他的同龄人、他的乡邻、他的后代！他曾执着地相信自己的辛劳能带给他生活的富足，他曾执着地相信有了属于自己的土地，他的生活就不会飘摇无依，可是历史的荒谬却又让他的心时时处于悬置而又沉重的状态中。坚守个体价值的封大脚在20世纪的土地变迁历史中遭遇着人生的另一孤独困境：他被剥夺了自己苦心经营的土地，找不到努力的方向。他变懒了，不参加集体劳动，不挣工分，"每天蹲在家里，看蚂蚁爬树，看公鸡斗仗，看日头怎样从东墙外升上天空，又怎样在西墙外藏个无影无踪……"成为火热时代的孤独旁观者。当土地重新回到自己的手里，封大脚的热情重新高涨起来，他又可以重新拥抱土地，甩开膀子大干一场了。然而，这片土地上发生的变故却更加剧烈。他难以接受的是后辈们对于土地的感情越来越淡薄，他们决绝地离开土地进入城市。孙子封运品开起了修车厂，苏苏的女儿羊丫办起了酒店，他们离开土地不再种庄稼了。就连死去的封家明，也为其办了商品粮和城市户口。这实际上是远离、否定了封大脚一生所信奉的价值与自古而然的生活方式，面对两种判然有别的生活，封大脚陷入更大的孤独中。"乡下人离不开泥土，因为在乡下住，种地是最普通的谋生办法。'土'的气息在不知不觉中渗入了生活于其上的人们的骨血，直到现在我们在称呼乡下人的时候，似乎最为简单而准确的概括便是'土气'。而'土'的不可迁移性也决定了乡土社会是一个相对稳固、封闭而凝滞的社会……侍候庄稼的老农也因之像是半身插入了土里，土气是因为不流动而发生的。"① 这"土气"让那些曾经对土地有着执着情感的人，曾经对土地执着崇拜的乡民，在当下的商业时代和城市化进程中，他们，连同他们的土地都已渐渐淡出历史的视野。他们静静地站立在没有土地的乡村里，不再引人注视！

同样，对于年轻的一代来说，他们在感受着桎梏的同时，还有着与长辈之间无法深入交流无法被理解的孤独。生活的沉重使得每个乡村家庭的父母都无暇顾及他们的孩子们的心思，而且，他们的文化程度也使得他们甚至都无从对自我有清晰的认识。他们所做的就是辛苦劳作养家糊口拉扯大孩子，就如同自己的乡邻一样，生活在传统的乡村生活图景中。然而，他们还是有着自己细密的心思和不为人知的无法言说的朦胧的人生追求。《实心笛子》中的梁以"敬慕的期待"、盼望着悠扬的笛声响起，听到"笛声渐趋明亮，渐趋婉转"，"梁彻底惊呆了……放开整个身心去听这支曲子"。然而生于乡村的他又如何能得到父母的理解

---

① 费孝通：《乡土中国》，人民出版社 2008 年版，第 1—2 页。

呢？父母不能明白一只笛子对他的意义，却能知道 13 岁的他还不会使牛耕地，不好好割草而学笛子只会让人笑话。没钱买笛子的梁只能用柳枝做一只实心笛子，在想象中练习吹出自己喜欢的笛声。《琴声》中的关明慧听到那美妙的琴声时，"它就那么轻轻地、悠悠地，恰似这一院子的月光。……而不管像什么，其中都带有一种味道，那味道让关明慧感到心里发疼，直想掉泪直想哭"。关明慧忘掉了学习的重任，一心品味现实和记忆中的琴声。琴声让这个乡村女孩终于知道了土地之外还有着能让她心思灵动的事物。但是她期许着让未来的孩子拉小提琴的想法却还是被同伴笑为小小年纪的古怪念头。《止水》中的姐姐德连想着有自己美丽的打扮，但却被父亲强行改过，她想借着自己的一点文化通过招工改变自己一生都要守着土地的命运，最终在父亲的"大公无私"之下化为泡影，只能叹一口气说："唉，怎样还不是一辈子。"无人理解的孤独，无法沟通的无奈，终将重复一辈辈农民在土地上挣命的叹息，总是和乡村土地的历史一样深重。

在此，我无意关注自现代文学生成就已经出现的关于乡村凋敝的荒凉。现代乡土小说中就已经隐隐流露出荒野气息，比如鲁迅的《故乡》、萧红的《生死场》等经典。这些小说在对于荒芜、破败的乡村景观的极力呈现和对那些野蛮风俗的描写中，所展示的乡村生存图景已经是比较典型的荒原呈现了。但乡村荒野景象的呈现在我看来，只是我所论析的荒原的表象，我所关注的恰是这些小说以荒凉的乡村景观为背景更多的是在凸显乡村底层民众的生命形态。时移世易，在当下越来越多的农村村落成为"空巢村"的时候，这种乡土乡村表面的荒野形态更加突显，种庄稼不挣钱了，农民纷纷离开土地，外出打工，土地面临着被抛弃的危险，原来与它缱绻缠绵的农民正在决绝地离去。就如《缱绻与决绝》中当下农村图像——非农产业长廊、天牛开发区、轧钢厂、橡胶厂——一样，土地上不断上演着一幕幕市场时代的狂欢剧，这种狂欢以城市化的华丽映衬着乡村大地的荒野表象，而那些一如封大脚老汉这样如土地一般的每一个"空巢村"中留守的老农，依旧守着土地，在有限的土地上孤独徘徊，以老迈羸弱之躯背负着收割的庄禾走向村头残存的谷场，这样的一帧剪影恰似一曲挽歌与绝唱，更是当下传统的中国农民立足于天地之间的孤独生命形态的写照。在赵德发对一次次孤独

37

与狂欢的叙述中，寄寓了他的乡村忧思和他对乡村土地的荒原想象，这里面蕴含着他对国家政治体制和生产组织方式的反思，他对农民性格的揭示，更有他对一次次时代大潮中农民生存处境的深沉思考。

第三章　乡村道德的守望

一　乡风乡俗里的传统伦理

就乡土小说而言，以农为本崇尚土地是作家们的基本写作立场，而绵延千古的农业文明中所包蕴、沿袭的传统乡村伦理道德则是乡村小说写作者心灵深处与生俱来的、挥之不去的"宿命"，是乡村小说召唤读者乡土情思的情感源泉。尽管大多时候，现代化之后以都市商业文明为核心的现代文化总是把广大乡村所代表的农业文明看作是落后的代指，可是，当我们站在都市的灯红酒绿之间，消费文化日益侵蚀着我们渐渐逼仄的心灵，畸形的金钱观念和物质追求使得社会道德日渐沉沦的时候，人们再一次渴望重回"和谐"，甚至意识形态文化也再一次高度张扬"以德治国"的理念，我们终于发现，农业文明的传统伦理道德原来曾是这样"和谐"的净土。亲情相依、与人为善、尊老爱幼、邻里和睦相处，在家短里长中氤氲着的浓郁乡情，使得每一个从乡土走入都市的人常常在回眸中牵起无限的眷恋。质朴宽厚的乡村，朝夕缭绕的炊烟，鸡鸣犬吠的田舍，四野弥望的庄稼，以及远处的山水自然，这一切似乎从来就存在于一个人虔诚的心灵深处。于是广大的乡村、广袤的土地在我们渴望重回大地的时候也就不再是落后、荒凉、愚昧、苦难的代名词，我们常常会淡忘其偏远和落后，而把它定义为一处太阳照耀下闪现着神性的丰饶土地，其怡然自得的生活做派，缓缓前行的日光流年，都弥漫着都市文化所没有的深厚美质。

乡土小说家总是与他的土地融为一体，他们诉说着自己对土地的衷情和理解。面对着现代化的脚步在乡村大地的纷乱足迹，他们倾心于自己对乡土中国传统的执着，也更倾心于乡土中国朴素而让人醇醉的伦理之美。赵德发从他的沭河岸边田地中走来，他深深地眷恋着这片古老的土地，醉心于这片土地上洋溢着的朴素精神、伦理之美。综观他的乡土小说写作，他对乡土和农民的思考一层又一层地向深度开掘，在他们生的执着的感思之下，他精心地营造着他乡土乡村的淳厚乡情，从而召唤起我们对乡村的怀念与沉醉。

"远亲不如近邻"虽是一句寻常俚语，却是乡土中国最本质最质朴的乡村情感表征。在生存的艰难中，邻里相依；偶尔的争执恩怨又总会在与人为善的本真善良里泯去。你帮我衬世代相处的邻里情就这样代代相传，构成了一个个乡土中国村落的情感凝聚。《通腿儿》无疑最能体现赵德发的理想的邻里之情。

"那年头被窝稀罕。做被窝要称棉花截布，称棉花截布要拿票子，而穷人与票子交情甚薄，所以就一般不做被窝。"赵德发以极为洗练的语言平实地讲出了艰难时代沂蒙山区人们的普遍生活状态，贫穷的两家人为两个孩子置办了一套被窝，狗屎榔头开始了"通腿儿"的兄弟情谊。促成这种感情的原因既来源于那个时代的贫困，也来源于沂蒙山区一种独特的民俗"通腿儿"。"'通腿儿'是沂蒙山人的睡法，祖祖辈辈都是这样。弟兄睡，通腿儿；姊妹睡，通腿儿；父子睡，通腿儿；母女睡，通腿儿；祖孙睡，通腿儿；夫妻睡，也是通腿儿。夫妻做爱归做爱，事毕便各分南北或东西。"到了18岁，狗屎和榔头都说下了媳妇，一起通腿的二人决定往后还要好下去。结婚分家两人将后屋盖在一起，还一起搭犋种地。然而，娶了媳妇后，两人继续好下去的心愿却因为媳妇们的风俗禁忌而遭遇了波折。根据沂蒙山风俗，两个女人都过喜月，是不能见面的，见面不好；假如不小心见面了，谁先说话谁好。由于八路军队伍的到来，出来看热闹的两个新媳妇无意间见面了。榔头家媳妇先说话了，惹得狗屎家媳妇很不高兴。因此，两家不仅没有打成犋，而且媳妇交恶，见面互吐唾沫，连累得两个男人也不敢多说话，生怕媳妇不高兴。情感的交恶始于风俗里的禁忌，这些家常点滴，正是对乡村面貌最真实而恰切的描写。

可是日常生活的龃龉总是要打破短暂的僵持。八路军来了，狗屎媳妇参加了识字班，积极动员丈夫参军；不幸的是，狗屎参军后不久就牺牲了。当榔头媳妇来劝慰狗屎媳妇的时候，"狗屎家的一见她就直蹦：

40

'都怪你都怪你都怪你！喜月里一见面就想俺不好！浪货，你怎不死你怎不死！'骂还不解气，就拾起一根荆条去抽，榔头家的不抬手，任她抽，并说：'是俺造的孽，是俺造的孽。'荆条嗖地下去，她脸上就是一条血痕。荆条再落下去再往上抬的时候，荆条梢儿忽然在她的左眼上停了一停。她觉得疼，就用手捂，但捂不住那红的黑的往外流。旁边的人齐声惊叫，狗屎家的也吓得扔下荆条，扑通跪倒：'嫂子，俺疯了，俺该千死！'榔头家的也跪倒说：'妹妹，俺这是活该，这是活该。'"两个女人抱作一处，血也流泪也流。狗屎家的和榔头家的因为喜月的民俗禁忌而发生感情交恶，后来狗屎参军牺牲的厄运在无意之中暗合、验证了这种民俗，所以狗屎家的把这归罪于榔头家的，而同在这一民俗文化的影响下，榔头家的也把狗屎的牺牲归因于自身。但是，来自人性深处的善冲破了这种禁忌所带来的死亡阴影，榔头家的主动去安抚狗屎家的，在受到鞭打的时候，没有反抗而是甘愿受罚。当榔头家的眼角受伤流血的时候，同样，人性深处的善让狗屎家的停止鞭打并下跪请罪。一时间两个女人泯灭过去的怨恨，重修过去两个男人曾经有过的深厚友谊。这是乡风民俗文化在村民心中最自然而深刻的沉淀，也是乡村伦理道德中人性本善的闪光。

　　从此，两家女人由相对的陌生与隔阂而成为相知相依一生的姐妹。当狗屎家的因为生理欲望"油煎火燎"的时候，榔头媳妇打破伦理规则，劝说丈夫晚上到狗屎家睡；榔头满怀忐忑，总想着这样是有违伦理有悖于自己和狗屎的兄弟情谊的，所以一来到狗屎家院子，榔头就因为看到昔日的好兄弟狗屎正在西院里站着而战战兢兢地回去了。但是，从这时起，榔头就睡不好觉了，一闭眼就出现狗屎形象，无奈只得选择参军来吓走纠缠不停的狗屎魂灵。与狗屎不同的是，榔头走后，媳妇生下了儿子"抗战"；更不同的是，榔头不仅没有在战场上牺牲，而且越战越勇，一路向南打到海边。打败了鬼子和老蒋后，榔头家的没有迎来丈夫，反而接到了榔头从上海来的一封"因为革命需要，他又成立了新的家庭，不能再和她做夫妻了"的信。对此，狗屎家的怒火三丈，要拉榔头家的去上海拼命，然而榔头家的却说："算啦，自古以来男人混好了，哪个不是大婆小婆的，俺早就料到有这一步。"

　　面对榔头的无情无义，榔头家的没有过多谴责丈夫的不道德行为，而是以传统伦理文化来为丈夫的不义行为辩解并为自己寻找心灵安慰；不同的是，当好姊妹狗屎家的面临生理折磨的时候，榔头家的又能够冲破传统伦理文化的束缚，把丈夫"借"给狗屎家的。无论是保守还是打破传统伦理文化，我们都能从榔头家的好似矛盾的伦理文化悖论中看见一颗无比善良的心灵：伦理的保守和打破都是为了一种最高的善：为别人着想，哪怕是牺牲自己。两个女人唯一的希望是抗战，可抗战却淹死在水塘里，悲剧发生之后，我们看到了这样的小说结尾：若干年后，当榔头带着在上海生的儿子回到老家的时候，发现这两个孤苦无依的女人晚年延续着狗屎和榔头童年时期的生活方式——通腿儿。

可以说，《通腿儿》是赵德发记忆中故土的体验性生成。他以散文一般简约的文字呈现着带有诗意的乡村情感，让我们恍然重温一如沈从文笔下的《边城》所呈现的那种"优美，健康，自然而又不悖乎人性的人生形式"①，他把这种质朴的乡村情感建立在人性善的基础之上，投射到人物性格、人际关系、沂蒙社会与习俗上。即使生活在艰难之中，即使有生死离合的内心凄苦，这些情感却日益坚固，呈示着一种引人神往的原始古朴之美。

这样的人性之善不只是表现在邻里之间，在其他的普通乡民身上，也常常表现着宽厚、同情等美德。比如《秋水》中的王青老汉，年轻的时候打酥，可以在住店时为一个陌生的汉子疗伤并支付住店的费用；当自己年迈孤苦无依，作为一个五保户，却仍旧想着尽可能再去多打点酥，为的只是想弥补自己年轻时和店主家姑娘相爱而不得不在失意气盛冲动之下所犯的放火罪孽，也想弥补自己在荒诞年代中的一次掺假卖酥所带来的良心不安。他知道自己已经身染沉疴、命不久长，便想着要还清这些压在心头的良心债，以期自己离开人世之时，能让自己的心如眼前的秋水般纯净。《青城之矢》中的刘老师、郭全和与周红英姑嫂四人从乡下来到城里以捡破烂为生，做着被城里人视为最卑贱的事情，可他们却仍旧保持着来自乡村最纯朴的善良，老宋死了，他们自己出钱为他办理身后事；他们自己每天东奔西走，但也要把一条容易捡得更多东西的街道留给一个年迈的老女人，为的是让她能更容易地谋得生存，他们

---

① 《从文小说习作选代序》，《沈从文文集》第11卷，花城出版社1984年版，第45页。

相互依赖相互帮助，在冷漠如暗夜的城市里仍然点起了人性的温暖之灯。《叶子的太阳》中，当可意死于非命时，叶子带着两个孩子和父亲赶到遥远的工地，他们宁愿一无所有地返回也不要黑心老板徐大熊头那500块钱；邢金顺等一大帮工友尽管自己吃苦受累挣不下多少工钱，但还是义无反顾地为叶子拿出自己的微薄收入，直到"叶子手里的钱渐渐拿不了，只好扯起衣襟兜着"。他们来自乡村，可不管走到哪里，都依旧保持着自己善良的品性，正如批评家李健吾在评论沈从文的湘西小说时所说："这些可爱的人物，各自有一个厚道然而简单的灵魂，生息在田野晨阳的空气中。他们心口相应，行为思想一致。他们是壮实的，冲动的，然而有的是向上的情感，挣扎而且克服了私欲的情感。对于生活没有过分的奢望，他们的心力全用在别人身上：成人之美。"① 这种"成人之美"当然也包含着最为传统的封建要素，比如《缱绻与决绝》中费左氏于华年守寡，却想尽办法让费家能够传宗接代，因而成为一个父亲和乡邻眼中的"节义之女"；当公公去世之后，她又当起了小叔子费文典的娘抚养他成长、供他读书、为他成家，终于完成"挽费家血脉之既枯的壮举"。而对绣绣来说，她虽以女性特有的爱心抚养了宁可玉和羊丫，但自己却一生承受着巨大的关于自己被马匪绑上山之后已无清白之身的压力，以及乡邻们对于宁可玉和羊丫身世的闲言碎语的压力。这些都无形中给乡村伦理之美添加了些许沉重气息。

赵德发艰难的生存衬托出乡村大地上人性善的一面，这使得小说有了些许忧伤的氛围。就现实层面看，这样的人性善里毕竟包含着太多的现实沉重与无奈。比如《窖缘》中，秃羊老婆与穗子和小梗几个因为干活中的玩闹而导致了悲剧的发生，但是乡村人独特的处理事故方式让村子以善包容了这一事故，秃羊没有了老婆，那么就让两个肇事的女孩中的一个来给秃羊做老婆以承担事故的责任。秃羊看中了穗子，于是穗子就坦然地拒绝了自己已有的诗意爱情而接受了这样一桩交易婚姻；而小梗看到自己的姐妹接受了这样的安排，在和自己的父母商量之后决定为穗子置办嫁妆，算作是分担自己那份罪责。就像穗子隔窗拒绝黑牛的

---

① 刘西谓：《边城与八骏图》，《李健吾创作评论选集》，人民文学出版社1984年版，第446页。

爱情时所说的"不能办没良心的事"，她们都本着自己的善良之心接受了现实的命运安排，同样，这个村子也以善良接受了这样的事故处置方式。当一切归于平静时，村子也就一如既往地平和如昔。以我们的观念看，所有情形使小说中的每个人物似乎都裹进了一种不幸的遭遇里，然而，故事结尾处新婚的穗子在窖里和成为自己丈夫的秃羊欢爱时，他们却从未觉得有任何不幸的阴影，而是开始了自己的幸福生活。那么我们所感受到的结果也只能是："作者的人物虽说全部良善，本身却占有悲剧的成分。惟其良善，我们才更易于感到悲哀的分量。这种悲哀，不仅仅由于情节的演进，而是自来带在人物的气质里的。"① 在《入赘》中吴春花因丈夫包二杠去水库炸鱼死于非命而成了寡妇，她却没有改嫁，一个女人含辛茹苦地拉扯着两个未成年的儿子，丈夫的三叔包世彦出于亲情和同情她母子三人的生活艰难，常常帮吴春花地里地外地忙活照应。出于感恩，吴春花只有把一个女人的身子作为报答，这有违伦理的性爱里所含的却只是一分感恩的报答，让我们无法再以严格的伦理道德谴责他们的行为，只有为一个女人的生存不易而叹息；而瓜瓢，一开始只想着入赘是为了结束自己的光棍生涯，成个家并满足自己作为男人的生理需要，但是当他知道吴春花和包世彦的情事之后，吴春花说出了事情的原委，并明确告诉他，招他来就是为了帮她养大孩子，他在自尊心的促使下曾打算离去，可最终还是宽容了一切，在他打工回来后还是向着吴春花那个家走去了。赵德发在他独具色彩的地域风情与民俗环境中为这些乡村伦理之美增添了文化背景和纵深感。这些乡村伦理蕴涵着他复杂丰富的情感和艺术精髓，从而为他刻意追求的人性之美在生命的理想世界里增添了深层的现实意蕴。

也许，乡土中国几千年的历史决定了乡土小说更多的是以伦理现实主义态度和立场观照人物的命运和乡村伦理道德的，所以赵德发在重视社会正常发展的人伦秩序并守望乡村的传统伦理美德时，也必然注重乡村大地上春种秋收的生活繁重与传宗接代、敬天祭祖等日常伦理纲常相依相存的复杂万象。朝夕炊烟，鸡犬相闻，宗祠里缭绕着仁义道德的香

————————————————

① 刘西谓：《边城与八骏图》，《李健吾创作评论选集》，人民文学出版社1984年版，第447页

火，村巷间弥漫着古朴的乡风乡俗，即使在缓缓流动的日光流年里也会一如村头吱呀转动的石磨，有着悠久的沉重。

二　时移世易中的君子坚守

　　齐鲁大地在我们乡土中国的历史中，一直是以孔孟故乡誉满乾坤的，孔孟的道德理想之光已经渗透进了齐鲁大地的每一个角落。岁月悠久，世代相传，甚至在这块土地上生长起来的草木至今仍然发散出孔孟精神的芳香，其以"崇德、尚仁"为核心的伦理品格熏染着一代代的齐鲁人。这样的人文精神使得山东的乡土小说作家天然地承接了这样的伦理文化渊源。赵德发的创作离不开这样一个乡土小说创作的文学背景。然而在历史的行进中，乡村的传统伦理美德更多时候也会因对其的建构和坚守常常会遭遇到这种美德的沉沦和消解所带来的不可调和的矛盾冲突而增添更多的沉痛感。于是赵德发在守望乡村传统伦理美德的时候，也以细腻的文字展示了乡村历史行进过程中礼崩乐坏的历史现实。在《天理暨人欲》这部厚重之作中，他把人物命运置于社会演进中，把传统文化的兴衰作为人的精神主体来推动作品时空的展开，书写出一轴恢宏的、动态的、纵深感极强的民间伦理道德的灵魂画卷。

　　巴尔扎克有一句名言："小说被认为是一个民族的心灵秘史。"既然我们认为，秘史首先含有心灵史、精神生活史的意思，那么，这里的"秘史"之"秘"也必然当指小说所包蕴的无形而深刻的民族文化心理；对于乡土小说来说，更会指向乡村的传统文化伦理。以此来看这部《天理暨人欲》，赵德发的书写重心显然不在于小说的外部情节随历史近一个世纪的演进而紧张，而在于对"民族秘史"的发掘。从小说的外部来看，律条村是一片乡土中国的自然地域，是具有厚重文化蕴涵的齐鲁大地上的一块聚族而居的自然村落，一个由大宗族、同血缘共同体组成的社会群体。它一样会经历 20 世纪的一系列重大历史进程，如战争年代、土改年代、"文化大革命"年代、改革开放年代；但是，从内在看，小说始终聚焦于律条村以宗族制为主体的礼俗化的乡村，无论是哪一个历史年代，维护礼仪的决心，天理与人欲的对抗，以至于每一次的生与死，都浸染着浓郁的伦理文化意味，都与乡土中国的传统伦理道

第三章　乡村道德的守望

德有关，都会引起我们对民族历史文化的深沉思索。

　　"家国一体"的土地文明决定了家族制是乡土中国的社会基础。因此家族秘史也便成为民族秘史的天然指代。写家族也就深入了宗法社会的内心，也就深入了民族秘史的灵魂。但赵德发又不是一般地写家族秘史，而是带有浓重的"家谱"性质，着力揭示宗法乡村文化最本真的形态，揭示其伦理道德大厦将倾的最逼真形态。那些乡规村约，甚至藏在墙皮里的族规，都在风雨纵横的历史进程中对乡村的传统伦理文化进行着系统而深刻的审视。在《天理暨人欲》中，律条村这个家族世界既是一个整体性的世界、自足的世界，又是一个无限丰富的世界，更是一个观照我们民族伦理灵魂的世界。许正芝、许景行、许合心祖孙三代人在半个多世纪的历史光阴中为着人心得治的君子之道而付出的心血，让我们看到了乡土中国传统伦理文化负荷前行的艰难身影。

　　在我们以儒为本的传统伦理文化谱系里，君子人格是其最本质的要素。在诚心、正意的内心自我道德构建的前提下，方能达到"修身、齐家、治国、平天下"的理想目标。乡土中国的传统伦理注重人伦教化，正是来源于这种伦理文化的普遍态度和立场。"经夫妇，成孝敬，厚人伦，美教化，移风俗"则是与此相适应的一种正常的社会秩序。所以，许正芝穷一己之力，以一本吕子《呻吟语》建构起他的律条村的"君子梦"。许正芝作为新任律条村族长，并不关注外部政治的变迁，他的全部注意力都集中在内省、慎独、仁爱的君子修养上，监视着律条村每一个可能破坏道德秩序和礼俗规范的行为，捍卫着律条村许姓人家宗法的神圣。以高度纯正的人格向着圣人之境迈进，"做人"是他的毕生追求。他受过正统的私塾教育，有着较为完善的儒家伦理文化知识谱系，并有自己对这种伦理文化精义的理解，甚至身体力行之。年轻时代因才而自视甚高，追求"学而优则仕"的功名之路，但科场因命途多舛并因帝制终结而中断；此后，他淡泊自守，虽像中国传统文人那样致力于科举而治家乏力，但还是雇了管家杨麻子经营家业，因自耕自种勤俭持家而立于许家宗亲之中。他的慎独精神并没有因科举途断而泯去，他的君子修身也并不因艰难度日而中断，庭院中种下几丛竹子以喻其品，常诵吕子《呻吟语》以修其格，知书达礼的君子之道支撑起了他强大的独立人格，正是这种精神力量，使他在许姓宗氏里有一种桃李无言的威望。

　　然而，他所信奉文化、所恪守的君子之道有时又是最压抑人性的，为了维护他的君子之道、人格尊严和伦理纲纪，他也遭受着异常残酷的精神压力。在老族长处理蚂蚱的荒诞性事的家族丑事之时，他期望以"让其知耻"作为改错的根本而不必以族规伤其性命，但他的吕子之语终究没有救下蚂蚱的命。重人伦是中国传统伦理文化的重要支柱之一，《礼记·郊特牲》篇说："天地合，而后万物兴焉。夫昏（婚）礼，万世之始也。"然而，在自己的家庭内部，许正芝首先面临的是没有子嗣的心灵重压，先妻卫氏因没能给他生下儿子而悬梁自尽，继妻荠菜在迟迟不见孩子上身之后"又罕见地开一朵雌花，生下一个丫头。在为孩子取名之时，许正芝摇头说出个'小叹'"。他身感自己身为长子没有子嗣留下的"罪不容赦"的心理重压。族老们在老族长去世之后，让他出任新的族长，但没有子嗣是难以成行的障碍，在不得已之下才由族老们促成他让弟弟家的泥壶（许景行）过继来家而终圆得嗣子的心愿。然而，刚一继任族长，他便迎来了一场天灾，面对族人与租种佃户的饥荒，他以宽仁之心借粮并想方设法让每家每户渡过难关，但老族长的儿子庄长许正晏及其他同族富有人家却以小人手段巧取豪夺，他只能以烙铁在自己脸上烙一标记以志此家庭之耻，以此来达成他在"天理与人欲交战之时，便是君子与小人立分之时也"的宗族君子之道的教育。此后，天灾度过，他却迎来家族最为耻辱的一幕：侄子许景言居然在妻子月子里强行与前来侍候月子的岳母行苟且之事并演化为人伦闹剧，为了警示族人，许正芝的脸上又添一道烙印。在那个下雪的晚上，许正芝坐在院中竹林他的书坟对面，思考着世道人心的沦落，想不明白为什么这个世界从仁义变成了势利世界，为什么治心学问代代相因，人心却没有长进反而比古人更差；面对人欲高涨小人辈出，他的荠草已无法测得人心的高低。他深切体验到以一己之力逆水行舟般实践圣贤主张的艰难，感受到了他为维持礼仪和风化所忍受的痛苦，真正体验到了精神上的重创和绝望。

　　以此来看，许正芝是个悲剧人物。他在君子之道的追求中注重人情和人伦，发乎真情地对管家如长者般敬重，对种地的佃户真心关怀，教育嗣子许景行安守人伦之道接受秃头之妻，让油饼放生团鱼，充分体现

着"亲亲、仁民、爱物"的风范；然而他也要承受族人们在面对生存困境时日益滋长的私心私欲的心灵挤压，要承受小女小叹遭遇雷击而亡的失亲之痛和族人对此各种闲言碎语的刺痛，并把小女的死归于天之惩罚而在自己的脸上再烙一道印痕。日本人来了，他期望以"仁、义、礼、智、信"的天理说服鬼子不要再伤天害理，可是得到的却是鬼子"弱肉强食、优胜劣汰、适者生存"的"天理"，最终为了律条村的女人不再受到日本鬼子的调戏伤害，他毅然扑在烧过的整子上把自己的双颊烙伤；看到妻子已经被日本人打死，他终于绝望于"不懂天理的外夷"的入侵而至，他的君子之道就此了断而坐在雹子树下寂然死去，他以绝望之死的形象在律条村树起一座伦理丰碑，激励着族人们为走君子之道而奋起。

究其根本，许正芝的悲剧来自于他思想的执着与保守。作为一个从封建时代走来的末代文人，他无法去除自身的封建保守性，无法清醒地面对外部世界的历史巨变；他身上所凝聚的君子人格风范又充满着沉郁的美感，体现着我们民族文化的某些精华，是东方化的人之理想，而他的君子之道在历史巨变、天灾人祸面前却只能成为一个农民的乡土伦理乌托邦。

时移世易，历史行进到新的社会，一切旧貌换新颜。当律条村也沉浸在新时代到来的幸福感中时，人心得治却依旧要提上日程。从半封建半殖民地到社会主义国家，许景行虽然没有接受过多少文化教育，但是在嗣父的言行浸染之下，他的内心世界已然后天地形成了继承嗣父君子之道的理想。新中国的社会主义把平等理想具体化为革命和建设的实践原则，从合作社、人民公社到"文化大革命"，以全民道德、社会正义、公正平等为核心的社会主义理想深植于共产党员许景行的内心。许景行在道德高扬的"文化大革命"时期被任命为村革委会主任，思悟"千古圣贤只是治心"，决心完成嗣父未竟之志，做一番整治人心的大业。斗私批修，背老三篇，早请示、晚汇报，这些都不能让他在"管人心"的道路上止步，他把标杆定在律条村人人都是君子的标准上，要"管得人心一尘不染，管得人心红而又红"。他搞"无人商店"，取消进城的招工表，为救对岸阶级兄弟而炸大堤水淹律条村；他让儿子抗美帮助他用头发拴门鼻以检查全村人心，他们爬上高高的喊话台，望着

48

曙色中静若止水的村庄，想到被饥饿折磨着的 800 多口人都老老实实、规规矩矩地躺在家里，儿子抗美的心也被父亲的行为深深感动并立志长大也要当官管人心。然而，许景行发现自己要继承这条君子之道，居然和嗣父许正芝一样让他力不从心，让他心力交瘁。他恪守伦理人格，喜欢刘二妮却不敢表白，更不敢越雷池半步；他取消招工表而致刘二妮女儿荣荣最终只能放弃理想，从而导致了刘二妮对他的彻底失望；他办无人商店，但终使女儿大梗偷取商店一些钱饱食一顿之后而绝望自尽；许景行最终发现：想让人人都当君子，在培养君子的同时也会培养伪君子。在许景行梦断君子之道之后，赵德发为这个道德纯洁的时代留下了一幅意味深长的画面：即使有建设社会主义的种种教导，人心所向却是生活能够多一分富足，生存的艰难使律条村人心麻木，在许合印和朱安兰的苟合中，许氏宗庙凋敝，先祖置于墙内的族规却成了两人擦拭秽物的废纸。这是多么令人心酸的景象，普遍贫穷下的道德最高律令在动荡的年代和生存的重压下却走入低迷的深渊。

20 多年后，商品经济的潮涌漫过乡土中国的每一寸土地，半个多世纪以来为着生存而心力交瘁的律条村已经在经济大潮中风生水起。当了村支书的许合心（抗美）在市场经济浪潮中忘却了儿时的感动，已经忙于"抓经济"而无暇整治人心了，结果律条村人心一天天腐化一天天堕落。然而，人心不治的结局却更让我们忧心忡忡。乡村的古朴遗风与我们心中的田园梦幻其实和贫穷与蒙昧落后并没有关系，我们所向往的田园恰是纯朴的人心、醇厚的民风民情。所以，当许氏宗族的第三代支柱许合心面对人心之大厦将倾，律条村不复再有先辈那样的君子之风时，独木难支的窘境必然会成为我们内心的一声叹息。即使世纪末的现代化中国已是法治社会，许合心也可以把村民的违规之事交由法律处理，可公德与私德逐渐分离。人们可以有个性化多样化的道德标准和信仰选择，不必受多重政治化道德律令的约束，社会整体道德水准急剧下滑，现代商品经济所产生的拜物教也造就了乡村精神的沙化或真空化。许合心寄希望于"衣食足而礼仪兴"的古训并没有使律条村人心得治的意愿成为现实。面对人欲横行、秩序混乱的乡村现状，许合心制定村规民约、处罚条例并亲自监督执行，结果却根本无法推行。许景行老汉在孙女的科学理论宣讲之下终于明白，自己以莠草测人心也和嗣父当年一样，只不过是一个无端的自我暗示。天理也罢，人欲也罢，乡土中国的传统里天人合一的理想却依然值得我们守望，因为，那喻示着"人与人之间的和谐，人与自然的和谐，另外，还有人们内心的和谐"。我想，这应是赵德发乡土小说对传统伦理文化的终极守望。

三　天理人欲中的伦理沉沦

　　然而守望总归属于理想。《天理暨人欲》以几代律条村族长失败的"治心"史展现无法纾解的道德悖论和难以平衡的社会生态。从一个村庄辐射百年中国以至于几千年中华文明与道德纠结的困厄，最终传达着赵德发对乡村传统伦理文化所遭遇困境的无限忧思。赵德发以自我的乡村体验着手，从乡村农民的生存史中看到了一个千古以来一直交织着的矛盾冲突，这就是道德理想与人的欲望的矛盾冲突。哪怕在律条村这样的由血缘关系组成的乡村社会最基本的村落，这矛盾也没有因血缘而消泯，相反，这血缘也会随着伦理文化的衰落而日渐淡漠。于是在这血缘的淡漠里，我们也就清晰地看到了乡村宗法制的最终分崩离析，看到了乡村宗族礼仪纲纪的日渐消泯，从而发现乡村伦理沉沦的起始点。

　　从一个家族看，乡村伦理道理的沉沦首先来自于性爱的乱伦。孔子的"食色，性也"之论从本质上道出了人性之根本，就如同美国社会学家马斯洛所说的人的五种基本需求中，生存需求、安全需求、爱的需求被列为人最基本的三种需求。不同的是，社会学家的论析是从个体的人出发分析每一个具体的个体之所以为人的最基本的人性需要。但作为儒学的创始者，孔子的名言里则包含着乡土中国血缘家族传宗接代的社会伦理需要，所以，在几千年的传统伦理中，性爱更多的只是成为家族繁衍的条件，过度的男欢女爱则成为禁忌，被视为淫而被列为万恶之首。家族内部如果出现乱伦的性爱，不仅是一个人淫欲的表现，更是对伦理道德的背叛，会被视为整个家族的耻辱，当事者受到家法处置便顺理成章了。然而，即使是在最严厉的族规之下，也总会有人时时无视族规律令而突破这种禁忌。《天理暨人欲》中，许正芝接任族长的第二件大事就是侄子许景言与岳母的不伦之性事。在"文化大革命"破四旧的时代，大队书记许合印更是以破四旧的名义把家族伦理禁忌破掉，与婶子朱安兰在过去的族庙今日的村委办公室里高调地进行着"上台"的性爱狂欢，并把因狂欢蹭掉墙皮而从墙里掉出的写有族规的纸用来擦拭秽物。在斗私批修中，利索则说出自己和堂嫂常常借拿地瓜在地瓜窖里行苟且之事；即使是此时的许景行，内心却也忐忑不安，因为他和许二妮虽然没有任何越轨之事，可在心里，两个人都知道彼此的情意，这种暗恋的痛苦时时折磨着他们的内心，而许二妮丈夫许景田和许景行更是同辈堂兄弟，他们二人的关系又何尝不是一种不伦之恋呢？在世纪末的经济大潮里，利索办起了一品香饭店，服务员大单和他不明不白，而许合意也会趁他不在店中时把大单带出去。在这半个多世纪的风雨历史中，许氏家族几任领导都勉力治心，可是这种乱伦之事却始终与时俱进，不绝如缕，尤其是许景言，更是在一生中自始至终都践踏着这个家族的伦理，年轻时与岳母的乱伦害死了岳母，中年时又想把欲望之手伸向儿媳妇，而晚年则把魔爪伸向了年幼的远房曾孙女；这样一个不以破坏族规伦理为耻只为满足自己邪恶欲望的人物的存在，恰恰说明，当禁忌不复存在，伦理的沉沦也就成为必然。

家族内部伦理的沉沦其实在别处也上演着。《缱绻与决绝》中，苏苏尚在闺中因撞到哥哥与丫头的情事而对男女之事心生向往，代姐嫁给费文典后，又因费文典长期不回家而与郭龟腰私通；小米贪图宁可玉的钱财嫁给了这个残废之人，最终却与宁二歪嘴偷情，而按辈分，他要叫宁可玉爷爷。《窖艳》里的英英在冬夜里与他人去窖里欢愉，在《天理暨人欲》中给许正芝心灵最大打击的，正是他去县城时被恩师告知，圣人府里也出了乱伦之事，圣人的后人正亲力亲为地毁坏着圣人治心的根基。

借着这种种不伦之事，赵德发直接对人的欲望发问，如同他在卷首引的一句中国谚语所表达的："东海有底，人心没底。"他仿佛是在伦理道德与人的欲望之外，看到了另外一种不可捉摸、无力抗拒的力量。所以，在《天理暨人欲》中，他以寓意细节表达了他关于女性、色欲与伦理沉沦相互影响等方面的思考。在许正芝被选为新族长，正待选良辰吉日上任时，赵德发插写了一段给老婆荠菜看病的情节：许正芝老婆得了一种怪病，阴门不断地逸出腥臭之气；在县城遇到一位名中医，诊断为"阴吹"，并抄上一份药方，药方上就是十余味很平常的中草药，如党参、黄芪、白术、陈皮，甚至大枣七枚。这"阴吹"之病暗示着伦理沉沦的肇始就在于这色欲的无所禁忌。赵德发还在小说中设置了鼋子树这个充满寓意的神奇之树，树之福却为人之祸，年轻人以为砍倒鼋子树就能免去祸患，但长辈们以伤天理为由阻止了。长辈人说："天理玄妙无穷，是难论成毁的。成也是天理，毁也是天理。"鼋子树从此便带着这一充满玄机的题旨横贯故事始终。每当人心恶化、伦理突变之时，鼋子树便会作为一名引领者给我们以警醒，如写到"文化大革命"期间，支"左"的部队试图用高射炮轰跑鼋子老爷，结果却是遭到雷击，于是枯黄了数年的鼋子树引出了"文化大革命"一连串的道德沦丧的故事。到了90年代，鼋子树在一场冰雹袭来后发芽长叶，变得一树葱绿，于是就有了各种人欲膨胀的故事，人们还要靠鼋子树叶来催发欲望——利索正是因为后来发现了鼋子树叶能够壮阳的秘密，才使他纵欲滥淫达到登峰造极的程度。

乡村伦理的沉沦也表现为家族内部纲纪秩序的失范，尤其是以父子关系为主的伦理秩序的崩溃。父子伦理一直是"家庭"叙事的主题一维，在中国传统伦理文化所建构的传统"五伦"中，父子伦理也是最具有"延伸性"和"本源性"的一伦。向上追溯，可以成为"君臣"关系甚至"家国"关系的直接影射载体；向下追寻，可以具象为家族中单纯的"父子关系"。在中国文化传统中，父子伦理在终极意义上是打通"家"和"国""忠"和"孝"两极之间的中介伦理价值所在。①在20世纪的中国文学中，父子伦理不断被塑写成各种隐喻性的伦理关系和价值意义载体，所以，父子伦理也就成为最富有能指意义的叙事主题。事实上，家族宗法制的族规族约在某种意义上实则正是父子伦理的一种具体化条例，本着"子不教，父之过"的古训，父辈养育了子辈，自然地期望着子辈在自己约定的人生道路上行走，孝悌仁义，传宗接代，使一个家族繁衍相接而世代不止。可是每一个家族总是会有不肖子孙离经叛道，不惜打破族规和伦理禁忌，义无反顾地做一回逆子贰臣。于是这种从一个家族或家庭来看的具体化的父子伦理一旦被打破，原有的伦理道德就显得支离破碎了。

---

① 张文红：《伦理叙事与叙事伦理》，社会科学文献出版社2006年版，第1页。

在赵德发的笔下，从乡村看这种父子伦理的破败就显得更为深切。《天理暨人欲》中的许景言注定要成为许氏家族抹不去的伦理耻辱；封合作开办纸厂污染了律条村的水源，执意不听爷爷和父亲的劝说，最后又因一恶之念而丧命；许景谷的老婆由两个儿子轮养中被许合习家的以猪食的地瓜加清水当饭，最后却要靠刘二妮以天主教来感化。《缠绵与决绝》中的封运品也办起了汽车分拆厂，封大脚一辈子的土地观念终于在孙子这一代中断了，也许这可以看作是时代观念的发展变化，但从伦理文化上看，恰是子一辈借时代观念的变化对父一代既定伦理观念的打破。《窑居》中的老汉也许期望儿子继续走和他一样的耕作持家之路，可是"儿子不像自己的儿子了，他无论如何也想不到，儿子到了三十多岁上改行换道做起了生意"。通过在村里的买进卖出发了财，然后扒掉了自家的旧房盖起了楼房。老汉坚决不住儿子的新楼而宁愿一个人住在昔日与老婆相依的土窑里，可以见出父子观念的难以融合。同样《好汉村的四条汉子》中徐纸匠为人扎冥器无数，为儿子换来了殷实的家业，可儿子却拒绝继承父业，并在他去世后一样冥器也没有给他烧，那一把烧光存放全部冥器屋子的火里，留下的又何尝不是父子伦理失范的灰烬。

或许我们可以说传统的父子伦理中毕竟有太多的与时代不合的因素，那些保守与落后，加上传统家族所代表的伦理宗法制中存在的诸如虚伪、压抑人性甚至也有着残酷性等元素的存在，常常成为 20 世纪家族小说中父子伦理中批判的矛头所向，审父、弑父就成为年轻一代借文化观念不同而离经叛道的最佳理由。然而，我们也会发现，父一代的朴实、厚道、孝悌、仁爱的风范却常常具有超越时空的生命力，常常能在伦理失范之时给我们以警醒，背叛了这些伦理纲常，传统伦理的沉沦也就难以重回拯救之途。

但是，就如同我们对世纪末人文精神缺失的感受一样，对乡村传统伦理给予致命一击的，却恰是新的时代观念中金钱欲望的涌动。先贤说：君子喻以义，小人喻以利。于是恪守君子之道的先贤都自觉地把精神向内探索，农业文明古国的乡村伦理也就天然地有了一种内向的品质。可是，乡土生活的本质却是生老病死、四时耕作的日常细节，于是乡村内向的伦理品质有效地约束了物欲狂欢，却使得乡村强烈地感受到

第三章 乡村道德的守望

53

缓缓流动的时光和生活节奏里那种生的执着与挣扎。在将世界视为表象和意志的哲学家叔本华看来，"欲求和挣扎是人的全部本质，完全可以和不能解除的口渴相比拟"[1]。所以，从这一立场来看，《缱绻与决绝》中的苏苏在只有两个女人的家庭里深感生活的窒息与艰难，她与郭龟腰的偷情以及怀了孩子之后决定生下来的想法便有其合理性而使我们同情其不幸结局。包括银子以柔弱之身换来娘家的生存物质，包括《入赘》中吴春花与包世彦的不伦之情事，也都有着让人忧伤的成分而不会对其进行伦理上的严厉苛责。在这些人物身上，欲望的挣扎更多地被生的挣扎所遮隐，透过他们在乡村日常生活中的情状，我们更多地体验到的是乡村生活中那浮世的悲哀。

　　既然田园牧歌只存在于我们的想象中，那么，我们也必须走入乡村生活的现实，去看乡土上始终带有的原始的荒凉，去感受在日常生活哲学中的现世主义。我们似乎永远无法探求到乡土民间生存艰难和各种灾难的真正缘由，所以，赵德发笔下对君子之道的追寻与乡村传统伦理沉沦的冲突也无法拂去其来自乡村日常生活的浮世的悲哀。从乡村来看，俗世生活是乡村人生活的全部，是乡村人无法逃避的舞台，无法超越的畛域。在"欲求与挣扎"中，他们没有脱俗的理想，没有超凡的美德，他们只不过是按世俗生活的要求，按照自己的日常常识处世行事，简单的好与坏的道德判断都被乡村伦理内向的品质和平庸的日常生活所造就的平庸性格限制着。

　　然而，这种平庸却终于被飞速而至的现代化所打破，日常缓慢的世俗生活被金钱财富裹挟着滚滚向前；历史并不会终结，可是我们却分明感受到乡土中国固有的历史形态渐被终结。金钱与欲望一洗淳朴时代的泥污，昂首阔步地走到了乡村生活的中心，走入了乡村人的内心。于是，欲望也成为乡土中国每时每刻的在场者，昔日的乡村也快速沉入一个欲望的时代，在这个时代里，"以普遍的个体占有为形式的贪欲正在变成时代的秩序、统治的意识形态和主导的社会实践……在这个社会制度里，积累的目的是为了进行新的积累，让人感到欲望的无限性。因此，欲望成了一个晦暗不明、深不见底的物自体，开始恶魔般地横冲直

赵德发创作论

---

　　① 叔本华：《作为意志和表象的世界》，石冲白译，商务印书馆 1982 年版，第 427 页。

撞，毫无目的地自我推进，像一个狰狞的神灵。"① 金钱与欲望之下亲情淡漠、耻辱观念消泯也正成为当下一些乡村人的外在表象。在《缠绕与决绝》中，羊丫也开始办起饭店，并开导服务员要放得开才能挣来大钱，甚至在人手不够的时候还会从别处找来"小姐"支援；封运品为了自己能娶到年轻漂亮的大学毕业生丛叶，不惜制造车祸害死发妻，而亲人们却又为了分得一些钱最终放弃了对这件谋害发妻事件的追究。在《天理暨人欲》中，利索为了提高饭店收入，找小姐招待客人，大单委身于利索，初时尚有一些情感在，而后却开始在许合意的开导下主动以身体展开对钱的追逐；许合意用美色拉拢环保主管人员和外地来的采购员，甚至自己也开始和这些人一起"享受"；在许景谷家的去世之后，隆重的丧礼上请来的两帮吹手吹唱的却是流行歌曲，而为了竞争，其中一帮居然跳起了艳舞以吸引前来吊唁的乡邻去看热闹并不惜出钱让女舞者脱衣露体，而许小菲却觉得女吹手唱得不如自己，此后竟然放弃考学之路转而去做女吹手挣钱；小艾、小菊去南方打工回来，时尚的衣着、开放的姿态处处透着暧昧气息却又引起了村里年轻女孩们的向往；而许景言得以再行恶行，恰是因为这些年幼的孩子在他面前卖弄从电视里学来的模特风度。从孩子受害的结局里，我们看到伦理沉沦之后，欲望之流正开始向着更年轻一代漫流而去。

在历史的进程中，时间是最富有毁灭性的力量。它可以使一切可能变为不可能，也可以使一切不可能变为可能；它可以使一切实在变为虚无，也可以使一切虚无变为实在。世纪末的社会变革以人们难以想象的速度和方式重新建构、塑造着乡村传统的生活方式，乡村传统伦理在商品、市场、金钱、欲望的多重夹攻下分崩离析。当欲望甚嚣尘上之际，谁还能力挽狂澜寻找到一条新的精神与伦理的救赎之路？赵德发在忧思之下，为我们呈现了一个别有意味的小说结尾：

> 许景行在镇党员大会上听了传达那个叫做《中共中央关于加强社会主义精神文明建设若干重要问题的决议》的文件几天后的

---

① 特里·伊格尔顿：《历史中的政治、哲学、爱欲》，马海良译，中国社会科学出版社1999年版，第273页。

一个下午，又下起了雹子："此时雹子下得正猛。他们看见，在这从天而降的打击与摧残下，那棵树让每个枝条都摇摇摆摆，似舞蹈，似歌唱，似在表达她的无限快乐与淋漓欢欣……"

第四章　历史·革命·权力

在社会学家的理论视野里，乡村的形成是人类文化和经济发展到一定的时期应运而生的一种社会构成形式；乡村基本上闭关自守，满足于自给自足的原初经济状态，这也正是乡村所具有的本质特征。乡村大量地保留了更多的中国农业社会的面貌、淳朴的人际关系和醇郁的乡俗，人与人、人与自然、人与社会的关系非常和谐，远离尘嚣，稳定而平衡。所以，乡土小说作家也总是在小说中更多地把自己的写作审美倾注在平静的乡村生活中。在乡村的历史书写中，那些发黄的纸页，却无法为我们提供一个认识乡村历史的可以参照的理论体系。从 20 世纪中国乡村小说的写作历史来看，乡村小说作家的个人乡村生活经验会由于其创作审美理想的不同而很明显地在我们的视野中呈现出分明的两极指向：或是启蒙立场的批判，或是眷恋情思之下的浪漫。但是，革命意识形态主导的年代，乡土小说创作还表现出另外一种指向，那就是以阶级斗争来建构的乡土乌托邦。这些包括了赵树理、周立波、柳青等人的红色经典小说。新时期以来，意识形态的主导力量渐渐淡出，多元化语境中的乡土小说创作表现出复杂的审美形态，乡村中坚固的传统道德思想，博大深厚的宽容和更新精神与现代化浪潮剧烈冲刷，交织出中国乡村历史前进的一个新的起点，也交织出中国乡土小说新的旋律。

赵德发站在新世纪前后台阶上，俯视时代云烟，写下了他对历史、革命、权力的思考。或许，这三个词语在现当代众多著名作家的经典小说中，不论是在意识形态视野下呈现，还是在现代、后现代语境中呈现，都曾经以狂欢的姿态摇曳生姿。可是，在繁华沉寂之时，我们以乡土文化的视野重新审视这三个词语时，又该如何理解其与乡土文化和乡村历史进程交织的重重纠结？所以，在我看来，历史、革命、权力不只是深入赵德发乡土小说精神内核的关键词，也是他小说写作视野的关键词。

一　乡村历史的裂变

前文我分析了赵德发在乡土哲思上的乡土历史观念，他是以微观历史的方式，发现在那细屑而丰盈的"小历史"背后所隐藏的"大历史"那沉重的面影。在此，我想更为深入地分析他笔下的"历史"与他和乡村景观的联结。

一直以来，我们对历史的定义和理解，存在着两个向度：一是本体论意义上的历史。所谓历史，它是人类活动的一个场域，它有着时间和空间的规定性，人类在这一场域中的所有活动构成了历史的"本体性"；二是被叙述的历史，即对"本体性历史"的叙述，它构成了历史的"文本性"，从而把"本体性的历史"转换为"文本性的历史"，把历史的内容转换为语言中的存在，成为我们可以阅读的历史。我想用更为简单的语言来说，这两种理解，一个是从我们作为个体的人都以自己的人生中每一天的活动参与构成其内容，是我们亲历的历史；一个是我们阅读并能形成个人认知的历史文牍，是我们阅读的历史。但是在新历史主义思潮风行全球之后，从文本认知的角度，我们又形成了第三种对于历史的理解，即元历史。由于"被叙述的历史"会因其在叙述的过程中由语言派生的叙述、修辞、想象甚至虚构等常常让我们对"本体性的历史"的接近基本上成为一种无望的企图，即使当下最富于想象力的"穿越"也只能提供给大众一场娱乐中的想象性满足，而永远无法揭开历史真实的帷幕之一角。再者，由于叙述历史时的意识形态要素的参与，使得历史的叙述更多地融入了话语立场，从而导致了所有的历史叙述都最终不过是一种话语实践。正像海登·怀特所认为的那样，所有的历史不过都是"关于历史的文本"，而所有的历史文本不过都是一种"修辞想象"。历史只存在于具有文学性的历史文本之中。"历史是一个延伸的文本，文本是一段压缩的历史。历史和文本构成生活世界的一个隐喻。文本是历史的文

58

本，也是历时与共时统一的文本。"①所以克罗齐说：一切历史都是当代史。这与那句"重要的不是话语表述的年代，而是表述话语的年代"就共同成为新的理解历史的经典语句。

可是，在有关历史的理论中，我们还需要注重另一种历史的分野，即"意识形态的历史"和"民间的历史"。由于历史叙述中话语立场的存在，历史叙述或历史书写中的事件取舍、修辞态度、阐释方式和价值取向常常会表现出主流意识形态叙述倾向，在对"历史"的取舍中总是以权力或隐或显的支撑来确定对历史的权威性阐释。这种"意识形态历史"在我们接受教育的过程中强烈地塑造着我们的历史意识。但是，"民间历史"究竟是以什么样的形态存在于我们的历史意识中呢？解构浪潮的来临，使我们得以对历史进行追问，于是会发现，那些原本被遮蔽、被舍弃、被贬抑的历史有时竟然是那样的流光溢彩，就如同莫言的《红高粱》、陈忠实的《白鹿原》、刘震云的《故乡天下黄花》等新时期以来的新历史主义小说所呈现出的民间历史一样，给我们带来了强有力的冲击。因此，我们有理由说，从民间这一视角看，那些小人物创造了另一种真实的历史，历史的细节和意义也存在于乡村的日常生活中。

乡村作为"民间的历史"的核心承载，其真实的历史景观往往被意识形态的政治意图所遮蔽。至少在我个人看来，乡村生活经验告诉我，乡村世界相对稳定的自给自足的生活状态、伦理道德观念与阶级斗争、革命风雨有时候是互不搭界的，外部世界那些狂飙突进的历史进程中的重大标志性事件，很多时候在乡村的宁静中引不起多少涟漪。但是，我们仍需要历史，乡村更需要自己的历史。因为所有的意义都是历史给出的，乡村的意义也植根于乡村的历史中。那么，对于赵德发而言，他借"农民三部曲"所呈现的乡村"民间的历史"也就意味着乡村作为历史主体对"民间的历史"的本质性建构，意味着乡村在历史意识中的真正崛起。

那么，如何建构起历史视野与个人生活经验密切相关的乡村历史，也就成为赵德发乡土小说历史观的人文价值所在。

---

① 朱立元主编：《当代西方文艺理论》，华东师范大学出版社1997年版，第396页。

就中国乡土小说史的视野来看，当代乡土小说的创作长期处于一个单一的意识形态主宰的境域。我们耳熟能详的那些经典总是自信地把一切事件都纳入单一化的"正史"当中。乡村发生的一切似乎都可以看作是与国家的大历史进程一体的，国家每一阶段的政策方针也都会轰轰烈烈地在乡村大地上同步演进，从而把乡村纳入国家整体的确定不移的线性历史流程中。从这一点看，赵德发乡土小说所呈现的历史也有着"正史"的视野。但是，赵德发并没有按照"正史"的历史观来支撑其乡土小说的审美价值，而是以民间的"小史"介入宏大的历史流程，以个人的人生经验来观照过去，观照历史。

首先，赵德发以自我对人类存在思考的历史意识来理解他的乡村历史。在《缱绻与决绝》中他重在构建乡村的土地历史；在《天理暨人欲》中他重在构建乡村的伦理道德历史；而在《青烟或白雾》中我们又看到乡村权力的纷争。虽然从国家的层面看，土地、伦理、权力也是整个民族存在的核心支撑点，但是我们在现代化的进程中，更多的却是以政治、权力、经济去理解整个民族历史的前进的。即使在乡村，我们也期望着政治意图会带来乡村的巨大变化。但是，对于封大脚而言，他的一生是在土地上艰难挣扎的一生，当他辛苦地开垦自己的土地的时候，土地似乎还没有成为纷乱时代里国家意识形态的关注点；战争年代，他所感受到的更多是生存的艰难惶惑，并没有直面血与火的峥嵘；土地改革年代，他以一个农民特有的质朴守候自己的土地，挣扎于那份土地的得失之间；在新时期现代化进程中，当他终于可以安享生活时，正如他的那片圆环土地的支离破碎一样，他一生追逐的土地却没有带给他心灵的真正安静。时代纷纭变化与个人生活理想总是处于一种悖论中，历史带给人物内心的感受并没有我们在宏大的历史进程中所感受到的那般高亢激昂，而更多的是惶惑不安。同样，这样的惶惑不安，也正是许正芝、许景行、许合心祖孙三代致力于律条村的君子品质过程中始终摆脱不掉的心灵阴影。

在此，我们分明发现了一种历史驱逐和溃败感的书写。在《创业史》《三里湾》《金光大道》等"十七年"经典小说及《浮躁》《平凡的世界》等新时期乡土小说中，那些主人公形象在我看来，都以历史进步的乐观主义参与到创造历史的浪漫理想中，并在这种浪漫理想中完

赵德发创作论

成了个体人生与宏大历史的同构。而对于封大脚和许正芝、许景行们来说，历史恰是外在于乡村的强大异己力量，并不能给他们带来拯救的力量，却成为他们走入惶惑的宿命力量。作为农民，封大脚应该成为一个生活在土地上的自由个体，但是在时代风云里，他却总是处于土地的边缘，总是需要辛苦地经营自己在边缘处的乡民生活；而许正芝、许景行的痛苦则是他们身体力行的理想总是被时代风云所击碎，他们的种种努力在历史面前是那样的卑微，他们不只是被身边的人抛在身后，更被历史抛在身后。在《青烟或白雾》中，历史则是冷酷无情地拒绝了吕中贞试图参与其中的种种努力，让我们看到一个女性进入以男权为本质的历史的挫折感。从整体上看，不论是革命历史时代还是现代化建设的新时代，历史以波澜壮阔之势滚滚流动，乡村却总是有一种被拒斥的感觉。比如《蚂蚁爪子》中老木墩当年参加革命最后生活在城里，可是作为一个没有知识的农民，他在革命成功后却无法适应城市，他逃回了家乡，终于在孙子身上实现了知识的最大理想，尼龙考到了杭州的大学，然而，在新的时代里尼龙却摆起了地摊，宣告了老木墩理想的破灭；同样，在《青城之矢》中郭全和、刘老师等人进城谋生，作为乡村的知识者，在城市依然只能从事最底层的事情谋生。这样的场景虽然不能以简单的城乡二元对立来理解，但借助后现代历史观所主张的历史与小说文本的互为隐喻，我们依然可以清晰地感受到，在现代化进程日益加深的当下，乡村面临着为都市所驱逐的现实，乡村历史正日益被以都市为中心的现代化进程所拒斥。而且，随着现代化的日益加速，都市正日益成为财富的集中地以及现代化的标志性表征，而传统的乡村则是或者正加速消失在城市化进程中或者日益凋敝，乡村的荒原性景观里呈现的恰恰是乡村历史的溃败感。

赵德发在"农民三部曲"中所呈现的历史进程具备史诗的规模，但我们进入其细节，就会发现，他是以个人的记忆面对历史的碰撞的，在不同的历史片断中，演绎成不同的历史境域。这样，他笔下的历史也就成为体现个人存在的历史，也就有了个人成长史的意义。在我们的印象中，乡土小说总会有"农民形象"，可是究竟什么样的农民形象才是"真实的农民形象"？在启蒙时代，鲁迅笔下的闰土可以是真实的农民形象，但是谁又能说沈从文笔下的渡船老汉不是真实的农民形象？即使后来的土改小说中那些"积极的"如梁生宝和"落后的"如梁三老汉这样的农民形象也都是真实的，但这些并不能成为我们印象中那个模糊却又"真实的农民形象"。当然，我们理解的农民形象也并不能说就是真实的农民形象，毕竟，人性是复杂的，一个真实的个体形象的成长更是充满了复杂性。所以封大脚、许景行、吕中贞从年轻走到年迈的一生，恰是一个个体真实的成长历史，他们的成长历史拆解了"正史"视野下的真实农民形象，而呈现出一个个真正的农民本色。在他们的成长历史中，那些二元对立的阶级斗争、敌我斗争都消解在人性的复杂、血缘、伦理之中，留下的是个体刻骨铭心的生存体验和成长记忆。显然，历史在每一个片断到底留下了什么样的问题，在乡村的世界里我们无法寻找到如同"正史"那样清晰的答案，比如在土改中斗争地主的场景总是被你死我活的阶级斗争提高到对地主阶级的正义镇压上，但是在以血缘为纽带的乡村世界里，这样的事情在天牛庙显然并不一定要出现我们曾经在其他作品中所看到的那样把地主阶级全部镇压干净这样的结局，天牛庙在镇压了宁学祥等大地主之后，腻味等人要继续把这种以消灭生命为手段的斗争进行大面积的展开，而封大脚等人却以乡村的伦理、血缘把这种阶级斗争的残酷程度降到最低，甚至在劝腻味不要再杀人的同时，封大脚和绣绣还不顾危险地救下了宁可玉，而铁头则是面对腻味的一味喊杀首先对自己之前对宁学祥等人的杀戮表示了反思。同样，许景行对日本鬼子的残暴行径所留下的记忆是嗣母等人的死去，以及之后嗣父许正芝抱树而亡，因而让他失去了庇护和指引自己心灵成长的父亲。所以在个人的成长历史中，不同的历史片断在不同的主体那里，也就演绎了不同的历史境域，历史的裂变也就成为必然。正如卡尔·贝克尔所说："任何一件事件的历史，对于不同的人来说绝不会是完全一样的；而且人所共知，每一代人都用一种新的方法来写同一个历史事件，并给它一种新的解释。"① 所以，我们有理由相信，赵德发是在用自己的个人经验对乡村历史给予新的解释；他以厚重的文字确立了自己的乡村历史坐标。他为乡土书写历史并不仅仅是某种虚构的个人情

① ［美］卡尔·贝克尔：《什么是历史事实？》，张文杰等编译：《现代西方历史哲学译文集》，上海译文出版社 1984 年版，第 237 页。

感诉求，也不是后现代语境下对于历史的各种虚拟性想象，而是在对历史真相的质询中，确立了属于他个人的当代乡土精神原则。

二　乡村革命的悖论

在历史的行程中，革命无疑是每一个历史剧变或时段最大的推动力；历史行进不止，革命也就永远不会停步。但是，到底什么是真正意义上的革命？革命的最高理想究竟是什么？至少在我看来，这些在政治家们的理论中不可能有真正完善的答案。政治家们振臂一呼的背后，其动机是值得玩味的，然而历史却就是在这样无数次的振臂一呼中向前迈进了。作家们的笔下会呈现出革命曾有的真实情态，也会在文字间潜隐着自我对革命的理解和革命的终极理想。但是，理想的革命在与现实的各种要素碰撞之后，在历史的背后，革命的悖论也总是必然会成为抹不去的印痕。于是，当意识形态意图附着于文学的想象向读者宣讲革命时，我们所看到的革命狂欢或者革命的乌托邦理想，最终总是像易碎的砖瓦一样成为历史的残片。

我们从小说中读到的真正具有现代意义的革命，最早当属"新文化"运动的启蒙时代鲁迅先生写下的名篇《阿Q正传》。在那个病态般的年月里，"革命"这种意识形态对"未庄"这样的乡村，对于个人生活的影响总是显得那样单薄，"革命"是为什么，不知道，怎样"革命"，不知道，"革命"要干什么，也不知道。对于阿Q来说，当他看到赵老太爷听到革命时的惶惶然，于是觉得革命是个能让这些乡村强势力量恐惧的事情，所以他开始高叫"革命啦，革命啦"，并欣然于在"革命"这一词语之下那些强势人物对于他的片刻敬畏。同时，"革命"也是个让他想入非非的外力，借此他可以觉得自己"想要谁就是谁"，想做什么就做什么，甚至可以调戏一下小尼姑。于是，整个社会都在这么一种莫名其妙的状态中，演绎着乡村一个个小人物荒唐却又令人深思的故事。鲁迅先生为我们描述了一场声势浩大却收效甚微的革命现象。从根本上来说，在我看来，这种革命的不彻底性并非我们从历史教科书上学到的原因，本质上的原因应在于中国乡村独特的社会结构与乡村伦理制约着个人对革命这一词语的理解与接受，所以对于大多数人来说，革命只是乡村人的一种莫名的力量和调节日常缓慢节奏生活的片刻激情行为。

　　这样的状态事实上在红色经典小说中也难以避免。以周立波的《暴风骤雨》为例，小说的开端即隐含着革命与题目的内在矛盾。当带着鲜明身份标识的工作队进入乡村时，农民惊疑的目光表明，对于以血缘、亲缘、地缘关系维系社会超稳结构的宗法制农村而言，革命就和当年的鲁迅先生笔下的"未庄"及未庄人一样只是异己的"他者"。在第一次村民会议上，工作队员刘胜热情地解释"翻身""就是要大伙起来，打垮大肚子，咱们穷人自己掌上印把子、拿上枪杆子"时，农民以自己的方式拒绝了革命话语。印证革命客观必然性的"振臂一呼，四方响应"没有出现，革命首先需要依靠工作队对农民进行"发动"："工作队全体动员去找穷而又苦的人们交朋友，去发现积极分子，收集地主坏蛋的材料，确定斗争的对象"。"发动群众"立即把农民还原成启蒙对象。由此可见，革命在乡村社会发展的缓慢。但是，革命仍需要进行，农民的革命意识仍旧要启蒙。为适应启蒙需要，"典型化"成为革命叙事的重要修辞手法。周立波曾说："革命现实主义的反映现实，不是自然主义式的单纯的对于事实的描写。""对于现实于发生的一切，允许选择，而且必须集中，还要典型化。"正如英国批评家丹尼·卡瓦拉罗所说："修辞和意识形态总是难舍难分，这是因为修辞语言经常极力地服务于意识形态目标。"[1] 于是一种革命所造就的乡村内部的二元对立就此在革命的启蒙中建立起来：一方面是农民接受外在于乡村现实的革命话语，以历史真理的姿态成为革命"积极分子"；另一方面是被革命视为为害乡里、无恶不作、阻碍乡村进步而被革掉了命或被斗争的"地主坏蛋"，两大阵营的对立与斗争就成为这一时期乡土小说最显著的革命景观，并构建起乡土小说的革命意识。

　　只是在我看来，更为吊诡的却是，革命中的积极分子一开始都不是乡村的知识分子或文化权威，而是那些"一无所有"的无业游民。从这些作品中我们很容易看到，那些在土地革命中没有土地的乡村无业农民恰恰最容易被革命的启蒙者鼓动成为最积极主动的革命分子，而那些

　　① 丹尼·卡瓦拉罗：《文化理论关键词》，江苏人民出版社2006年版，第32页。

曾受雇于地主或者租种地主土地的农民却常常有着传统乡村伦理的道德恪守而更愿意把那些地主看作他们的乡邻，甚至如果这些地主不那么凶狠并且能在他们面对灾难的时候对他们给予帮助，那么这些农民还会有一种知恩图报的心理，于是他们对于革命的认识和理解并非如同启蒙者所要求的那样，明了其中的所谓本质问题。而乡村知识者则在某种程度上从乡村伦理及对生命对乡村社会稳定诸多方面出发，形成了他们对于革命的理解。相对于暴力色彩的革命，他们更愿意选择温和的改变以免乡村社会固有的伦理、血缘等被革命冲击而不复存在。而且从革命本身来看，由于革命理论是一种带有集体乌托邦色彩的终极性话语，它在具象化之前便必然地存在着与其他理论话语同样的空洞性，这使它的传播与实践在现实情景中必然会遭遇难以在基层顺利得到理解和接受的境况，无论革命者对革命的宣传呈现出多么强烈的新鲜光环，也会在大众生疏甚至厌烦的注视下变得孤立和异化。无论是土地革命还是文化革命，村民们对这些的理解就如同《青烟或白雾》中驻村干部口若悬河大谈国内外形势，而村民则是拿起马扎就要走。于是带有如此强烈的清教道德主义色彩的革命，就会以一无所有的无产者作为乡村革命的积极分子，而且甚至允许其占据中心地位，并且把他们对革命的积极和忠诚说成是一种新的道德，或者说更高道德的禀赋，于是《缱绻与决绝》中如腻味这样的一无所有者就成了根正苗红的坚定的革命积极分子，并且成为天牛庙的风云人物，曾是青旗会小头头的费三杆子可以摇身一变成为民兵队长而没有人再去计较他曾经的恶名。

从革命过程看，乡村伦理被革命话语转换之后，革命渐渐建立起在乡村的权力自信。从《缱绻与决绝》所呈现的革命景观来看，作为建构革命自身的要素，斗争这一方式体现了民间话语在革命话语影响下的叙事兴奋，通过在阶级身份之上叠加道德身份，宁学祥等地主变成了革命的阶级敌人和民间伦理的敌人的双重身份，他的仗势欺人和血债累累与民间话语的"为富不仁""申冤报仇"有着明显的同构关系，斗争宁学祥就使得那些苦大仇深的乡民们具有了复仇的民间正义性。革命由此论证了自己的合法性，民间伦理就这样被转化为阶级斗争的话语资源。与经典的红色小说一样，在小说文本中，天牛庙的村民们被动员起来"诉苦"显然是叙事的兴奋区域，通过诉苦，个人的苦难在群体的倾诉

中获得了复数形式，上升为阶级的集体苦难，个体仇恨也上升为阶级仇恨。一次次的血泪控诉不断叠加着仇恨情感，最终演化为"让他抵命"的呐喊声中"不知道多少人拥了上来，或用棍子或用拳脚，片刻之间就把他砸得断了气"的一场暴力仪典和狂欢。如福柯在《规训与惩罚》中所说的那样："肉体的酷刑常常显示了有形的权力。执行刑罚是一种政治仪式，它庆祝的是主权者的胜利；是一种仪典，在这仪典的中心矗立的是主权者所拥有的绝对权力。"① 宁学祥成为确证这场新的革命景观的祭品，诉苦者的声音证明了革命的人民性与正义性，在它之上高居着革命在自我克制与局面控制中所表现出的权力自信。

可是，从革命的实际效果看，从新的革命如何在乡村能深入人心并能取得预想的结果这一过程看，阿Q式的革命目的依然是首要的"收获"。所以我们看到在《缱绻与决绝》中，土改复查时，腻味每天喊的口号是"粗风暴雨！粗风暴雨来啦！贫雇家当家，推平土地，填满穷坑！"在这个口号之下，天牛庙的土地复查工作终于得以在以腻味、封大花和老觅汉刘胡子的带领下以斗争的形式开展起来。但对革命的最终目的，腻味显然重复了启蒙时代阿Q的革命目标：革命可以获得想要的东西，想要谁就是谁，想做什么就做什么。天牛庙的土地复查，除了让贫雇农家分得土地，掘了宁家的祖坟外，"望着这一片在蓝天下豁然洞开的墓穴，贫雇农们真正有了一种扬眉吐气的感觉"，并且在"贫雇农也要辈辈不断香火"这一响亮的口号之下，那些被斗争死的地主家的女性就被分掉了。革命之下，阿Q曾有的"我手持钢鞭将你打……"的得意，终于在天牛庙土地复查的年代变为现实的杀人狂欢。革命让腻味等人首先获得了任意处置他人生命的权力，在腻味、封大花的主持下，天牛庙所杀之人数终于比过了邻村。

而且，此时的革命相对于启蒙年代还有着一个相对提高的目标，就是对权力的获得。《缱绻与决绝》中，在区干部们让村里"干部让权，农民当家"的号召下，封铁头因为自己土改的不彻底和主动让权，腻味掌握了天牛庙的大权，甚至在杀人事件之后因上级的纠错而把他的职权拿去之后，腻味也依然在心理上有着强大的权力优势："老子就是不

---

① 法·福柯：《规训与惩罚》，刘北成、杨远婴译，三联书店2007年版，第35页。

简单！老子那时是天牛庙村掌龙头的！全村贫雇农的地都是老子给夺来的！你们谁行？谁也办不了咱这样的大事！"同样，在《天理暨人欲》《青烟或白雾》中的"文化大革命"年代，借革命之名而谋权力之实惠，也就成了革命名义下的最终目的。

从更深层次看，无论是土地革命还是文化革命对于农村的最大影响，就在于营造了一种特别的社会生活的氛围，这是一种村人被分为阶级成分之后相互猜疑和敌视的氛围。在这种氛围里，亲情、乡谊和乡里道义被一次次碾碎，日常伦理被践踏。人分左中右，等于被分为三六九等，那些被定为高成分的人，永久地被打入另册，只要有一点运动或者革命的压力，周围的人就会自觉地以攻击他们的方式来证明自己的立场。人们相互的告讦从针对另册人物始，很快就传染开来，化为政治斗争的工具，运动的主导者无一例外地会将这种告讦视为"革命性"，没有运动，大家还可以相安无事，然而一旦进入运动状态，土改斗争中的诉苦也好，"文化大革命"中的斗私批修也好，人人立马就变了模样，手可以打人，嘴可以吃人。村里的权力斗争，可以你死我活，无所不用其极，于是即使最为普通平凡的村民也终于得出自己的结论：革命或运动，就意味着人整人。革命是为了让乡村获得新的变化，可是乡村的传统伦理与曾有的宁静和谐却也就此不复存在了。

村庄从蛮荒走来，碾出乡村传统流变的深深辙印。乡村的伦理规范既是中国乡村变迁中的重要内容，又是影响乡村变迁过程中守望和谐与安宁的主要因素。赵德发在他的乡土小说中，用大量的笔墨触及中国乡村变迁的这些革命场景，把乡村社会革命场景中的血腥与礼仪、残酷与温情、丑陋与美好、兽性与人性等一一呈现在我们面前，引起我们心灵深处对乡村的深深思虑。

三 乡村权力的沉浮

从古至今，中国农村、中国农民在中国历史上演绎着生生不息的传奇故事。而在乡土中国绵延流传的过程中，乡村秩序感的生成也是乡村传统伦理的应有之义，所以我们看到，不管是由血缘家族群体构成的乡村，还是由杂姓家庭组成的村落，都会在传统文化伦理的制约下达成一

定的乡村秩序，否则乡民的生产生活现状将难以维持。于是，乡村权力应运而生，同时也就有众多的乡村精英活跃在乡土社会底层，自觉沿承传统乡村文化伦理与家庭宗法而渐渐成为乡村的"话语权威"，从而掌握了对其所在乡村具有控制意义的权力，并依靠这种权力来处理乡村公共事务，维持乡村公共秩序。在不同历史时期、不同文化背景下，乡村权力要求并塑造的精英人物标准也不尽相同。随着社会的变迁，乡村精英发生流动与替换在所难免，乡村权力也自然而然地处在不断的流变之中，并在中国传统仕途文化的制约与影响下，共同构成了中国的权力文化。

但因掌握了话语权而形成的权力掌控并非仅凭一人之力就能够完成，乡土中国的传统文化伦理和血缘家族的宗法使得基层乡村的权力在形成过程中会形成群体的威势以保障权力的稳定性。依据现代社会学理论，权力是群体和组织通过各种手段所获取的让他人服从的力量，这些手段包括暴力强制以及继承原有的权威。权力的各种因素结合起来成为一种社会关系，存在于宗教、政治、经济、宗族甚至亲朋等自然社会要素的结合之中。乡村的权力则存在于乡村社会整体的文化心理、礼仪道德、宗族秩序等社会生活各个领域的关系之中。所以乡村政治权力往往是和这些复杂的乡村社会关系联系在一起的。

在乡土中国进入现代化之前的漫长发展过程中，由于种种因素的合成，作为乡村权力执行者的乡村精英，在掌握话语权之后作为乡村自然产生的领袖人物，他们既是官方与民间连接的桥梁，又是官府、乡里所期望造福乡里或教化民众的不二人选。他们在维持乡村秩序时，主要依靠封建礼法和宗族血缘进行治理并且在治理乡村的过程中展现了过人的智慧、手段和超人的意志。于是这些精英最终会依托家族力量而成为乡间德高望重、财力丰厚的乡绅；同时，他们的存在也常常成为一个家族的依靠而让一个家族逐渐变得强盛。在这样的家族权力情结之上，官本位文化就演进为乡土中国最为根深蒂固的一种文化观念。权力崇拜也就一直是乡土中国民众的一个基本意识。

从家族角度看，乡土中国传统的血缘性家族村落的社会最基层单位特征使得这些血缘家族对本家族的荣辱有着特别的敏感；一荣俱荣，一损俱损，所以当家族中如果有人能掌握权力时，也就预示了这个家族可以得到利益的保障及光宗耀祖的家史荣誉。同样，如果一个家族曾经有过的权力一旦失去，也就会成为家族失败，甚至成为其他姓氏血缘家族打击或欺负的对象，农村宗族情绪的狭隘与残酷也是乡村伦理中较为残酷的一种文化恶习。所以，当杨道亮（《蝙蝠之恋》）决定追求自己的文学梦想而离职县组织部副部长时，他的父亲尤其是堂伯堂叔们纷纷劝阻，甚至其二弟说他这样的选择"太自私了"。杨道亮的犹豫也正是因为他明白，他最近几年在县里的位置比较显眼，同村的韩姓才有所收敛，对杨姓人家没再有太多的冒犯；他一旦离开，也就没有人给他们杨家撑门户了。宗族门户之争常常使得乡村的争斗冲散了乡村所给予的和谐与温情，只留下争斗的计谋与阴暗。《选个姓金的进村委》中描述了金姓几代人由于人少势弱在荆家沟受尽了金姓人的欺辱，他们的诸多努力不仅没有改变现状，反而适得其反。所以，当荆家村民主选举村委会的告示一出来，便使几近绝望的金姓人好像看到了本族人的未来寄托。而唯一的希望——在外打工有出息的金路，则是完成这一神圣使命的重要人选。他们的希望、焦虑、不安在期待金路归来的过程中是如此清晰，因此金路的死亡对所有金姓人不啻一声惊雷，击碎了他们所有的梦想。或许是他们的执着与悲壮感动了众人，也或许是出于怜悯，人们竟同意让死人参加竞选而且竞选成功，从此村委开会时那个永恒的空位子便成为金姓人的骄傲，因为那是权势的象征。这一故事正是对乡村间家族对权力崇拜的荒诞表现。

同样，《青烟或白雾》中支、吕两姓人家对于风水的迷恋，也正是基于各家族权力崇拜的一种表现。两个家族地处同一村落，乡村的邻里之情支撑着他们的平安相处，可是祖坟上的青烟所预示的出官人的传说却让这两个家族明里暗里地争斗着，甚至这争斗也影响着两姓人的命运，以致支明禄与吕中贞从青年时期起长达几十年的爱恨纠葛都与这官人权力有着千丝万缕的牵连。而支明铎在本县任纪委书记一职，也始终使支姓在支吕官庄的各项事务和日常生活中对于吕姓人家处于支配地位，也使支明禄可以底气十足地掌控本村权力，并打算把这种权力作为一种私产交给自己的儿子，使其延续下去。

从家族的权力崇拜中，我们也可以看出，正是由于这样的权力家族化甚至私人化的传统权力伦理导致了权力的集中，并在乡村里引起诸多非正义或不公平的现象，从而使得没有掌握任何权力的家族与权力家族之间无休止的明争暗斗不断持续。于是基于对公平、正义的诉求，在我们民族心理尤其是乡村文化心理中，就有了强烈的清官崇拜意识。一方面是恪守传统美德的乡村代言人，在掌握权力之后会以君子之道的传统伦理美德严格约束自我行动，以高度的道德、慎独的个人形象出现在乡邻面前，维护着传统乡村的平静与和睦。就如同《止水》中的赵学运为了不让乡邻们在斗私批修中看到自己有一丝一毫的私利之心，连女儿德莲裤子上的两片补丁都要去管，并且毫不犹豫地断绝了女儿的招工之路；而《天理暨人欲》中的许正芝与许景行父子，在不同的时代中，一个以族长身份掌握家族权力，一个以村长之职掌握基层乡村权力，但都恪守君子之道，从而彰显出个人高洁的品质；《青烟或白雾》中支明铎身居县纪委书记，他也以自己的先祖为鉴，坚定地要走一条清官之路，甚至不惜让自己在现代官场文化中因另类的形象而被打入另册。另一方面是清官崇拜在民族心理中走向盲目，就如《青烟或白雾》中支翊的清官形象使支姓人家能够在彰显家族威望的同时，那座清官庙也成了一个官场标杆，缭绕的香火烟雾里浮起的是乡村平民的心理以及民族文化心理在现代化进程中的封闭自守。

从个体的人的角度看，权力渐渐成为一个人彰显自身的工具，而掌握权力的人也就在权力的工具化中渐渐走向异化。从现代视野看，权力产生之初是与治理国家相联系的，其宗旨应是服务于人，然而，随着历史的变迁它逐渐失去原初的意义，现代的官场文化使得权力成了私欲的工具，成了治人的工具。于是对权力的追求则成为人类意识中私欲的一种体现，有时甚至仅与一己之利相关，我们无法漠视"彼可取而代之""大丈夫当如此"这些宏伟话语的背后曾潜藏在私欲之下的野心，尽管我们一直以此等豪言壮语作为励志的格言。在历史的滚滚车轮下，围绕权力而展开的争斗是其中最喧嚣的声音，"治人"之下你死我活的残酷性让人不寒而栗，私欲时而潜伏时而活跃，但始终作为上至庙堂下至县、乡、村基层权力场中每一个人的内心追求，成为大众注目的权力景象。

权力满足了个人的邪恶私欲。《震惊》中的池长耐在特殊年代利用自己手中可以安排高中毕业生上大学的权力长期占有叶从芬，继而又占有了叶从红，在他掌控的乡村里，他可以为所欲为；《小镇群儒》中的董镇长可以利用手中的权力借安排化肥事宜而把镇上的教师整治于股掌之上，更是施计让李玉与陈大芝偷情而达到与情人离婚的目的；《天理暨人欲》中许合印利用"文化大革命"之势上台做了大队主任，与本家婶子朱安兰在大队办公室可以肆意妄为地偷情乱伦；《青烟或白雾》中郭子兴与龚欣欣等女性公然在镇政府过着腐化的生活，排除异己，压制白吕等有现代思想的有为青年，为了整治白吕，动用自己的权力施展手段把白吕经管的"大地艺术"毁于一旦，他把权力运用到了一个乡镇干部所能发挥的极致，甚至在他被调查、调离之后，也能把情人带到自己的新任职之处。

权力异化了人的心理。《我知道你不知道》中的张通和王达本来是可以称作朋友的，但是为了一个科长的位置，两个人的心理都发生了微妙的变化，工作中暗自努力，日常中彼此都希望对方出点事情，就是为了自己能早日被领导扶正。《信息》中卞卜的信息多次被采用，为了能早点从正科再上一个台阶，他也是费尽心机。《今晚露脸》中乡镇里的小领导们为了谁能上镜，甚至为了一个排位而明争暗斗；而小金以农民的身份做了一个临时的广播站工作人员，当他掌握了摄像机而能够想拍谁就拍谁的时候，也一样是心中欢喜，对未来的美好生活有了无尽的遐想。

同样，权力也让围在权力场边的女性的内心世界变得不再平静。《葛沟乡新闻》中边自然的妻子燕红的人生哲学是好男人就要当官，不能当官的就不是好男人，这显然是一种权力欲望的极度体现。更让人惊奇的是，权欲已潜入她的生命深处，与她的生理紧密相连，边自然的升迁竟能影响燕红的生理欲望，随着丈夫在官场的失意，她对丈夫的敬重与亲密感也随之烟消云散，这也是后来燕红红杏出墙的直接原因。最理解妻子的边自然知道与燕红偷情的男人肯定是个高官，因为这才是燕红心目中真正的男人。《今晚出镜》中的小蔡面对刚到乡政府的小金的追求不为所动，但是，当小金有了拍摄本乡新闻这一职责后，却又主动向小金献身。在此我们看到了权力欲望对人们灵魂深处的渗透，燕红和小蔡之所以有如此强烈的权力欲望，是因为她们把权等同于利，靠拢了权力也就等于生活中利的满足，这也表征了游走于官场的女性在无意识间成了权力的他者。被权力物化的"非人"状态使这些女性沦为象征着权力的客体化存在。

然而，官场伦理对女性的异化更表现在当女性身处官场之时对女性命运的掌控。在《青烟或白雾》中，吕中贞作为一个女性，其走向权力中心的命运浮沉深刻地表征了女性在以男权为主导的权力场中生存的艰难。吕中贞从一个无名的只想着把自己嫁出去的农村姑娘，在短短的一场运动中却经历了人生命运的波澜起伏，直上云端又跌落尘埃，不同凡响的一生宛如黄粱一梦，梦醒之后留下的却是不堪回首的隐痛。她本是本分的农家姑娘，由于乡村陈规陋俗的限制，吕中贞和母亲百般努力却得不到一般农村姑娘可以得到的如意夫婿，婚事一再受挫。然而世事无常，她却在四清运动中得到四清工作组穆专员的扶持，一跃而为大队长兼副支书。初尝权力给予人的欲望满足，恰可以缓解她情场失意的痛苦。从此吕中贞原先被压抑的权力欲开始滋长，她按照专员编造的瞎话层层"讲用"，变成了只能发出别人声音的泥哨并因此步步高升，先当"贫司"副司令，后又成了地革委常委、地革委副主任。在特殊时代的风云际会里，她的个人生活被政治运动裹挟而难以脱身：忍受冯谷南的侮辱，参加武斗，逃亡牤牛山区，为穆逸志生子，去山西找陈永贵评理遭到强奸……如此戏剧化的人生还要加上最后一笔才算定局——爬得高，跌得重，吕中贞在"揭批查"运动中为保穆逸志过关而包揽责任，最终被遣送回农村参加劳动。黄粱一梦终要醒来，只是心中却已经是伤痕累累，曾经的纯真村姑再也无法回到过去。在男性主导的权力场中，吕中贞的权力梦想最终换来的只是底层一个小人物被权力异化了的心灵，以及无尽的伤痛与屈辱。赵德发以敏锐的艺术感受力深刻地揭示了权力场中男权力量对女性的冲击与权力、女性与男性之间的巨大罅隙，作者对吕中贞破碎的人生命运的深切惋叹和切入心灵的细腻展现再加上其强烈的生命体验使得其小说充满着磅礴的情感冲击力。

赵德发也清醒地看到权力在现代社会里借人的命运沉浮所表现出的乖戾中，蕴涵着中国特有的权力伦理的困境。正是缘于血缘家族的权力生成根源导致权力成为私产的传统，使得中国的权力一直成为人治的工具，即使现代社会的进程让我们能以清醒的现代意识去解读权力、审视权力，但是权力依然处于向着现代化之途的困境之中。在《青烟或白雾》中，赵德发表达了他的探索，他借白吕以自觉的斗争迎接法治社会熹微的晨光。白吕是具备了现代法治意识的新一代农民，是农民中最先觉醒的优秀分子。他通过公务员考试进入权力阶层，当了墩庄镇党委书记郭子兴的秘书。然而现代官场的腐败，乡级政权与农民的对抗，以及被迫助纣为虐充当"私务员"的愤怒和耻辱，都使他无法沉默。最后他毅然选择辞职回家务农，并向纪检部门写检举信揭发郭子兴等人的腐败行为。然而，权力作为关系存在的另一种特质使身为低级公务员的白吕无法抑制身边的罪恶，逃离染缸后又受到郭子兴的打击报复，辛苦经营的"大地艺术"被强行毁坏，负债累累，陷入绝境。即便如此，他始终坚持清醒的现代民主法治精神，批判支明禄等人建清官庙、祭祖等"清官情结"和"官本位"意识，提议建立农民协会以强化民间权力，还把县公安局、墩庄镇政府告到法院。这样一位法治斗士的确是需要理想色彩来衬托和支持的——因为他代表着中国政治体制改革从"人治"走向"法治"的必然趋势。因此白吕一筹莫展的困境最后被新上任的镇委书记一举解决（俨然救世主降临），他决定参加村委会的选举，以积极进取的姿态争取法治社会的光明前景。但是艺术中的曙光并不能代替现实的困境，赵德发并没有忘记当下严峻的现实。受群众拥戴的"活清官"支明铎，在山邑县人民代表大会上当选为县长，因为不符合组织意图，竟被地委贬官，权力的人为因素也依然大于民主因素，权力在人治与法治的夹缝中，依然有着永远走不出的困境。

第五章　隐痛与坚韧

—— 乡村知识分子的精神世界

一　文化与人生：乡村知识分子的存在方式

我不想把我们这个时代简单地总结成为一个精神贫困、衰退沉沦的时代，然而科学技术及城市化的飞速发展所引起的社会对物质的过度追求导致人们精神层面的贫乏，这一点是无法掩饰的。尤其是从20世纪90年代开始，知识分子的精神问题和整个社会的人文精神问题曾经一度成为社会的热点话题，90年代初期的"人文精神大讨论"更是将这一问题上升为举国关切的话语。但是，当时精英文化所关注的知识分子是在中国文学传统概念约定含义之下的知识分子，是中国现当代文学中的常涉话语，即使就写作者作为一名知识分子而言，虽然种种原因使得如何给知识分子定位成为一个相当困难的问题，但并不改变其应归于精英文化这一属性。而且，从某种意义上说，文学作品中的知识分子形象实际上表达了作者自己的一种社会想象。但不论如何想象，有一点是不能改变的，即知识分子始终脱离不了与社会的关系，因为知识者总是要以一种方式发言的。这正如萨义德所说："每位知识分子的职责就是宣扬、代表特定的看法、观念、意识形态，当然期望他们能在社会发挥作用。"[1]既然如此，那么面对社会发言就成了知识分子的义务了。

可是，一个最为明确的事实是，当我们从精英文化立场谈论知识分子这一话题的时候，却从来没有关注过另一个知识群体，那个曾在新中国建立之后，为着尚处于文化与物质同样贫乏的广大乡村默默奉献自己

---

① 萨义德：《知识分子论》，单德兴译，三联书店2002年版，第92页。

的点滴知识的乡村教师——不论是公办还是民办——这一特殊群体。在我看来，赵德发小说创作最可贵的品质之一，就是从一个写作者的知识分子立场出发，呈现了这一特殊群体的生活真实，写出了他们生存的真实，写出了他们精神场域的真实。在他的笔下，乡村教师这一角色成为乡村知识分子群体的最佳形象代言。由此，赵德发的小说创作展开了对生存、对人性的另一层面的探求，在《回炉》《圣人行当》《小镇群儒》等有关乡村教师题材的小说中，他以自身的乡村教师经验，呈现了90年代乡村知识分子的贫困本质：首先是生存的贫困，其次是思想的贫困，最后是情感的贫困。然而，正是他们顽强地支撑起了近半个世纪以来中国最底层乡村、山区基础教育的大厦，他们是默默的奉献者，他们以生命的执着、顽强的意志、无私的牺牲演绎了一曲曲动人的悲歌，建构了一幕幕具有思想震撼力的精神风景。然而，在我们的文学史有关知识分子的话语中，在我们的各种艺术里有关知识分子的想象中，却总是把乡村知识分子这一群体置于我们的视野之外，甚至当历史行进到新世纪的时候，他们却在历史中渐行渐远，成为少数人记忆里的存在。那么，面对他们曾有的挣扎与彷徨，隐痛与坚韧，困顿与伤痛，还会有多少人能从心灵深处给予温暖的抚慰？

于是，我从赵德发有关乡村教师的小说中，总是体验到一种孤寂品质。他用自己的心灵体验把乡村知识分子在现实生活中的困顿境遇传达出来，他将人存在的脆弱、矛盾和危机，人在他乡生活时面对环境的陌生与恐惧，乡村知识分子与大地的隔膜，乡村知识分子身份与农民身份既隔绝又相连矛盾中的孤独等乡村知识分子的心灵压力都表现得晓畅有力。

所以从一个思想者的角度看，赵德发承担了一个作家与那个时代重要问题的冲突而导致的心灵压力。他把这一切以自我心灵对话的方式呈现在其深沉有力的文字间。他让我们作为阅读者从精英文化立场体验来自底层的乡村知识分子的心灵压力，让我们从自我的心灵深处，展开自我的心灵对话，考问我们作为知识分子在这个精神贫乏的时代里的所作所为。

心灵的对话无疑是紧张的、痛苦的、扭结在一起的。从精英文化的立场出发，我们总是首先会关注作为知识分子存在的意义，进而关注知识分子生存的环境及其面对的种种人生困顿。于是我们常常会感觉到内心的纠结，感觉到心灵世界与外部世界的冲突所带来的压抑；于是会追问作为知识分子的生命方式，会追问为什么知识分子有时候总能最清晰地体认到生命的荒诞。但在种种追问之下，有谁能够蔑视历史上那些为了追求真理"虽九死其犹未悔"的先哲前贤？又有谁能够否认自己的肉体生命绝对只有一次？有谁能够贬抑和菲薄知识分子的求索精神？又有谁能够怀疑与反对人在现实生存里对世俗幸福的追求？这些生命理想与生活现实总是这样纠结在一起，从未分离，让我们感觉自己与芸芸众生并无大的差异。不过，知识分子与大众毕竟是不一样的，安于生活现实的大众不需要选择，不需要强迫自己必须思考人生的意义与价值，不需要思考人生的崇高理想，不需要思考自己为民族国家需要承担什么责任，而知识分子则必须做出自己的选择。自古以来，知识分子的传统角色就被定位在道德守望者、人类精神守望者上。为了这种角色的担承，历史时空中有多少知识分子放弃了肉体的快乐，甚至放弃了这唯一的"一次性"，自愿地走向为人类为真理而牺牲的祭坛。

生命对任何人都只是"一次性"的，所以从虚无的意义上讲，任何人所得到的都是一无所有的虚空。但人类无数的"一次性"实有正是在他的"一次性"虚空中获得了人类的尊严，而这种尊严就是人类文明得以延续的基础。人类有多种多样合理合法的生存方式，对知识分子而言，就是生命的凝结。来了，又去了，如此而已。没有人追问他们曾经是怎样存在的，他们的存在有着怎样的意义。时间什么也不是却又是一切，它以无声的虚空残酷地掩盖着、抹杀着一切，使伟大的奋斗目标和剧烈的人生创痛，最后都归于虚无。一个人一旦理解了时间，他就与痛苦结下了不解之缘。时间使伟大变成渺小，骄傲变成悲哀，使少年的意气风发变成老年的沉默不语，使一切变得意义模糊，唯有它永恒存在。

可是，那些曾经在最底层传播知识的乡村知识分子呢？他们如何看待自己的人生价值？如何面对生命的困顿？他们是否思考过或者感受过作为一个个体的人所要面对的孤独与荒诞？

传道、授业、解惑是传统命定的"师者"的存在意义。作为乡村教师，这些底层的知识分子是乡村中最早觉醒最具有公民意识的人，也

赵德发创作论

是乡村的启蒙者。他们以自己浅薄的知识让中国最偏远最荒凉的角落也有知识的星火在闪烁，这些星火点亮了乡村蒙昧的心灵，点亮了新中国诞生后乡土中国年轻一代对未来的憧憬，哪怕这种憧憬是基于世俗生活立场之上的，却也显现着星火照亮之下的光明。他们能够认识到自己受到了乡村政治权力的制约，受到了来自土地对生命的制约。在把自己那点微弱的知识传递给乡村下一代，让他们了解世界的同时，也会以自己的生存状态和话语表达影响着周围的乡邻。然而，他们周围的制约性因素往往大于他们自身的知识力量，于是，他们的存在总处于孤独之中，充满了悲情色彩。

但是，在这种悲情色彩中，却又散射出深受中国传统文化君子自强不息之风影响的铮铮骨气。他们来自于乡村，生长于他们脚下的土地上，所以他们无法摆脱土地对自我的各种限制。而且由于身份的双重性，也让他们在身份上受到多重限制，一方面要从一个知识分子的立场去实现自我价值，另一方面却又受到土地及乡村政治对其身份的限制，他们在这些桎梏中挣扎彷徨，但是每当受到世俗及乡村权力的蔑视与羞辱时，传统知识分子天然骨气却又会激发他们的凛然之气，以捍卫乡村知识分子微弱的尊严。

需要说明的是，前面文字所述及的乡村知识分子偏重于乡村教师这一特殊群体，但是，我更愿意把乡村知识分子的范围扩大一些，把那些出身于乡村的基层工作人员及农村中有一定文化知识的农民也划入乡村知识分子行列，比如《蝙蝠之恋》中的杨道亮，《跨世纪》中的田申，《今晚露脸》中的小金，以及《止水》中的姐姐德莲，《窑哥窑妹》中的"作家"等。这些出身于乡村的基层工作人员或生活于乡村、有一定文化知识的农民，前者由于其内心始终有一颗乡土灵魂，他们在自己的工作环境中总是表现出与所处环境无法融合的孤寂，他们身在工作场所，而心灵世界却飘游于出身的土地之外，并怀有对乡村的文化认同，这必然会让他们的人生充满困惑；后者则由于其文化素养，让他们和自己的乡邻在既有的生活及文化环境中表现出有意识的人生追求，这样也必然会形成自我意识与所处生活环境的强烈冲突，让他们和前述的乡村教师这一群体有着相似的困顿之处。因此，我把这些基层的工作人员、有一定文化水平的农民、乡村教师共同集合为乡村知识分子整体来探究他们的心灵世界，他们的生存状态。

二　土地与知识：乡村知识分子的身份挣扎

在我们的知识谱系里，现代知识分子的心灵之旅真正始于五四新文化运动时期。以鲁迅、废名、沈从文、师陀为代表的现代知识分子在我们熟知的现代文学史中常常回眸其出生、生长的乡村，触摸其多年以来无法忘却的亲切、深沉的乡土感，虽有"哀其不幸，怒其不争"时以一个清醒的知识分子身份，从启蒙立场出发对故土乡邻的蒙昧进行的深刻批判，但由于他们自身敏感的传统知识分子的漂泊感，又加上他们总是极其真挚地认同乡村，认同乡土，认同自己的乡邻乡民，于是他们常常以回忆及怀念的姿态对故乡表现出了一往情深的眷恋。凭借着对回忆中梦幻般的故土的描述，他们找到了梳理与整合他们的既成乡村经验和记忆的最佳表现方式，即不再像以革命和解放为己任的作家们笔下的乡土文学作品那样，把故园乡土置于理性与思想革命意图之中，从而表现其作品对于乡土社会中人与风情的整体性批判的主题指向，而是着重于对故园乡土生活的温情追怀与诗意展现，其间虽有感伤和无奈，有痛苦和压抑，但通过回忆中的温情叙事而表现出了作品温柔与感伤交杂的怀旧与抒情的情感指向。通过对故乡的回忆，与都市相比各方面都处于落后状态的乡村却呈现出美妙的韵致，乡村的风物人情、世态变化似乎都呈现着宁静与明丽。

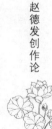

然而，在我看来，也正是这样的一种姿态，让他们在内心深处少了对乡土大地上留守的乡村知识分子心态的发现，他们过于自信或满足于对他们的现代知识分子身份的认同，沉浸于启蒙者的光环而难以与留守大地的乡村知识分子进行心灵的沟通。因而，我把他们这一批知识分子看作是20世纪精英文化传统形成的标志，而且，在他们的影响下，形成了20世纪精英文化知识分子对乡村知识分子的整体疏离。当我们的文学史行进到当代文学的"十七年"时期，虽然农村题材小说成为当代文学的重要构成部分，但我们所看到的也更多的是那一时期文学作品所刻意张扬的光明前途，所以在阶级斗争思想指导下的农村题材小说创作中，即使如柳青、周立波、赵树理这样的经典作家也没有关注过乡村知识分子。乡村知识分子的生活状态和他们的心灵世界都是被这种光明所遮蔽的想象状态。进入新时期文学阶段以来，农村题材小说也在反思—改革—寻根这一线索中更多关注的是农村农民的生活生存状态，并在重回五四传统之下，继续着精英文化的启蒙。因而即使有路遥的《人生》和《平凡的世界》对高加林、孙少安、孙少平等有文化农民的人生进行探寻，但在改革开放的大前提下，我们发现，这几位青年农民的人生追求在成为后来广大农村青年的人生榜样之后，我们过多地关注了他们作为乡村有知识的一代对未来的想象，而不是关注他们在土地与知识之间的彷徨。

赵德发的乡村知识分子小说却是立足于大地之上的。他的 10 年乡村教师生涯，让他沉潜于一个乡村知识分子的心灵世界里，守望着和他一样的这一群体的困顿人生，感受着他们在土地与知识之间近于无望的挣扎。

显然，土地是他们从来无法感受心灵轻松而永远处于肉身沉重的首要原因。从民办教师的身份来说，他们首先是作为生于土地长于土地的农民生活在这片土地上的。然而，这片土地却不是我们想象中丰饶的原野，而是他们贫困的身份确证。作为教师，他们应该和城里的教师一样，在三尺讲台上耕耘自己的人生，可是讲台上的事情和土地上的事情总是掺杂在一起，纠缠不清，春种秋收，施肥运粪，哪一样也不能少。下了讲台，他们就要趁空到自己家的地里锄草施肥播种，而属于自己家的那些贫瘠的土地却无论如何也无法生长出足够他们养家糊口的富足。李明远（《回炉》）在进修时，还需要带着粗粮煎饼才能不饿肚子，李传嵯事业心再强也必须一到家就拖着有残疾的腿去地里干一会儿活，而大老郝（《小镇群儒》）则为了赶着种地，只好饿着肚子干活，最后累死在山沟里。土地成为他们的拖累，为了种地的化肥，小镇学校的老师们需要让校长万其玉低三下四地求董乡长批化肥；而李传嵯因买不起化肥而向儿子借钱却被儿媳拒绝。

但是土地拖累的不只是他们的生活，还有他们的家庭与情感。既然是农民，李明远就无法摆脱这一身份去寻找到自己理想的爱情，也仍旧要被父母逼着去和另一个村子的姑娘相亲；樊家兴（《小镇群儒》）被胖姑娘纠缠得失去理智；李传嵯、孙嬷嬷、大老郝都倍感养家的艰辛。

79

即使是公办教师李玉（《小镇群儒》）和他的光棍同事们也由于处于乡村世界而无法找到自己理想的另一半。同样，已经走出乡村的杨道亮（《蝙蝠之恋》）也因为妻子和女儿转户口的问题而要去求主管的同僚，也要面对户口无法解决而给妻子女儿带来的心理压力。高考落榜后到乡里做广播新闻临时工的小金（《今夜露脸》）也时时为自己的恋爱问题苦恼着。

精英知识分子在回望乡村的时候，总是或惆怅或深情地回忆着来自乡村的温馨抚摸，把土地看作是灵魂得以栖息的场所。他们常常习惯于荷尔德林对大地的深情："请赐我们以双翼，让我们满怀赤诚，返回故园……"也总是沉浸于海德格尔的大地言说："大地独立而不待，自然而不刻意，健行而不知疲惫。在大地之上和大地之中，历史的人把它安居的根基奠定在世界中……"这种对土地神往的心态，往往会引起精英知识分子们"诗意地栖居在大地上"的诗意向往。可是，对于乡村知识分子来说，他们脚下的土地恰恰成了他们肉身沉重的根源。土地昭示着他们的农民身份，于是走到哪里，都会深切地感受到农民身份带给教师的身份屈辱。比如说，当孙嬷嬷和李明远一帮教师去小饭店吃饭时，老板娘冷冷地说："俺为人民服务，就是不为你们这些穷老师服务，上回八个人吃十二块钱的菜，丢人！"《闲肉》中的王金囤刚当上民办教师，村里的棒劳力就把他从一天挣 10 个工分的男人队伍里区分出去，记 9 分就意味着他成了和那些体弱手拙的男人一样没本事的农民，成为一堆"闲肉"。面对如此沉重的土地羁绊，这些乡村知识分子更想要做的则是千方百计地用自己的知识来改变命运，李明远们总是想让自己的民办教师身份与土地上的农民身份没有任何关系；王金囤在妻子的开导下想到的是改变身份之后，与那些笑话自己"闲肉"的乡邻从此是"油"和"水"的天壤之别；而小金和德莲则希望自己能够真正脱离农村。于是这一切都寄希望于知识给他们带来的那一点亮光：转正！

转正对于小金则意味着他可以不再是农民，并且可以和合同工小蔡谈恋爱；对于德莲则意味着她可以从此跳出农村，不用再因为裤子上不同于村民的那两块补丁而受到周围人的侧目；对于李传嵯、李明远、孙嬷嬷、谢兰芬等民办教师来说，则意味着更强烈的身份变迁。

民办教师作为一个特殊人群，他们的尴尬之处在于，挂教师之名，有教师之职，行教师之责，却无教师之地位和待遇。他们明明就是教师，但是教师的真正身份和地位却要等"别人"来赏赐，这是何等的尴尬，又是何等的不公！在乡村民办教师们看来，"转正"通向的路其实就是另一个世界，是土地以外更高一级的身份认同。他们不必再为买不起一袋化肥而发愁，不必再为粮食的不足而总是吃粗粮煎饼，不必再为工资被无限期拖欠而被家人视为无用之人，不必再为进一次饭店就要受一次蔑视而感到屈辱。那个世界代表的是更高的身份等级，是匍匐在土地上的农民无法望其项背的生活层次。虽然并不代表更高的权势，但它有飞黄腾达的可能性，满足了这些被土地沉重地羁绊着的人们的未来想象。因此，"转正"如达摩克利特之剑，时时高悬。在"转正"这根魔棒的指挥下，李传嵯、李明远、大老郝们时时处于焦虑之中，进退失据，甚至丧失生命与尊严。

　　中篇小说《回炉》塑造的正是一群为转正而"回炉"的民办教师的形象，他们的心态各异，但终极目的都是要改变身份和生存境况。为了"转正"这一目标，在进修班上，他们要忍受着年轻的师大毕业生邴丁老师的极度蔑视和屈辱式罚站，李明远更要忍受着想要与云鹤重归于好却又被邴丁横刀夺爱的屈辱与心痛。其中孙嬷嬷和谢兰芬的形象尤为突出。孙嬷嬷为了摆脱一贫如洗的生活，不顾儿子的埋怨，倾其所有参加进修班，他唯一的安慰就是"转正"和挣钱。这期间，为了一块钱而不顾辛劳每天早起扫大街，他为了早起而采用喝水憋尿的方法调节生物钟，最终因摸黑骑车被摔成脑震荡。然而对于孙嬷嬷来说，他所关注的不是肉体的病痛而是生存窘迫的改变，在他神志不清时，他所有的意识仍停留于进修班……他梦想的栖息地，意识的后面绝对不是虚无，而是以他生存的各种需要作为支撑的。谢兰芬除了忍受着邴丁老师的尖刻讽刺，还要忍受着丈夫随时抛弃她的委曲，最终离了婚也不改变自己转正的决心，虽然她说自己迷上了民办教师这一行，可这执着追求的背后，毕竟无法摆脱对身份认同的渴望。小说向我们揭示了民办教师生存的现实与残酷性，同时揭示出被生存欲望所激发出的人类直面现实的潜能。

　　但是，当转正真的到来的时候，却未必能让他们享受到从此生活在高处的快乐，李传嵯转正了，附带可以把女人和女儿都转成城镇户口。可是儿子大船因为已经成家另过不在政策许可范围之内，不了解政策的一家人为着一个城镇户口而亲情不再，最终为了给儿子一个户口，李传嵯的女人在与儿媳争吵之后悬梁自尽。然而她的城镇户口并不能转让给儿子大船，她的死只博得了乡邻们无谓的同情而已，圣人行当，却无法承担起李传嵯转正之后失去爱人的凄凉。

生命的短暂渺小无可掩饰地显示着生活的本来面目：多少人生活在生命的荒诞中。土地带来了沉重，知识又无法带来身份的改变，这些乡村知识分子局限于自身的生存环境，无法明白自己在时空坐标中的人生定位，而生命的荒诞却无处不在，他们的存在似乎就是为了承受苦难而来到这个世界的，苦难没有绝对的价值，却在生活之流中让他们每一个人的生命都那么卑微，我们不得不承认，在中国的乡村如果不能和仕途、权力、金钱发生关系，知识承载者的命运反而比他们周围的乡邻更多出一份尴尬和沉重。

三　隐痛与坚韧：乡村知识分子的生存困顿

事实上，中国乡村知识分子与中国现代革命以来的历史是休戚相关的。从历史来看，乡村知识分子在 20 世纪 20 年代随着中国传统文人向现代知识分子的转型就已经辗转于中国农村大地，他们传播知识，传播革命思想。这其中，乡村教师又是主导力量，"乡村教师在 1920 和 1930 年代所起的革命作用是现代中国历史上一个十分独特的现象，在中国共产主义革命中没有任何其它社会群体起过这样的作用。另一方面，在现代中国历史上没有任何一个时期，乡村教师像在这个时期那样，在全国的政治舞台上扮演这样重要的角色。"[1] 然而，在那个时代，作为乡村知识分子中坚力量的乡村教师，他们的生存状况并不乐观，乡村教师基本上是当时每个地方收入最低的阶层，他们常常入不敷出甚至举债度日，以致许多人因此对小学教育深感忧虑："小学教员之痛苦，

---

[1]　刘昶：《革命的普罗米修斯：民国时期的乡村教师》，《中国乡村研究》第 6 辑，第 62 页。

实较甚于任何之职业，工作之时间最多，精神之消耗最甚，而报酬所得独薄，此为一般之事实，非吾人之故甚其词。个人之生活无所取给，仰事俯蓄无所资赖，安望能枵腹以从公？此小学前途所以呈黯淡色彩也。"并且，让乡村教师对现实失望怨恨的不仅是低收入所带来的生活穷困，乡村学校恶劣简陋的工作条件也极大地摧毁了他们的士气和热情。当时的乡村小学大都破败狭小，经费严重不足，又远离文化中心，教师工作繁重，教学资料和器材缺乏。一旦进入这个环境，就永无出头之日，既不能指望经济上的改善，也没有职业上的升迁机会。

　　然而，民国时代的乡村知识分子所面临的生存困顿，在20世纪后半叶的历史进程中，在我们熟知的乡村经验中也一直是存在着的，只是我们的历史发展由于种种原因，一直把这一群体的存在遮蔽于历史云烟之中，有关他们的生存困顿境域，从来都是在社会及历史记忆之外的。赵德发的乡村教师题材小说恰是乡村知识分子生存困顿这种现实的最真实呈现。

　　从精英知识分子立场看，我们审视乡村、想象乡村、批判乡村、怀念乡村等心理都是基于一种美好的期待，但是这个前提却是，精英知识分子少有生存困顿的沉重。毕竟，对于大多数出身于乡村成长于乡村而又凭借个人努力走出了乡村，从此行走于城市行走于我们这个国家的上层社会的当代精英知识分子而言，他们从走出乡村的那一刻起，就对通过自身努力而跻身于城市有着一种发自内心的自豪，也有着一种身份改变的骄傲，更有着置身于国家体制之中而从此命运不再如之前生长于乡村时的卑微的自信。他们在体制之内，身为国家公职人员不管薪水高低但从此衣食无忧，可以从容地以精英知识分子的身份出现在社会认可的、他们也主动参与的名利场所。对乡村知识分子来说，仰望星空固然美好，但它解决不了吃饭问题，而人要面对的首先是生存，只有生存下来才能论及其他。所以，赵德发笔下的乡村知识分子也必然地面临着每一个人永远无法回避的最本能问题：能不能生存下去，然后更好地生活。

　　然而，对于这些乡村知识分子来说，他们的生存状况似乎只是处于"苟活"状态。《蝙蝠之恋》中的杨道亮，在当年做民办教师的时候，人家几个公办教师吃米饭吃馒头还有一碗菜，而他则"吃地瓜干煎饼，

第五章　隐痛与坚韧

那煎饼是他星期天回家背来的，冬天放到周末还可以，夏天便很快地长毛变馊，让人难以下咽"。他忍辱负重地考上了公办教师，后来进入政府部门当了一官半职，可是生活拮据的情形并没有多少改善，在作家班进修时回家看看，临别时老迈的父母还要把自己省吃俭用的300块钱给他带上，"他确实缺钱，虽然家中老婆节俭，让他把工资全数花在省城，但在这里又吃饭又买书，开支实在太大，以至于每当同学相约下馆子他就感到为难"。而为了找到抓钱的门路，他在同学路标说的写报告文学拿提成时不由得沉吟心动，甚至硬着头皮放下面子去做了。

《圣人行当》中李传嵯在乡里开完会，在人走光后，"抽出腋下夹的破麻袋，飞快地装了六块砖，甩到背上就走"，他之所以这样做，是因为"去年儿子结婚时用砖垫床腿，他向邻居借了四块，现在得想办法还给人家"。吴玉香在烙煎饼时，将一只黑色小母鸡赶进了盆里，刚刨过粪的鸡爪在糊糊上印出许多"小"字，她也只能说"无所谓。粪变粮食，粮食变粪，就这么回事"。这样的生活窘况显然是李明远不愿意再过的，所以进修的时候，他一看到孙嬷嬷"解下煎饼包，从床头纸箱里捧出一个咸菜坛子"的情景，回想起自己吃了6年的这种现在想起还倒胃的食堂生活，就下定决心：无论腰包多紧，即使卖血换钱，也要买菜吃。但是他想对曾经的恋人云鹤表示一下关心，于是自己只能依旧带地瓜煎饼吃，而让父母给云鹤做一包白面煎饼。

我们从赵德发的乡村小说中看到了太多的生存苦难，那是农民的艰辛，农民的苦难。但是身为农民或曾经是农民的乡村知识分子，也一样要面对这样的生活窘境。活着对他们来说，几近于生命不可承受之重。我们这个时代流行"活着"哲学。90年代余华有小说《活着》，池莉有小说《热也好冷也好活着就好》，好死不如赖活着，乱世是"苟活"，太平盛世是"好活"，活好，活得有"质量"。然而这种"活着"哲学，一般而言，只是老百姓的哲学，对知识分子似乎并不适用。知识分子的人生哲学在孔夫子那里已然形成，后经历代文人的阐扬及身体力行，业已成为几千年来中国知识分子信奉不疑的立身哲学。"朝闻道，夕死可矣""士志于道，而耻恶衣恶食者，未足与议也"（《论语·里仁》），"志于道，据于德，依于仁，游于艺"（《论语·述而》）。在精英知识分子看来，依仁求道才是知识分子的人生目的，而"耻恶衣恶

赵德发创作论

食者，未足与议也"，甚至于"志士仁人，无求生以害仁，有杀身以成仁"（《论语·卫灵公》）。知识分子是以天下、千秋为己任的，所谓"身无分文心忧天下"，知识分子的意识就是忧患意识，知识分子的精神就是拯救精神。可是对于李明远、李传嵘们来说，在这样的生存状态下，他们能有多少忧患精神，多少拯救精神呢？生活的捉襟见肘带来的在同学、同事甚至乡邻面前低人一等的隐痛必然会时时敲击他们历经生活沧桑的心，让他们麻木到再也无法体会远去的传统知识分子风骨，再也无法体会现代知识分子曾有的乡村启蒙豪情，再也无法体会精英知识分子对他们脚下的大地一直有着的诗意的想象和向往。

也许我们会说，作者所表现的乡村知识分子生活场景大多尚处于改革开放前后，那是个全国物质生活尚不富足的时代。但是，有过乡村生活经验的人们都会有相似的记忆，就如同杨道亮当民办老师时的经历一样：公办教师可以吃米饭吃馒头，而杨道亮只能吃地瓜面煎饼；同样，《小镇群儒》中的李玉等公办教师和大老郝等民办老师的生活有着明显的差别。对他们这种生存的苦难，精英文化知识分子却少有深刻的体验。虽然在现当代文学史的进程中，我们读到过许多知识分子题材小说，可是来自生活底层的乡村知识分子的生存苦难却是这一群体所独具的。

他们苟且生活着，可是他们必须坚韧地生存下去。同时，他们也坚韧地从事着自己所向往的事业。

既然苦难的生活对乡村知识分子而言注定会带给他们无望的未来，那么在苟活中必然会走向麻木，以此转而表现出中国农民承受生活和经济重压时所特有的坚韧。李传嵘腿有不便，自己不能帮妻子做太多的农活，他只能以文字记录下妻子的劳累，为给在这劳作重压下的妻子带来一点点心灵的安慰。"孙嬷嬷"为了每天的一块钱在进修的时候起早扫大街，而能给他带来一点快乐的是和李明远、"咖啡"等人去小酒店喝上一两次便宜的酒。在这样坚韧的生存中，他们的生活目标是那样现实：转正改变自己的身份，并不是为了让自己的乡村知识分子身份名副其实，而是为了生活状况的改变。所以杨道亮要努力学习考上公办教师，然而考上公办教师转正后的第一件事，就是还上当初在学校因煎饼难以下咽，喝了一碗汤所欠下的一两粮票。李明远、"孙嬷嬷""咖啡"等人进修的内在动机显然也是认为，转正之后身份的改变首先带来的就是生活水平的改善，正如王金囤在老婆的反复开导下，明白了努力学习的结果为的不只是和他周围那些挣 10 分的劳力们身份上的"油"与"水"的差别，更是物质生活上的"油"与"水"的本质区别。《窑哥窑妹》中的"作家"想方设法要发表一篇文字，显然并不只是让爹娘认识到自己是个有前途的人，更明确的动机恰是想借此改变自己的生活境遇，以后不用再做砖工干苦力挣取微薄的工钱。

这样简单的生活诉求似乎穷尽了这些乡村知识分子的心力。但是，他们却都以绵薄之力坚韧地支撑着他们身为知识分子应有的责任。即使穷困，即使生活让心灵变得麻木，李传嵯依然会努力教好自己的学生，以乡里的排名来证明自己的付出与收获；以谢兰芬的知识水平，她实在称不上是一个合格的乡村小学老师，可是既然爱上了这一行，她便拖着儿子去进修，即使被老公抛弃也要进修，让自己能在知识上合格一些。王金囤在认识到自己的那点知识只能教三年级以下的孩子时，他在惭愧的同时用查字典、找同村四年级孩子作业的办法来提高自己，让自己能够教好三年级以下的孩子。还有那些为着转正而进修的其他民办老师，身份的转变、生活的改善固然是首要的动机，但在这背后，他们也有着为了自己职责需要的迫切要求。显然，对职责的承担与生活的贫困相遇，就更增加了他们生存的困顿。他们的世界，他们的内心，就这样永远地显得黯淡显得无精打采。

正是乡村民办教师及其他乡村知识者所处环境的尴尬及不被认知，使得赵德发在塑造这些乡村知识分子时格外用心，他让他们中的每一个都处于生活的漩涡中，挣扎在现实生活的困顿中。他们是这芸芸众生中的普通一员，在他们身上，也有许多农民式的缺点，如斤斤计较，中庸，自以为是，死要面子等，可是这些毛病不但没有损坏他们的形象，反而使他们更亲切，更真实可信。"这些人的精神世界，让人想起鲁迅对好友韦素园的评价，认为他'并非天才，也非豪杰，当然更不是高楼的尖顶，是名园的美花，然而他是楼下的一块石材，园中的一撮泥土，在中国第一要他多。他不入于观赏者的眼中，只有建筑者和栽植者，决不会将他置之度外。'"[①]这些乡村知识分子的人生是沉默的人生，

① 阎晶明：《不该被遗忘的人群》，《长篇小说选刊》2009 年第 5 期。

86

在时代的发展与嬗变中，似乎不起一丝微澜，作者在故事的叙写过程中也以近于沉默的方式，写出他们的人生坚守，这些伟大的小人物的忍辱与不屈，煎熬与守望，谱写的是一种人生方式的沉默之诗，又是一种信仰的诗。

四　贫乏与依附：乡村知识分子的精神状况

　　也许，当我们从精英文化的立场看待知识分子时，常常会认为知识分子是思想观念性的精神群体，而不是外在的职业类型或特定的经济利益阶层。从中国当下的实际看，我们就可以把知识分子分为两种类型：一是书斋思想型知识分子，一是社会实践型知识分子，前者大多集中在大学和研究所，后者则广泛地分布在除大学和研究所之外的社会生活的各个领域和层面。书斋思想型知识分子更多地倾向于从理论到理论，目光长远，社会实践型知识分子更多的是以思想面对现实，思想与现实——他们所处的生存环境——联系得比较紧密。那么，如果从这个尺度出发，赵德发笔下的乡村知识分子当然应归属于社会实践型知识分子。

　　但是这个时代又是一个非常强调也非常重视生存的年代，生存压倒一切。顺从现世主义，舍弃道义、人格和良知，从现实的生存立场寻找个人存在的意义之源，显然是当今知识分子精神世界的重要表征。于是，当知识分子把存在当做寻找个人存在的意义之源时，他就切断了自己通向无限的可能性。那么从理论上定义知识分子就只能是一种价值观，一种精神立场，可能只有书本上的理论意义，而不具备现实的认识意义。仅从思想观念上界定知识分子，自然有其理论上的清晰性，但却无法说清复杂的现实生活中的人，也无法清晰地表现知识分子的精神世界。

　　现实是首先必须生存，这样，经济的贫乏所带来的生存苦难与人生逼仄就必然成为赵德发笔下的乡村知识分子切断自己通向无限的可能性的首要原因。杨道亮执着于文字的魅力，但是官场地位的失势立即让他发现周围人际关系的冷暖变化，感受到了生活的窘迫。同样，身份的变化也会决定经济的贫乏与否，所以才有了李传嵯转正之后的家庭悲剧，才有了李明远、"孙嬷嬷"、"咖啡"等人的人生困顿。所以经济的贫乏所决定的人的生存环境，就成为这些乡村知识分子精神世界最沉重的压力，他们身处于现实之中，为着家人的生计蝇营狗苟，日趋麻木的日子抹去了他们理想的亮色，生命的亮色。

经济的贫乏必然地决定着他们爱情的贫乏。他们生长于乡村，乡村生活的重压使得乡村农民少有都市人的情爱浪漫。日出而作，日落而息，所有的无非是些柴米油盐、家短里长。有家的如李传嵯、"孙嬷嬷"、大老郝等在有空的时候拼命做活来减轻妻子柔弱肩头的重担。没有成家的年轻人则是向往着寻找自己的爱情，但是其寻找也难有结果，他们的目标更多地只能定位于找到一个和自己身份相同的姑娘，比如李明远的相亲及与云鹤的分分合合，比如李玉、聂聂对宁静（《小镇群儒》）的追求等，都与真正的爱情相去甚远，他们无非是不想再跳入大老郝所说的"半导体"家庭的困境里。安居乐业，可当情感的亮丽色彩永难出现时，对他们而言，内心的苦涩是难以言喻的。

但是，对他们而言，还有更为难以言说的痛楚，那就是知识的贫乏。精英知识分子总是在学历上表现着自身知识分子的优越感，而对乡村知识分子而言，知识的贫乏让他们即使有着一个不同于农民的身份，或者如杨道亮这样走上官场，但或是高小毕业，或是初中毕业，或是高中毕业，甚至连这几个学历层次都未毕业，这样的知识层次带给他们的只是太多的屈辱记忆。吴玉芬一遍遍教着同一篇课文；"咖啡"对于"咖啡，就是很羞愧的意思"的解释；王金囤"越向南就越热，到了南极就更热"的地理讲解；"作家"被文化馆的老师简单地发一篇文章所蒙蔽却不自知的快乐，让我们对于他们这样的知识水平又如何能给乡村带来知识星光、启蒙之火感到怀疑。吴玉芬被家长们逼问时的错愕，王金囤的被取代，"咖啡"、谢兰芬的被罚站、捉弄，这些事件必然会把屈辱感楔进他们的精神世界而无法轻易摆脱掉。

如果说处境之困、生活之苦、知识贫乏是抽在这些乡村知识分子身上的一根根鞭子，那么吴卅、田塍、南岛等人对于杨道亮，秦小健、聂聂等人对于李玉，公办教师相对于民办教师，前者无疑就是树立在后者面前促使其思想逐渐变化的一面面人镜，也是后者心灵受到冲击的又一原因。从中我们既可以看到前者身上所映射出来的中国文化中人性深处的卑劣与巧滑，也能看到那些徘徊于执着的坚韧立场上的无奈。

沉重的肉身生存对乡村知识分子来说，还将会影响其人格存在，当他们认清了这个世界的基本现实，看清了自身所处的生存困境，他们中的大多数人都习惯了老成持重的生活，都只能遵循古老的活命哲学，在各种肮脏缝隙中卑屈的生活。这样，他们作为农民，作为一个中国最底层的劳动者，必然依附于他们所处的土地、乡村文化以及乡村政治。杨道亮已经走入县城走入基层的官场，但是要背负整个家族不为外姓人欺侮的重任，乡村文化中的家族争端时时会带给他这样或那样的心理负荷。而基层官场生态显然也让他经过妻女转正、弟弟失业等一系列问题之后，明白作为一个纯粹的知识分子所要面对的艰辛与心酸。对于民办教师来说，村支书、村主任及再高一级的乡镇官员都可以左右他们的命运，既可以因为他们的一时喜好而让一个人走上讲台，也可以随时因为他们觉得自己的权威受到乡村知识分子的轻视而让他们离开讲台。这样就必然会在这些乡村知识分子的心底留下身份危机的焦虑。

因而，乡村知识分子迷失了的精神与价值立场，麻木了的心灵与理想，与乡村知识分子在现实社会结构中的依附性地位、经济上的困顿及因贫乏而形成的依附性人格有着必然的内在联系。在中国，尽管从汉代就开始确立文人治国的政治体制，但在封建社会里，文人治国并不是根据文人自己的意志和思想，而是根据皇权的意志和思想，文人实际上是皇权统治下的奴仆。因而从古至今，虽然有很多的优秀知识分子像群星一样闪耀在黑暗的历史夜空里，但知识分子并没有真正形成一个强有力的独立的阶级，经济上也没有独立的社会基础和条件，如果不依附于权力，不仅"济天下"的理想无法实现，甚至连生存都很困难，因而我们常常会感叹那些传统知识分子生存上的困顿衰弱和精神上的软弱无力。"学而优则仕"是中国文人最主要甚至是唯一的人生出路，"学"是手段，"仕"是目的，不入"仕"，即不依附权力，不仅实现不了"治国平天下"的抱负，甚至也无法生存。杜甫心怀天下却困居长安，通过科举、向皇帝陈情和恳求权位者的荐举都未能入仕，生活潦倒，疾病缠身，不得不过着"卖药都市，寄食友朋"的生活，甚至屈辱到"朝叩富儿门，暮随肥马尘，残杯与冷炙，到处潜悲辛"（《奉赠韦左丞丈二十二韵》），这正是知识分子人生困顿的写照。即使有陶渊明"富贵烟云，采菊亦乐"作为中国文人坚持独立人格的一个光辉榜样，他的"不为五斗米折腰"的精神被人称颂了一二千年，但他首先是为五斗米折腰，然后才认识到不能为五斗米折腰的，"采菊亦乐"是在认识到"富贵烟云"之后才有的。"采菊亦乐"是一种诗意的人生表达，它的实质是"甘于贫苦"。安贫乐道是需要经过艰难的心灵磨练才会有的无奈选择。甚至在我看来，这有时也是无力改变现状之后所有理想被放逐的一种表征。就如同《别叫我老师》中的赵老师，虽然他曾以知识给予自己的学生人生启蒙，但是当他应卢自动的邀请回原来的地方看看时，所遇到的那些尴尬就让他明白，乡村其实是个无处安放理想的地方。所以对于赵德发笔下的乡村知识分子来说，他们注定要在种种困境与贫乏之中忘却理想的光芒而永远匍匐在黯淡的土地上。

加谬的《局外人》，虽然写了一个丧失了爱的能力的人，但作者本人的立场十分清晰：他要在没有温暖的世界上点燃一堆篝火，他要在没有爱的生命中加入爱的催化剂，他要在阳光消失的夜晚讴歌那"地中海的阳光"。同样，赵德发在以心灵体验的态度揭示其笔下的乡村知识分子的艰难生存境况和精神困顿时，也让我们以心灵体验的态度肯定这些乡村知识分子那种卑微而沉重的人生的意义和价值，让我们从心灵深处去发现他们卑微的人生里曾经掩藏着的人性的高贵与尊严。作为一个群体，他们无法摆脱现实所给予他们的彻骨的孤独与绝望。但是，他们却带着所有被遗忘、被遮蔽的底层身影，在屈辱中用孱弱的双肩，顽强地支撑起我们记忆中的乡村一代代人的未来，仿佛一群沉重而又悲凉的殉道者，无怨无悔地蹒跚在乡土文化启蒙的荆棘中。

赵德发的乡村知识分子题材小说不仅真诚地记录下他们的生存、痛苦和迷茫，传达出现实与他们内心渴望之间的冲突，发现、挖掘乡村知识分子自身的种种缺陷，而且他能通过乡村知识分子虽卑微却执着存在着的良知、美德和坚韧，使作品中潜藏着人生飞升的希望。无论作品的总体格调如何，即使是暗淡、绝望、愤怒或彷徨，他总能让我们隐隐看到乡村知识分子在和外在环境搏斗的过程中不是通向沉沦、堕落和彻底的异化，而是力图达到或趋于达到一种提升、和谐和完美，从而反照出我们这些常常以精英知识分子自居者所意识不到的自身的缺陷，引起对生命真相、生存真相的思考，让我们知道承担内心冲突与外在苦难是人类艰难却不可逃脱的责任。我想，于赵德发而言，这是一种看似质朴却充满了悲壮意味的理想意愿，也是一种源于知识分子自我确认的强大信念。这意愿和信念既昭示了中国乡村文化启蒙的艰难，也唤醒了沉默的大地上无数生命对文明的敬重与渴望。

第六章　宗教题材小说的新突破

当代中国宗教题材小说不多。张承志、史铁生和北村是宗教色彩比较鲜明的三位作家，他们也被认为是当代文坛最富有宗教情怀的作家。正因为宗教意识对文学创作及生命感悟的融入，使其小说创作显示出了独特的思想价值和精神内涵。另外，西北作家雪漠以启蒙理性及宗教文化为思想基点，以广阔的现实生活和民间传统为写作背景，追踪生命的终极意义，探索民族文化与精神信仰的道路，《西夏咒》具有宗教的超越性，充分体现了雪漠的现实忧患意识和终极文化理想。

论及真正意义上的当代宗教题材小说，赵德发的《双手合十》和《乾道坤道》堪称最具代表性的作品。长期以来，赵德发关注他所熟悉的中国乡村，沉浸在对土地的深情书写之中，是当代中国大地的真诚歌者。近年来，赵德发连续创作了两部宗教题材长篇小说《双手合十》和《乾道坤道》。《双手合十》是赵德发创作的一次转型和突破。这部小说被称为中国内地第一部全面展现当代汉传佛教文化景观的长篇小说。小说以佛门寺院为主要叙事空间，反映了市场经济和世俗化浪潮对僧俗两界的影响，旨在弘扬以理想对抗世俗，以精神对抗欲望，修持自身、净化心灵的人生蓝图。小说描摹了社会生活的种种怪现状，包括寺院的宗教活动，僧人的内心世界，以及时代变动在佛教内部所引起的种种纷争。作者在僧俗两界面临的共同困境中，正视问题，审视生活，追问终极意义，表达了在传统伦理道德日渐衰微的今天，赵德发内心所秉持的坚定信念和深刻的忧患意识。这部小说在现实批判、宗教关怀和历史反思之中，蕴含着关于生存意义与人生境界的独特思考，直指人心，明心见性。《乾道坤道》是当代第一部全面反映道教发展和道士生活的长篇小说。小说以传统道教与当代生活相互渗透、道教文化与现代科学彼此对照作为线索，追问人生的意义和存在的理想境界，对人类社会的发展方向和人类的生活目的发出质疑，对宇宙间自然科学无法解释的现象给出另外的思考路径。其中，关于社会生活进步和技术霸权主义、欲望泛滥和信仰缺失的反思非常严肃，人类究竟要向何处去？如何才能回到生命本质，让心灵获得真正的安宁？赵德发提出了很多值得我们认真思考的问题。小说以细腻的日常生活与宏大的文化视野互为镜像，勾勒出人类在漫长的精神和生存探索中经历的考验，付出的艰辛，以及不断的超越。这两部宗教题材长篇小说在当代中国文学史上意义重大，不仅体现了赵德发对宗教文化的深厚积淀，以及对神学思想的深刻领悟，对生命存在的独特思考，而且显示出他对长篇小说叙事艺术执着的探索和创造能力。

一　宗教文化的深厚积淀

宗教与人类历史相伴，是人类社会发展到一定阶段的产物，是人类文化的重要组成部分，与艺术共同构成人类两种最基本也是最核心的精神生活方式。按照马克思的观点，宗教起源于人对超自然力的崇拜，属于意识形态。宗教文化作为一个民族精神的重要组成部分，体现了这个民族基本的价值观念和道德规范。对宗教文化的关注，不仅来自于作家的宗教情怀，还可以看出作家的文化立场，即一种终极意义的寻找和精神领域的探索。梁漱溟在《中国文化的命运》中谈道："宗教在中国，有其同于他方这一般的情形，亦有其独具之特殊的情形。文化都是以宗教为开端，中国亦无例外。"① 但梁漱溟认为，中国并不具有普遍的宗教信仰，儒道其实都是无神论，只有墨家接近信仰。周孔之礼是传统文化之根，重在道德而非信仰。中国文化是以道德代宗教，追求的是理性的伦理体系的完善。或许就是这样，我们能够看到的宗教题材小说不多，具有宗教意识自觉的当代作家更少。

---

① 梁漱溟：《中国文化的命运》，中信出版集团股份有限公司 2010 年版，第 39 页。

（一）宗教题材小说的新突破

当代中国小说中的宗教文化，或者说宗教文化对当代作家创作的影响，近年来逐渐得到研究者的关注。对张承志、史铁生、北村等人的文学世界的理解，也在不断丰富。尤其是史铁生的去世，让喧嚣的世俗生活有了短暂的宁静，很多人开始重新追问精神信仰，探寻生存意义。回首新时期以来30年的思想文化路径，我们看到，知识分子的文化立场随着社会生活形态的变迁也在不断嬗变。由对现实的批判反思，到对历史的梳理重述，再到对现实的分化表达，20世纪80年代以来知识分子的思想轨迹里，始终有文化的思考和信仰的追问。对于赵德发而言，他的小说创作同样看得出这样的脉络，从早期的优秀短篇《通腿儿》，到后来的"农民三部曲"，再到"宗教小说姐妹篇"，历史、现实、民族、土地、文化、信仰是其文学世界的重要支点。两部宗教题材小说的出版，标志着赵德发在历史和现实的思考和书写中，另辟蹊径，站得更高，看得更远，他依然对生活有着热切的爱和关怀，却不再局限于向后寻找问题的症结，而是给出了人类存在的未来之路。他对于人类存在的思考是超越性的，是居于宇宙和生命意义上的审视和重建，重建一种内在的生存感觉。对于这个物欲横流的时代，他的写作无异于一记棒喝。

宗教是人类社会最广泛最持久的信仰，宗教叙事的基本视角和价值取向主要体现在三个方面。首先是精神的终极性。宗教叙事的核心命题是人的精神和灵魂，在关注人的生存现实的同时，更关注心理现实，在人道主义情怀之上，有一个永恒的终极精神救赎的叙事维度。其次是信仰的超越性。宗教伦理是从人对神的绝对信仰出发，以永恒性给短暂的生命以延续性和无限性，追求超越世俗局限的道德理想，宗教叙事就以这一绝对理念和终极理想作为人生的参照，试图在古典主义、现实主义、浪漫主义和现代主义对人类生活的表述之外，提供一种超越式的元话语和元叙事。最后是文化的稳定性。日常生活伦理与社会生活关系密切，时代转型常常会带动世俗伦理的变革和动荡，而宗教伦理具有恒常的文化稳定性。宗教叙事有一个基本的价值立场，即宗教的至信、至爱和至善。这一立场不因写作的年代和表述的方式而改变，也不因塑造的人物和呈现的生活而有所改变，这是宗教叙事的核心。《双手合十》和

《乾道坤道》对佛教和道教有着深刻的理解和全面的认识。这两部长篇小说是当代宗教题材小说的重大突破。主要体现在以下两个方面。

首先，这两部长篇小说既有对传统宗教文化的深刻理解，也有对佛道思想未来发展的深入思考。

两部长篇小说，一佛一道，皆蕴含着深厚的宗教文化底蕴。赵德发不是宗教信徒，不过他有宽厚的宗教情怀，尤其对传统文化和人类生存的本质问题，抱有浓厚的兴趣。他不仅走访僧人道士，常住寺院道观，了解僧道的日常生活，与之一同饮食起居，亲身体验诵经打坐、修行精进的各种方式和程序，而且精心研读佛道典籍，对佛道文化进行了全面而细致的梳理。东方的儒释道文化和西方的基督教文化，是人类文明的两大体系。其中，佛教并非中国本有，佛教传入中国后与本土文化相融合，佛教自身有所调整，同时也对中国传统文化产生了重大而深远的影响。弘一大师曾说："佛法是真能破除世间一切谬见，而与以正见；佛法是真能破除世间一切迷信，而与以正信；佛法是真能破除世间一切恶行，而与以正行；佛法是真能破除世间一切幻觉，而与以正觉。"佛教最初进入中国，并无宗派之分，随着不断发展，思想体系与义理各有独到之处，加之师承各有法脉，逐渐形成不同宗派。其中八大宗派是指大乘的天台宗、三论宗、唯识宗、华严宗、律宗、密宗、禅宗及净土宗，如果再加上小乘的俱舍、成实二宗，就是一般盛行的十大宗派。《双手合十》中，通过明若、慧昱、休宁、禅社众人等不同人物的修行境界，以及对佛法的理解，不仅呈现了佛教在末法时代经受的考验，而且侧重表现了佛教自身的文化生命力和自我更新能力。小说中有很多人物对话，充满禅意，秦老诌的故事同样有着历史、现实和信仰世界的三个时空建构。

道教和我们通常所说的道家学说不可等同。道家所讲的道学不是宗教，也不主张立教。《老子》是道家思想的源流，道教教义中虽有道学成分，但远不足以代表道学精神，更不足以传达老庄思想。道教是起源于中国本土的宗教，大约产生于东汉顺、桓之际，以五斗米道和太平道的出现为其基本标志。《太平经》《周易参同契》《老子想尔注》三书是道教信仰和理论形成的标志。道教创立时以《道德经》为主要经典，奉老子为教主。道教的产生有着丰富的思想渊源，它吸收了古代巫术、神仙思想和方术、黄老思想、谶纬神学以及墨家思想，与中国传统文化的许多领域都有密切的关系。它的产生是中国传统文化直接孕育的结果。道教以"道"名教，或言老庄学说，或言内外修炼，或言符箓方术，认为天地万物都由"道"而派生，即所谓"一生二，二生三，三生万物"，社会人生都应法"道"而行，最后回归自然。具体而言，是从"天""地""人""鬼"四个方面展开教义系统的。作为近两千年传统文化的重要组成部分，道教曾产生了巨大而复杂的社会作用，对社会政治、经济、医学、天文、哲学等多方面都产生过不同程度的影响。到了现当代，虽然道教门徒依然繁盛，在文化领域的影响却逐渐式微。《乾道坤道》正是在这个大背景下，为我们呈现了道教在当代的生存状态，借此探索和叩问人类的精神领域。佛教和道教之间既有冲突又有融合，在自然观、宇宙观上，二者颇多相近之处。二者皆关注生死和存在，见识本性，超越生死。赵德发的这两部宗教题材小说，把佛道历史融入人物命运和修道过程，由现实反观历史，由理想反思现实，构成了叙事和存在意义上完整的"三界"。

《双手合十》通过慧昱的修行求道过程，平常禅的深刻领悟，以及秦老爸的历史掌故，为我们揭示了佛教修行悟道的真谛。明若和宝莲都是得道的高僧，明若对慧昱，宝莲对水月的引领，是佛门薪火代代相传。慧昱立志做一个济世菩萨，以出世情怀做世间事业，虽然先后有孟悔纠缠，父母劫难，但始终坚守自己的信念，发愿普度众生、造福人类，是一个真菩萨。慧昱有志向、有思想、有能力、有道心，修行之路阻碍和诱惑诸多，觉通的张狂，孟悔的情劫，雨灵的排挤，内心的欲求，使他的求道向佛步步惊险，不过关键时刻总能梦醒，回到正途，最终悟出平常就是禅。从这些佛门弟子身上，我们看到了赵德发对佛教的理解。佛教是以明心见性、得无上正觉、普度众生为宗旨的。众生平等，人人皆可成佛。在佛经佛典中，"心，即思也"。《楞伽经》说："佛以心为宗。"禅宗的宗旨是"即心即佛"。"以佛治心"就是用佛家思想教化世人，"修佛即修心"。这是隐含在《双手合十》中的"以佛治心"的理想。

《乾道坤道》则通过石高静修道、求道、悟道的经历，对道家文化有了全面的展示。其中既有对道教历史的介绍、道家修炼的解密、道观的损毁与复建、道家经典的解读与开示，也有石高静个人的苦修和参悟。应高虚坐脱立亡，江道长神机妙算，石高静与老子对话，希夷台身心磨砺直面生死，露西辗转求道，燕红洗心革面，左道长呕心沥血编《中华道藏》……道，究竟是什么？道教，与现世人生究竟有什么关系？历经千年，道教思想杂糅流布，以一部小说来再现道教门中众生修炼的历程，阐释道之宏大与精微，本身就非常之难。"道之为物，惟恍惟忽。忽兮恍兮，其中有象；恍兮忽兮，其中有物；窈兮冥兮，其中有精，其精甚真，其中有信。"在石高静求道的过程中，有几处比较关键的环节：一是师兄临终传木簪以相托；二是和老子的虚拟对话；三是希夷台上的生死历险；四是与江道长的交流参悟；五是与托兰德对话基因。其中，有一处睡仙点化——"龙簪一根，拿得起还放得下，道关两扇，看不破便打不开！"——最能见出顺乎自然的道教思想精髓。因为铅场事件被抓进看守所，在不吃不喝不自由的情境中，石高静悟出人生处处是道场，从"尊道崇德，性命双修，让身体健康，让心性圆明，把有限的生命融入无限的宇宙运化之中，去实现和体会生命的长在"，到秉持"天人合一，人天和谐，抱朴见素，自然无为，柔弱不争"的天地精神和宇宙规则，对道家思想有了更清晰而深刻的理解及参悟。

其次，对僧道生活的描摹细致生动，对宗教现状的展示发人深省。

《双手合十》《乾道坤道》为我们展示了僧人道士的日常生活，包括一些常识的介绍，以及各种宗教活动仪式等。佛教徒是信仰佛法僧三宝的在家、出家四众的通称。包括在家（优婆塞、优婆夷）众，出家（比丘、比丘尼）众，合称四众弟子（也有七众的说法，包括优婆塞、优婆夷、比丘、比丘尼、沙弥、沙弥尼、戒叉摩那尼）。近代汉地寺院通行的日常课诵，是明末逐渐统一起来的。每日有"五堂功课""两遍殿"。早殿是全寺僧众于每日清晨（约在寅丑之间）齐集大殿，念诵楞严咒、大悲咒、十小咒、心经各一遍。晚殿有三堂功课，就是诵《阿弥陀经》和念佛名；礼拜八十八佛和诵《大忏悔文》；放蒙山施食。除了早晚二殿外，僧众于每日早斋和午斋时（早餐和午餐），要依《二时临斋仪》以所食供养诸佛菩萨，为施主回向，为众生发愿，然后方可进食。道教徒有两种：一种是神职教徒，即"道士"。据《太霄琅书经》，"人行大道，号曰道士"，身心顺理，为道是从，故称道士。按宫观中教务可分为"当家""殿主""知客"等。另一种是一般教徒，人称"居士"或"信徒"。"宫观"是道家最主要的组织形式，宫观是道士修道、祀神和举行仪式的场所。

虽然《双手合十》中的佛门不再是净土，《乾道坤道》中的琼顶也不再是圣地，不过修道者内在的信念是中正而神圣的。两部小说为我们揭开了佛门与玄门的神秘面纱。对于大众读者来说，寺院道观之内的生活究竟如何，对此其实是相当陌生的。虽然很多人参观过名寺古刹，但也只是看到了最表象的层面，对僧人道士的日常生活、饮食起居、打坐修行细节，内心世界的幽微，是否也有爱恨悲欢恩怨情仇，都是非常陌生的。这两部长篇小说对僧人道士生活的展示，对其内心世界的观照，细致入微，又真实严谨，令人信服。其中，便写到了得道的高僧、道长，包括《双手合十》中的明若和宝莲，赵德发对这二人的描述可比武侠小说中的一代宗师，二人对慧昱和孟忏孟悔的前世今生了若指掌，洞明尘事，我心即佛，却又不落文字。《乾道坤道》中的应高虚和江道长、老睡仙，同样是修为深厚，悟性极高，甚至可以未卜先知，预测生死，关键时刻对石高静的点化堪称一语惊醒梦中人。这两部小说都浓墨重彩地塑造了一心向道之人，慧昱和石高静作为两部小说的主人公，均身负重大使命，要光大佛门，重振道风，故对二人的成长过程和求道悟道之路，一波三折地描述详尽，而且引人入胜。还有一类就是破坏清规戒律的佛门蛀虫和道门败类。赵德发在《双手合十》中为我们展示了他眼中的末法时代。觉通披着和尚的外衣，行的是世俗男女之道，他背弃佛法，最终死于孟悔护法之手。他的死是一种警戒，也是一种拯救，拯救自己还有孟悔。觉通混进寺院，求的是世俗名利和爱欲贪念，不过他还是清醒的："我做秽土，做污泥"，衬托慧昱"清净与高洁"。明心也是一样，败坏佛门，为利来为利往，情缘未了，受尽指责，愧悔难当，终回红尘俗世，把清净留给佛门。《乾道坤道》中的祁高笃背弃师父教诲，在欲望中沉沦，卢高极同样有辱道门清净，纵容自己的名利之心，邴道长心胸狭隘，助纣为虐，聚七仙女敛财，求名求利者熙熙往往。小说中对僧人道士的行走坐卧和内心世界的呈现称得上视角独到，细腻幽微。

赵德发创作论

（二）对宗教与当代生活的文化忧思

宗教之所以与文学的关系密切，一是因为宗教本身就是一种文化积淀，是一种认识世界、理解生活的方式；再有就是作家自身的宗教倾向或者宗教信仰，会影响他的题材选择和文化立场。"宗教——不管是基督教，还是非基督教，不管是肯定的，还是有争议的——都一再成为文学创作的一个永不枯竭的源泉。"[1] 五四时期，陈独秀曾经在《基督教与中国人》一文中说："我们不用请教什么神学，也不用依赖什么教仪，也不用藉重什么宗派，我们直接去敲耶稣自己的门，要求他崇高的、伟大的人格和热烈的深厚的情感与我合而为一。""我们今后对于基督教的问题，不但要有觉悟，使他不再发生纷扰问题，而且要有甚深的觉悟，要把那耶稣崇高的、伟大的人格和热烈的、深厚的情感，培养在我们的血里，将我们从堕落冷酷、黑污浊坑中救起。"[2] 胡适认为，佛教的译经诸大师，用朴实平易的白话文体来翻译佛经，但求易晓，不加藻饰，形成一种白话的文体，佛寺禅门成为白话文与白话诗的重要发源地。佛教文学最富想象力，对于最缺乏想象力的中国文学，具有很大的解放作用。中国的浪漫主义作品，像《西游记》等小说是印度文学影响下的产物。佛经的输入，对后代弹词、平话、小说、戏剧的发达都有直接或间接的贡献，佛经的散文与偈体夹杂并用，也对中国后来的文学体裁产生了影响。从以上文字中，我们不难看出宗教对人类社会的深刻影响，以及与文学艺术之间的深刻关联。

日暮乡关何处是？人类究竟向何处去？文化的支撑到底是什么？自20世纪80年代以来，知识分子就力图重塑民族文化品格，以寻根的方式接续民族文化命脉。儒、释、道作为中国传统文化的主体，在当代作家笔下，重新呈现出精神力量和思想光彩。宗教既是一种对未来世界的想象，更是对实存世界的认知。赵德发的这两部长篇力作，

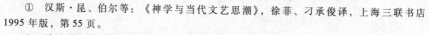

① 汉斯·昆、伯尔等：《神学与当代文艺思潮》，徐菲、刁承俊译，上海三联书店1995年版，第55页。

② 陈独秀：《基督教与中国人》，《新青年》第7卷第3号。

一方面为我们再现了末法时代的僧道生活景象和宗教文化景观；另一方面通过世俗生活与方外的相互影响，给予我们对已知世界和未知世界的双重反思。当代中国，一部分文化守成主义者经由对历史的梳理，对现实的反思，走向宗教的怀抱，这种方向存在着一定的局限性，即以宗教的宁静致远来覆盖尘世的喧哗和生命的短暂，多少有逃避的软弱，而宗教本质上召唤的其实是来自个人内心的力量，是从宗教的最高境界里获得超越的力量。这两部小说带给我们现实生活的沉溺与疏离，宗教视野的彷徨和坚守，真实地呈现了时代的精神境况。宗教自身的普泛性，是指超越具体教义的制约，指向的是人类的存在本质、信仰的重建以及生存的重新审视。赵德发的文化立场，是在对历史的清晰认识、对现实的正面把握之上，确立了对信仰的不断思索和永恒朝向，小说中对当代生活的呈现是多角度、多层面的，情场的恩怨纠葛，商场的尔虞我诈，官场的你死我活，佛门道场的名利污染，赵德发对休宁洁身自好修持自身，觉通随波逐流物欲浮沉，祁高笃无所顾忌纵欲忘形，卢美人背弃师门堕落无德，都加以否定。只有慧昱和石高静不仅修自心，而且怀抱普度众生之念。在这二人身上，体现了赵德发信仰重建的坚实基础和高远理想。

当代知识分子的思想历程，经历了从直面现实到重写历史，再到回归民间的过程，20世纪80年代中期的文化寻根热潮，对应的是民族文化危机；90年代中期的人文精神讨论，对应的是精神信仰危机；21世纪第一个10年中期的底层思潮，对应的是整体的社会生存危机。这其中，对现实的批判和反思、对信仰的寻找和重建过程没有中断过，只是知识分子群体本身在不断分化，寻找的方式也发生着变化。犬儒主义者，国家主义者，先后放弃了启蒙的立场，唯有部分知识分子仍在坚持自己的文化立场和道德理想。赵德发的文学创作是当代中国的一个精神标志。从历史、现实和信仰三个层面构建自己的文化体系。对土地、农民、伦理、政治和宗教都有自己的清晰思路。这两部宗教题材小说给出了我们认识社会、时代、人生和存在的崭新视角。其中，对存在的终极思考，严肃地追问生存方式和生命的意义，在价值混乱、信仰缺失的当下，尤其应该引起我们的深思。

赵德发创作论

二 生命意识的终极探索

　　20世纪对于中国社会有着巨大的转折意义。从世纪初的现代性追求到世纪末的现代性反思，我们经历的这一切，不仅仅是学理层面的探讨，还影响到每个人的日常生活和生命意识。思想启蒙和文化启蒙对于存在的理解，对于生命的确认，不仅让我们摆脱了君权神授、三纲五常，重新找回自身，确立主体性意识，而且给予我们看待世界的完全不同的眼光。科学认知则建构起个体与世界的理性桥梁，甚至一日千里地改变着我们的生活方式和日常习惯。然而也应该看到，中国最大的问题是现代理性并没有真正确立起来，中国传统文化中因袭的奴性、惯性和惰性在没有得到根除时，就被世界潮流裹挟着进入后现代的文化解构大潮中了。在这一现实中，我们失落了三重信仰：一是传统文化的伦理道德信仰；二是传统文化的类宗教信仰；三是现代启蒙的理性信仰。所以，当新世纪来到我们面前的时候，我们这个民族不仅没有成长，甚至在思想、文化和精神领域一直都在倒退。回首百年中国文学，尽管文学样式是丰富的，乡土视野里的自然神性，都市文化中的生命幻影，现代派文学中的人性异化，对生命的认识和理解，不断分化，不断拓展，但总体上仍然缺少一种更本质的东西。宗教情怀的缺失加速了文学的急功近利，真正的悲悯，终极的探寻，很少成为当代中国作家的精神自觉。宗教，作为现实世界的对照，是一种精神的救赎，也是一种生命意识的整合，赵德发的这两部宗教题材小说给予我们一种追问生命本质和终极意义的可能。

（一）宗教信仰与现代科学的反思

　　现代自然科学一方面以科学理念对物质世界加以不断分裂和细化，另一方面以不断追求科技创新探索和改造世界，看重的是逻辑严谨和实证，正如《乾道坤道》中应高虚初次表演闭息时那个瘦老头的质疑："石先生，我是个工程师，从来不相信上帝，不相信佛，也不相信安拉，只相信科学。科学告诉我，一个活着的人不可能没有脉搏。而你和这位女士如果打算让我相信，就必须采用科学试验的方法。"石高静说："用什么方法?"瘦老头说："你声称是大学的研究人员，应该知道，一个科学的结论，必须是在反复试验并且获得相同结果的情况下做出的。"从科学实证的角度看，老头的要求很正常，自然科学就是对世界的客观解释和规律揭示；而作为修道之人，目标不是以炫技的方式惑众，而应该真正以道义感化众生。这个表演本身也带有科学实验的成分，必须借助心电仪等现代科学仪器才可以完成。由此可见，我们今天的生活要完全离开科技是不可能的。小说中，主线是石高静修道弘道的一路艰辛；两条副线一是求道者和世俗欲望的对抗；二是现代医学和宗教伦理的对话。石高静因为有家族遗传的高脂血症，祖父、父亲皆英年早逝，他一直试图避免这不幸的结局，所以立志投身于基因工程研究，试图以科学的方式了解自身，战胜先天的基因序列藏在他身体里面的魔鬼。然而在石高静心里，科学和宗教对于人类存在来说，哪一个更本质，其实，他对此并没有明确的认知。包括他突然发病住进医院，接受治疗，内心有所排斥，觉得是对自己修炼的否定，也是对自己信仰的嘲讽。但是终究还是现代医学救了他的命。这就是小说为我们呈现的问题，我们今天的生活离不开现代科技，然而过分的技术追求必将使人类走上技术专制之路，使人类成为技术的过度依赖者和控制对象。

那么，怎样才能做到在内在生存和外在生存之间有一个动态的平衡呢？小说中写道："石高静每次走到树立在迈阿密大学人类基因研究中心面前的 DNA 模型旁边时，都会想起老子的这一段话。他想，两千五百年前的老子，到底长了怎样的慧眼，竟然把宏观宇宙和微观宇宙看得这么透彻，描述得这么传神？是呵，自然大道，从初始化的本一阶段开始，而后成二，成三，产生天地万物的不同级次，形成大道包容下的千差万别，而其中的'精'，'精'中的'信'，大概就体现在这个奇妙的 DNA 双螺旋结构上。"在这里，赵德发借助石高静的眼睛和心灵，把对世界认知的触角伸向最微观也最宏观的存在。小说中还有一段石高静和老子的对话，同样彰显了作者的态度和立场。

……

老子：大道之中，无所谓善，无所谓恶。

石高静：对，你说过"天地不仁，以万物为刍狗"这话。

102

老子：其实，天地也是刍狗。

石高静：那是谁的刍狗？

老子：有物混成，先天地生。寂兮寥兮，独立而不改，周行而不殆，可以为天下母。吾不知其名，字之曰道，强名之曰大。

石高静：对，是"道"，你也叫它"大"。你还起过另外一个名字，叫作"玄牝"。"玄牝之门，是谓天地根"。

老子：那仅仅是个比方。

石高静："玄之又玄，众妙之门"，这也是你说的。那么这个门，就像天下所有女人和所有雌性动物身上都有的那个生殖之门，是怎样把天地当作刍狗的呢？

老子：虚而不屈，动而愈出。

石高静：橐龠呀？风箱呀？你好像是用它形容天地间的特性……

老子：道，其大无外，其小无内。

石高静：我明白了。像橐龠那样运行，是宇宙的一个特性。我们这个宇宙，恰似一个奇大无比的风箱。大约发生于一百四十亿年前的那次大爆炸，可能就是大风箱最近一次出气的肇始。这一出气不要紧，搞得宇宙尘埃纷纷扬扬，于是就有了星系团，星系，恒星，行星，生物，人类……包括我，我的身体，我的每一个器官，每一个细胞，每一个细胞内的每一个染色体，每一个染色体内的DNA，每一串DNA里的三十亿碱基对……

老子：你还算看得明白。

石高静：这些宇宙尘埃，其实都是大大小小的风箱，都在呼吸、收放。像我，不就是一个一百八十斤的风箱吗？整天呼嗒呼嗒喘气。那天在希夷台犯了病，呼嗒得特别急促。

老子：哈哈，明白了自己也是一架风箱，算是一次小小的开悟。

石高静：可我不明白，我的DNA里为什么会有那么小小的一组，让这架风箱不能长久地呼嗒，很可能不到五十岁就戛然而止？

老子：天机不可泄漏。

石高静：太上你别拿这话搪塞我。你一定要回答：让我得冠心病的那一小段 DNA，让别人患上形形色色各种各样疾病的 DNA，为什么要出现在人类的遗传基因里？

老子：替天行道。

石高静：这话吓煞我也！也气煞我也！你的意思是说，我得这个病是上天对我的惩罚？

老子：你领会错了。你不应该用"惩罚"一词，因为这样一来，又与善恶联系在一起了。

石高静：那你说的替天行道是什么意思？

老子：是体现天地精神和宇宙规则。

石高静：天地精神？宇宙规则？

老子：对，也就是我说的道。

石高静：具体到我的身上，它是怎么体现的？

老子：让你生，让你死。

石高静：有生就有死，这是大道的基本含义之一，也是宇宙的橐龠特性——有放有收嘛。这个大道理，我很明白。可是，具体到我身上，我不想早早死去呵！

老子：不想早早死去，是有办法的……你不是做了多年的基因测序吗？不是想从那个途径找到办法吗？

石高静：那个途径，目前还没有什么好办法。是的，现在有了所谓的基因疗法，科学家们正在采用各种办法，试图修复那些致病的基因。然而，就家庭性高脂血症所导致的冠心病而言，现在连致病基因所在的位置都没找出来，更何谈对那些基因的修复？我今年四十八岁，已经开始发病，恐怕是等不到那一天了。太上，你快告诉我怎么办！

老子：我已经告诉你了。

石高静：你什么时候告诉我的？

老子：我骑着青牛过函谷关的时候……

……

那么，小说中追问的"生命价值何在"这一终极疑问，在现实生活中，又有着怎样的解答呢？杰米里·里夫金曾说："生物技术革命已经点燃了一场哲学上的风暴性大火"，以信奉生命内在价值的人为一极，以信奉生命利用价值的人为另一极，双方始终争论不休。由于生命科学的进展，当代实验医学的胜利，科学在人类自我认同中越来越扮演着主导角色，生命伦理学家就此指出：要切实分析现代科学形成的历史文化原因，同时传统人文科学必须加入人类的自我认同中来。正是在这一意义上，更多的人开始关注及研究基因伦理学和生物伦理学。2000年的"探索基因工程的人文立场"会议同样充满了质疑和反思之声，对于"WHO ARE WE"这个问题，北京大学哲学系教授吴国盛认为，北京人遗址有着意味深长的含义，他说："它在提醒我们，悠久的历史、漫长的时间是人类发展和人类自我认同的一个基点，人不可能将一切都放到一个共时态中去进行一次虚拟的自我设计和认定。""'WHO ARE WE'是没有答案的，而我们的任务就是守护这个不确定性。"①

　　小说中还有一个情节，祁高笃的妻子米珍是妇产科医生，近年来剖腹产越来越多，人为改变自然选择和自然生育过程，米珍每天都要在手术室忙忙碌碌，甚至一天会从手术室抱出 10 个娃娃。石高静劝说米珍放下手术刀，回归自然生育过程。因为减少了收入，米珍被免去了产科主任职务。这一段也很有意思，泛滥的剖腹产是医院为了创收而推广的，但是也不能一概而论，现代医学可以帮助很多产妇，避免因为难产而死亡。在这里，关于自然选择和生命权力哪个更应优先考虑？道教追求的境界是通过修炼，使生命长久，是一种生命关怀，就如石高静通过个人苦修实现了基因改善一样。米珍接受了石高静的教诲，要求科里除非难产一律不再剖腹产的主张无疑是正确的，不过难产的预见仍然需要医学技术的保障。也就是说，剖腹产在某些时候同样也是一种生命的拯救。这里面还存在着一个立场和选择问题，宗教信仰和现代科学并不是截然对立的，根本的关节点还是人，无论是针对心灵的宗教，还是针对身体的医学，二者在生命尊重和生命关怀这一点上应该是有着内在的一致性的。

　　与此有关的还有一个问题，即痛苦和生命的关系。在快乐和痛苦的天平上，生物技术向人们许诺了完美、健康、快乐、优化，医学的初衷

---

　　①　周毅：《人文学者关注生命伦理新课题》，东方网。

是减少病人的痛苦，挽救病人的生命，然而在一些哲学家看来，痛苦对人生的意义是双重的，并不都是消极的，受难无论对人生还是人类文明来说都有着积极的意义，医疗技术对痛苦的解除是单向的，同时也将含义丰富的痛苦简单化、平面化了。这个问题的确很难解答，或者这就是人类生存与发展的一个悖论。毕竟哲学家对受难的理解是宗教意义上的，指向的是生命信仰层面，在日常生活中，没有人会主动把痛苦作为生命的常态。当然，面对不可避免的痛苦，应该采取何种立场，似乎哲学家们的论断也有一定的道理。就像中国传统文化中的"天将降大任于斯人也，必先苦其心志，劳其筋骨"，然后知"生于忧患，死于安乐"，等等，大体上表达的是同样的意思。石高静在痛苦的磨砺中，似乎获得了基因的改变，躲过了家族基因缺陷所带来的不幸，延续了生命。就如小说中石高静所言："这正好应了中国道教的一句名言：'我命在我不在天'。只要能持之以恒地修炼，命运是可以改变的。"道家主张经由修炼获得长生，甚至得道成仙，这在自然科学发展到今天，基本上已经可以确定是浪漫主义的幻想；而修道的意义就像石高静一样，一方面有益于身心健康，另一方面可以引导更多人放下贪念物欲，回归生命本然。那么，反过来看，哲学家所言的痛苦，医学家眼里的病痛，以及求道者经历的苦修，其终极目的是什么？哲学家的思路是痛苦历练了生命，生命得以更丰富更完整；医学家是执着于解除病痛，生命得以更自由更长久；而求道者与佛家苦生乐死不同，他们是要把现世变成以苦为乐然后超越苦难、羽化登仙的阶梯。由此引申开去，如何看待人类存在的终极意义呢？我们不能因一部小说就否定现代科技，但是这部小说给人类生存与发展提出的质疑和思考，值得我们严肃对待。

《双手合十》中，贯穿始终的同样是对生存本质问题的思考，赵德发以世俗生活和佛门净土做对照，以坚定的佛门弟子和败坏佛法贪图名利之辈做对照，表达了自己的忧患和思考。小说中通过慧昱的修行和成长，让我们看到了佛教对世界的独特解释："一切法空"，即宇宙一切皆为"空性"。事物的真如本性本无区别，结构本不存在，一切法因缘和合而有，随生灭相继终归性空。《心地观经》云："我佛法中，以心为主，一切诸法，无不由生。""心"念活动即阿赖耶识在沉迷的情况下所编造的五蕴，五蕴指色（相当于物质）、受（感觉）、想（相当于知觉）、行（意志）、识（意识、精神），相当于构成整个世界的基本因素。这些因素的聚合分解"因此有彼，无此无彼，此生彼生，此灭彼灭"。然而，俗世中人对于世间实相的根本力量却又是不容易清楚认识到的，这就是我们所说的"无明"。因为无明，人们沉迷于"无常"而又充满痛苦的表象世界。具体说来，由于缺乏透视宇宙人生真相的智慧，纯净的人性受到污染，对世界产生错误甚至是颠倒的认识，表现出世俗的无智与愚痴，这就是一切世俗世界原始的总因——无明。宗教信仰让人洞见本性，由于无明产生了各种迷惑和歧途，对于慧昱而言，他的修行就是不断祛除无明，洞见生命与世界本相。而觉通等人则是因为深陷无明，在俗世和佛门之间徘徊，内心贪欲导致自己离本真越来越远。

经历了现代理性的绝对权威时代，人类进入了解构和颠覆的后现代，对生命直觉的强调超越了严密的逻辑世界，现代技术的应用也遭到了前所未有的质疑：那些看上去具有美好前景的技术应用，是否意味着人类道德世界的黑夜降临？科学技术能够完成，是否就意味着人类有权力不断突破各种伦理道德底线，在技术至上的道路上固执前行？在现实世界里，我们看到了细菌战和奥斯维辛集中营的灭绝人性；在文学艺术世界里，我们看到了科幻作品为我们呈现的科技能够抵达的未来世界。在那个依据科学想象的世界里，绝对意义上的科技伦理取代了人性伦理，人类成为机器世界的一部分。至于为人类在疾病治疗、身体强化和生殖选择等方面带来福音的基因干预技术，在伦理关系、道德生活方面，同样给人类提出了很多难题，甚至是遭遇了前所未有的自我认知的困难和道德灾难。这种伦理上的绝望深刻地影响着人类的心灵和未来。伦理的本质应当是敬畏生命，在生物技术飞速发展的今天，这一点尤为重要。在赵德发这两部宗教题材小说中，我们不难感受到作者对生命意志的敬畏，对大自然的敬畏，对一切未知世界、未知领域的敬畏，像敬畏自己的生命意志一样敬畏所有的生命意志，在自己的生命中体验到其他生命。道也好，释也好，对生命的理解都是本源的，

珍惜生命、完善生命，使生命实现其最高价值。而这种价值的实现在释道的领域里，不仅是此岸世界的修炼，还指向彼岸世界，道家的长生，佛家的极乐，都是生命的终极理想。当然，释、道的在世观

和来世观不同，修炼的途径和自我完成的方式也不同，不过克制物欲、求得生命本真的追求是一致的。在基因工程技术领域，人类同样应该遵守必要的伦理底线，那就是克制打开潘多拉盒子的欲望，尊重生命本身的善，以道德的力量约束人类的私欲和潜在的暴力倾向。以善良之心，审慎面对基因工程技术的研究和利用，使人类能够避免自我毁灭的结局。

（二）宗教伦理与生命的终极意义

宗教对世界的认知方式与现代科学相反，认识世界的方式不同，结论也不同。宗教是整合和模糊，是先验和领悟，追求的是精神世界的本质；科学是分解和确定，是假设和验证，追问的是物质世界的本质。道教及其思想是中国传统文化的重要组成部分，和儒家强调修身德行、佛家戒律严明相似，无不渗透着伦理精神。道教修道中的养身、修性融合了道德修养过程，其中"欲修仙道，先修人道"的理念蕴含着伦理思想，道家思想的伦理精神本质上是生命伦理。"伦理学主要包括相互关联的两个方面，首先它应确立人生的目的和价值，其次要指出实现这一目的和价值的方式和手段。一般认为，人生的目的和价值在于追求幸福……道教认为，如何保全、完善我们的身心，使我们的生命得到完美实现，这就是幸福。因为大道赋予我们每个人以生命，生命的存在和完美实现是道的反映和体现。所以，道教认为人生可贵，生命神圣。人生的意义和价值就在于体道、悟道，就在于使大道赋予我们的生命得到完满的实现，于其中便有最大的快乐和幸福。"①

《乾道坤道》以现代基因工程和传统宗教信仰两个视角来思考人类的存在和未来。在石高静身上，我们看到了求道者的虔诚、自我牺牲，以及对众生的宽容和引领。虽然，他赴任琼顶是被迫接受师兄所托，他刻苦修炼是想战胜家族遗传，但是，这些并不影响他作为一个求道者悟道的决心和尊道的情怀，反而因此令其更加坚定和觉悟。《太平经·乐生赐天心法》说："人最善者，莫若常欲乐生，汲汲若渴，乃后可也。"

---

① 张继禹：《道教伦理的基本精神》，源自道文化网，转引自 http://hi.baidu.com/regy-rlqatjbdsuq/item/e5de7825f7a7b00f73863e5e。

108

认为人最善的德行就是"乐生"，人们应该"汲汲若渴"般地对此进行追求；陶弘景《养性延命录》指出："人所贵者，盖贵于生。"司马承祯《坐忘论》说："生之所贵者，道也。"道教本来就认为生命是最宝贵的，因为生命是道的体现。道与生相守。《三天内解经》也说："真道好生而恶杀。……故圣人教化，使民慈心于众生，生可贵也。""重人贵生"是道教伦理思想的核心宗旨。《太平经·经文部数所应诀》说："人欲去凶远害，得长生者，本当保知自爱自好自亲，以此自养，乃可无凶害也。"要得长生，当"自爱自好自亲"以"自养"；对于保养自己的身体和生命，道教认为，一是要养身，二是要养心。《玉清经·本起品说十戒》说："人之行恶，莫大于嫉、杀、贪、奢、骄、淫也。若此念在心，伐尔年命矣。"从这一理念中可以看出，身体健康和内心安宁是生命应该保持的正常状态。《太平经》指出："夫人命乃在天地，欲安者，乃当先安其天地，然后可得长安也。"这就是说，维护整个自然界的和谐与安宁，是人类本身赖以生存和发展的重要前提。道教认为，天地万物都是由"道"生成的，因而"一切有形，皆含道性"。万物都有按照道赋予它的本性自然发展的权利，人类不应该随意对它们进行杀戮，阻碍它们实现自己的价值。"天地之大德曰生"，人应该"与天地合其德"，对万物"利而不害"，辅助万物成长，而不应该以毁灭各种自然物的行为来扼杀宇宙的生机。道教希望人们"慈爱一切，不异己身。……一切含气，草木壤灰，皆如己身，念之如子，不生轻慢意，不起伤彼心。心恒念之与己同存，有识愿其进道，无识愿其识生"。可见，维持人与自然的和谐，关键是要以"慈"为念。若能做到"慈心于物，仁逮昆虫"，则天人一体，其乐融融。[①]《乾道坤道》则将基因科学和个人修炼相对照，以两种截然不同的方式对世界和生活发出追问。面对生存状态的混乱和人生意义的缺失，赵德发以对时代、对历史、对宗教文化、对科学技术、对生活和存在的全面观照和冷峻思索为基础，努力展现变动年代尘世男女及修道之人的性情世界和精神历程。其中石高静的求道悟道过程便暗合了道教这种"重人贵生"宗旨，

---

　　① 相关论述参见张继禹《道教伦理的基本精神》，道文化网；转引自 http：//hi. baidu. com/regyrlqatjbdsuq/item/e5de7825f7a7b00f73863e5e。

无论经历何种坎坷，最终指向的仍然是生命长安、追求幸福。

《双手合十》从社会和个体两个层面提出质疑。因为当下的现实是时代趋于毁坏，伦理道德体系陷于崩溃，现代人在外在大千世界的诱惑下，执迷于欲望，为物所役。而佛教讲求内在宁静与戒、定、慧以修持自身，"佛不外，悟之于心""诸佛世尊，皆出人间"，这无疑成为人们急切需要的内心自由与心灵净土。在现代社会里，物质主义甚嚣尘上，各种利益冲突在所难免，且愈演愈烈。佛教的道德观是内在德行及普遍意义上的，其"自觉觉他，自利利人"所揭示的佛教伦理的因果轮回是一种必然的伦理律令和基本的伦理规则，在佛教经典中反复申述，《中阿含经·思经第五》有记："尔时，世尊告诸比丘：若有故作业，我说彼必受报，或现世受，或后世受。若不故作业，我说此不必受报。"《瑜伽师地论》亦有："已作不失，未作不得。"赵德发在小说中并没有给出明确的罪与罚的结局。孟悔出家，郗化章信佛，方建勋建庵。宗教给这些滚滚红尘之中的迷途羔羊一条悔过之路，在踏进佛门的那一刻，这些人斩断了贪欲的过往，接受了内心的惩戒，从此开始新的生命之旅。伦理学的鲜明特征在于其实践性，人类本质上是实践的存在物。在现实生活中，道教伦理所要达致的理想境界是"德臻人间仙境"，得道而成仙；佛家伦理思想主要包括平等观念、克己观念和慈悲利他观念，佛教伦理的理想境界是达于至善。佛教提倡克制，祛除物欲的负累，清心寡欲，其众生平等的思想，体现了对人本身的尊重。《双手合十》跨越僧俗两界，追问意义和价值，而这意义和价值最终还是指向人间。从某种意义上看，每个生存个体都兼有"佛性"和"魔性"。批判魔性，守护人性，弘扬神性，是赵德发立足理想人性的终极关怀。作家对社会生活的直观立场，决定了其直面问题的勇气和执着。小说充分展示了文化退位、信仰沦落、欲望泛滥，终至"众神隐退""群魔乱舞"的现实，而"双手合十"，即是对现实的冷峻审视和犀利批判，批判的目的是寻找灵魂依托和追问终极价值。正如作家自己所言："佛教进入中国两千年来，事实上已经成为中国人民的精神支柱之一，成为中国文化的主角之一。进入当代，汉传佛教在中西文化的冲突融合中嬗变，其形态与内涵更加丰富多彩。因此，我试图通过这部小说将寺院的宗教生活和僧人的内心世界加以展示，将当今社会变革在佛教内部引起的种种律动予以传达，将人生的终极意义放在僧俗两界共同面临的处境中做出追问。"① 显然，我们都知道，遁入空门并不是人生意义的最高形式，作家并非借小说弘法，慧昱的得道，孟悔的觉悟，觉通的惨死，秦老笪的化身天地，郗化章等人各得归所，"上帝的归上帝，恺撒的归恺撒"，以大爱投身尘世，以自律获得人性的提升，这是小说给出的人生意义。

自 20 世纪 90 年代以来，随着市场经济的不断推进，消费主义成为社会生活的主流，西方文化的影响日益广泛，最终形成深刻的生存焦虑和对生命价值的疑惑。价值观念的混乱与退守，精神信仰的沦陷与坚持，生命体验的个人化与虚无感，成为世纪末和世纪初最重要的精神景观。经由五四启蒙而走出蒙昧的人们，重新被关进了物质主义和消费主义的黑屋子，遭受欲望的奴役和鞭打。有清醒者试图突围，却屡屡碰壁。传统伦理道德的魔咒早以破除，现代伦理观念尚未真正确立，解除戒律的生活一再失控，毫无顾忌地追求情欲、贪恋利益和权力，成为生存常态。《双手合十》和《乾道坤道》通过民、商、官、僧、道等各色人物的描写，充分展示了世俗主义时代中国社会各阶层错综复杂的生存状态和精神面貌，对欲望疯长的生存困境做出了真实而全面的书写。难能可贵的是，作者在这种生存困境的描写中从宗教的角度给出了每个人应走的道路，在字里行间揭示了人生意义与面对生存焦虑时所应采取的态度。

三　现实批判的犀利笔墨

经典现实主义的一个突出特征是其批判性，批判的力度源于小说对社会问题暴露的深度，而社会批判无疑是当代作家应该坚守的重要价值立场。20 世纪 90 年代以来，随着世俗化的加深，中国的社会生活和精神文化视野均发生了重大变化，物质生活日益丰富，生存形态逐渐多元，而价值追求日渐贫弱，精神信仰彻底衰落，二者形成了鲜明对照。《双手合十》和《乾道坤道》这两部小说对社会现实及时代特征有着深刻的体认，从宗教这个独特的视角切入，呈现出万花筒一样的生存实

---

① 　赵德发：《念佛是谁》，《长篇小说选刊》2007 年第 1 期。

景。作为一个知识分子去承担批判的责任，与作为一个小说家去追寻文化的背影，是赵德发小说创作的两种精神原动力。因而，深厚沉郁的文化忧思与敏锐深刻的现实批判高度契合，构成了赵德发小说的主要美学特征。《双手合十》和《乾道坤道》是关于具有人类自省意识和现实批判意义的重要作品。小说不仅讲述了僧人、道士的成长故事，它所承载的具有象征、预言和寓言意味的思考和探求，隐含在舒缓有致的故事脉络里，隐含在世俗生活自身的阴影里，以及超越世俗生活的执着追求之中。作家选取的独特视角使其批判和思考具有了更为深广的时空跨度。

（一）社会生活的全景观照与深度反思

这两部宗教题材小说虽然体现了宗教文化方面深厚的修养和积淀，但是作家的立足点还是现实人生，是为社会，为人生的；是希望借助宗教这样一个题材，一方面展示末法时代释道的状态，另一方面借此反思人类生活和未来命运。21世纪的中国面对的是一个被迫转型的新时代。外在生存空间日益拓展，心理上的故土家园却在不断失落。与无限延展的表象世界相对的是逐渐萎缩的精神视野，大地会呼吸而我们却越来越迟钝，万物有爱而我们则越来越冷漠，如何克服这种精神与信仰的漂泊与流离，作家们开始自觉地走上了文化旅行和心灵救赎之路。对社会生活的认知不再局限于外部考察，赵德发的精神探索和灵魂救赎直指人心，如果说经济发展许给人类一个美好的社会图景，那么，赵德发则以自己的敏锐和冷峻揭穿了经济发展的谎言，看到了物质化生存背后的精神危机和心灵困境。所以，虽然《双手合十》和《乾道坤道》有关于终极彼岸的描绘，但本质上不是真正的乌托邦写作。小说的底蕴是批判现实主义。比照底层写作对当代中国的叙述，这两部宗教题材小说算得上另辟蹊径，为转型时代画像，为当下中国写史。

《双手合十》立足人间的罪与罚、思与在，揭穿虚假的繁荣与伪善的面孔，给喧嚣嘈杂的世俗生活一记棒喝。作家关切的目光和思想的触角探入寺院的生活深处，幽静的参禅与热闹的欲望相互对视，僧俗两界的精神困境和心理挣扎，大多来自于外在世界给定的价值尺度。作家的批判立场透过森严的清规戒律和密不透风的日常生活，抵达了高远的思想胜境。小说的时代感很强，"非典""9·11"、互联网、旅游开发、

赵德发创作论

矿难事故……在这样的时代背景下，面对物欲情欲的放纵挣扎，尔虞我诈的人生真相，利欲熏心的发展困境，慧昱出家、修行、成长的人生经历，更像一个寓言，以隐喻的方式打通此岸与彼岸世界，以精神性的光亮烛照现世的黯淡和混乱。作家选取情场、商场、官场和佛门四大场景呈现当下人欲横流、伦理失范的道德乱象。无论是对"佛教本来就处末法时代，再赶上当今的经济大潮，什么样的怪事儿都出来"的批判，还是对政府官员腐败行为的警示，或是对商人牟利不择手段的痛陈，以及物质主义侵扰佛门的忧虑，都鲜明地体现了作家的价值立场，深刻地揭示出时代的真实面貌和本质特征。首先，小说充分展示了商场竞争的混乱无序。商人无德，行贿受贿，视法律如无物，视人命如草芥。方建勋和郜化章斥巨资行贿官员，官商勾结，唯利是图。云舒曼开发芙蓉山，重建飞云寺，遵循的也是商业运作的规则。慕天利为经济利益，采煤挖空小村，制造人间地狱，最终是多人惨死的悲剧。赵德发的批判是理性的，建立在对经济发展和社会进步的深刻反思之上。其次，小说还对官场腐败官员的堕落进行了无情的揭露和批判。管车皮的政府官员贪得无厌，有恃无恐。乔市长为政治前途费尽心机。申式朋为虚假政绩，不顾劝阻，对西山自然景观加以肆意破坏。以上种种，虽然只不过是当代中国社会生活的冰山一角，但已经足够触目惊心。余虹在《一个人的百年》中说，"人的庇护从何而来呢？唯有现世的社会和彼世的信仰，前者给人以生之依靠，后者给人以死之希望。"我们这个时代的精神是史无前例的物质主义，权力寻租，权钱交易，金钱至上，这对精神信仰的冲击是巨大的。面对有病的时代，赵德发选择的疗救方式，是站在现实批判的立场上，努力返回精神层面，在宗教与类宗教的信仰体系中寻找心灵的支撑。

《乾道坤道》对现实的思考，较之《双手合十》没有丝毫减弱，这个时代的所有乱象，在小说中都有所呈现，郇民的始乱终弃，祁高笃的纵欲忘形，卢美人的贪念，铅场的环境污染，石高静化缘所经历的人情冷暖，官场的政治斗争，席卷全球的金融危机，等等。如王德威所言，所谓乌托邦，文学史上主要指的是托马斯·莫尔（Thomas More）所创作的一个政论式的叙事，很难说它是一个我们今天定义的小说。在这样一个叙事里面，他想象在大西洋里有一个岛——乌托邦，即"乌有之

第六章　宗教题材小说的新突破

乡"。在这个岛上有着各种各样的民生、社会、政治的建制，这些建制或者建构，与实际上当时英国的历史政治情况恰恰形成鲜明的对比。在现实世界里不能实践的憧憬或是梦想，在乌托邦里都有了实践的可能。在现实世界里尔虞我诈的人际关系，到了乌托邦里，成为一片和谐的人间图景。所以在这个意义上，莫尔通常被我们认为是西方所定位的乌托邦叙事最重要的启蒙者。恶托邦是和乌托邦相对出现的一个不同的概念。这个概念事实上是自19、20世纪以来才逐渐为作家以及读者所重视的。已经有文学史家和批评家指出，恶托邦的出现，其实是在西方工业革命之后，在资本主义文明兴起，以及相对的各种对抗资本主义论述的不同社会意识形态，包括马克思主义意识形态之间相互激荡之下所产生的一种叙事的方法。这种方法投射了一种世界，这个世界其实是与我们现实世界生存情境息息相关的，但是在这个世界里，所有的情境似乎都更等而下之。① 所以，我们所说的宗教世界带给我们的是众生平等，没有恶只有善，的确接近乌托邦的原意，只不过是祛除了其中的政治色彩；而世俗生活本身则更接近于资本专制、技术专制和政治专制的恶托邦。赵德发总是能抓住生活中的问题，尤其是关系到人类生存发展的根本问题。如果说《双手合十》的佛门清净遭到破坏，社会生活遭到前所未有的质疑，那么这种破坏的趋向到了《乾道坤道》里就更加突出了，而质疑也更加深刻了。小说中所呈现的现实生活世界实际上就是恶托邦，卢美人、祁高笃等人确立了这个世界的某种秩序，卢美人的简寥观是个独立王国，邴道长是恶势力的帮凶，七仙女是他的道具，卢高极与官场的密切关系，直接影响到道教内部的权力争夺；祁高笃的逸仙宫也是个独立王国，在那里，他与达官显贵觥筹交错，众多美女莺歌燕舞，招之即来挥之即去，祁高笃面对这个时代游刃有余。这一道一俗，与应高虚、石高静原本都是一师之徒，而此时，却已成为道门和尘世欲望泛滥的象征。作者的这一构思也很有意思，无论身在山林还是红尘，人的本性都是欲壑难填。最终祁高笃在寻求刺激的飞翔中死于非命，卢高极则卖女求荣，继续霸占琼顶。祁高笃不是完全的迷失，只是在世俗

① 王德威：《乌托邦，异托邦，恶托邦——从鲁迅到刘慈欣》，《文艺报》2011年6月3日。

的浪潮里欲罢不能，最后的飞翔似乎在寻求一种生命的超越，而卢高极则在堕落的路上丧失了全部的底线。希夷台上的石高静则与大自然为伴，餐风饮露，琼花飞舞，以超越之心面对尘世，最终众人重上希夷台，希夷台不仅成为虔诚信仰的象征，而且成为信仰的乌托邦。正因为道路坎坷，理想遥遥，乌托邦和恶托邦的对照呈现出更清晰的图景。

　　作家对现实生活的这种认识和把握，说到底，还是由文化立场决定的；更难得的是，作者让小说人物在现实的磨难中突破了认识自身的局限，将个人意义的追求提高到了人类生存的广泛含义之上。石高静从看守所出来后，与沈嗣洁有一段对话："人生处处皆是道场。我在看守所里想明白了一件事情：咱们全真弟子出家修行，多是希望自己长生久视。现在看来，仅仅追求这一点远远不够，还必须大力传播道教文化，传播祖师们的理念，譬如'天人合一'，'人天和谐'，'抱朴见素'，'自然无为'，'柔弱不争'，等等，改变当今人与自然的紧张关系、敌对关系，让地球能够长生久视。"沈嗣洁点头道："师叔说得太好了。如果世上的人继续这么疯狂，把地球糟蹋毁了，即使人人都能长生不老，那也没有多大意义呵！"这一段话或许可以看成是赵德发写小说的初衷，个人的长生没有意义，也不可能真正实现，只有人类共同维护生命的尊严和道义，才有可能让人类文化不断超越局限，这不得不说是书中人物思想追求的一个升华，小说的立足点也扩大到了整个人类的长远发展上。

（二）人性的深度透视与救赎追问

　　这两部小说的核心都是人，是对人的生存现实和终极信仰的表达和追问。既为我们展示了商人的贪欲，官员的虚伪，情爱的沉溺，也为我们展示了求道者的执着和宽厚，还有心怀善念的普通人面对生活的态度。人性从来不是单一的，大多数人是从世俗生活出发，从自我认知出发，认识世界，然后被世界包围，或者选择一个出口从城堡中突围，或者一路沉溺下去。宗教是一个重要的途径，可以提供超越式的眼光看取日常生活，就如这两部小说中的大多数人物一样。赵德发选择了以超越对抗异化，不是在现世的思路中，单纯依靠启蒙理性完成认知和对存在的理解，而是从终极出发向此岸寻找，或者以回溯的姿态看待世俗生活。这个世界有很多变形，赵德发试图为我们把这个异化了的世界完整地再现出来，世俗人生对物质世界的贪恋，对人性情欲的耽溺，还有一种穿透历史的清醒和理性，其实也是一种执着；对信仰的追问，对物欲的警醒，对人欲的告诫，内在的是一种巨大的悲悯；看红尘中芸芸众生颠倒，他要重新寻回或者重建那个清净明澈的世界，以不变，以静，来对抗外面这个喧嚣杂乱、瞬息万变的世界。这种努力通过对人性的挖掘，在精神的荒野上，在信仰的漫漫长夜里，点亮了一盏永恒的灯火。

《双手合十》的主线是消费文化与佛家文化的冲突，最终的落脚点是以超越僧俗纷争的生命理念重建生存信仰。这种生命文化既富有传统东方文化的性灵和厚重，又不乏现代性启蒙理想的个性觉悟与更新。作家自己说："从传统文化中寻找创作资源，用小说予以表现，是我给自己制定的一个写作方向。传统文化是我们的精神脐带，当今一个最普通的中国人，哪怕他根本不知道儒释道为何物，但他的思维方式、处世态度都不可避免地受到这些文化因子的影响。"[①] 赵德发并非佛教徒，机缘使其走近佛学，于佛学中思考人生，参悟生命。《双手合十》在真实地反映当代汉传佛教内部文化景观的同时，为广大读者提供了一个思考时代发展、人类进步和生命存在的重要文化视阈。社会批判和人性反思，构成了作家思想的两条主线。小说中的爱情和婚姻，就像张爱玲所说的，无一不是千疮百孔。成功商人方建勋表面上和妻子孟忏感情很好，背后却与年轻貌美的女大学生合谋，借腹生子，无情地粉碎了孟忏的人生梦想。旅游局长云舒曼爱上风流才俊乔市长，饱受欲望煎熬和感情折磨。孟悔更是深陷情网，先是一厢情愿地纠缠慧昱，后因经受不住诱惑与觉通走到一起，直至觉通坠崖身亡。小说还写到佛学院教师郭正慎，因与妻子闹离婚，惨死在妻子刀下。慧昱的师父休宁曾经还俗结婚生下二女，尽管他修行意志坚韧，割不断的血缘终究还是他一生的情劫。《双手合十》描绘的是一幅世俗之人深陷红尘欲海、远离生命本真；红尘之外，欲望化生活余波依旧，佛门难得清净；理性与放纵、清静与物欲、苦修与挣扎彼此纠缠的人生画卷。"那些心怀梦想、看破红

赵德发创作论

---

① 赵德发、雨兰：《书成呼友吃茶去——关于〈双手合十〉的对话》，《当代小说》2008 年第 8 期。

尘跳出三界外清修的僧男尼女们内心的浮躁、混沌、静谧、求索，最后达到至善境界同登觉岸的艰难的心路历程，在无奈和封闭的世界里，青灯黄卷，晨钟暮鼓陪伴下的清修生活，在物欲横流，信息冲击下的迷茫失措的心态，最终修成正果释怀开悟的辛酸经历，让我们品读之余，更为执着于信念苦苦清修的佛门信徒的伟大而击节称奇。"[1] 世俗之爱和佛家普度众生的大爱不可同日而语，不过，俗世的男欢女爱本是常情常态，赵德发以不完美的世俗之爱，强化了慧昱超越世俗之爱的神圣，并不是解决问题的根本，孟悔的挥剑斩情丝，多半是无奈之下的选择，死亡和遁入空门，都只是解决人生难题的便捷途径，但不是最好的，毕竟大众的生活是日常化的，信仰应该被内化为自我救赎的力量，赵德发让众多的普通人在自我救赎和自甘沉沦之间徘徊挣扎，在两难之中，更能见出人性的复杂性。

　　《乾道坤道》中石高静代表的是人性的最高境界，在利益、权力、爱情、欲望等考验面前，不断坚定、不断提升，人性经历了一次次的磨砺和涤荡，最终接近澄明静澈的境界。而应高虚和江道长，尤其是老睡仙，在小说里已基本上去除了人性的维度，而以神性的超脱笑对尘世的生死爱恨，应高虚在叙事上是个过渡性人物，江道长是石高静的引领者，也是小说情节的内在推动力之一。整部小说以石高静的成长为主线，以宗教信仰与世俗欲求对人的精神世界的影响，以及修心炼道和基因研究对人的身体的影响作为叙事动力，而江道长的文化超越性是给定的，所以在叙事上这个人物也不存在变化和再塑造的过程。小说中有两个主要的女性形象，燕红和露西都曾经在情海中沉浮，即使身在空门，也还有不能自持的沉迷，所庆幸的是最终她们都能够在希夷台上找回自我本性；对照《双手合十》中的孟忏孟悔姐妹，虽然都是在世俗生活中满身伤痕的女子，但是从人性最本真的角度看，这些女子或多或少都带有内在的纯粹，由此可以看出作者的女性观有着理想主义的一面。另外，还有阿暖和沈嗣洁。这两个人物也有双面性，阿暖对父母亲情的渴望超过了对信仰的坚定，虽然她从小在应高虚身边长大，但是感情在她

────────────────

　　① 黄煜：《淡然时佛心无限 觉悟处大道万千——赵德发长篇宗教小说〈双手合十〉赏析》，新浪博客。

生命中是最重要的，应高虚与其说是引领她修道的师傅，不如说更像养育她长大的母亲；沈嗣洁要来得理性一些，盗书出走是因为弘法护法，当然也有个人私心杂念在里面。这些都是不纯粹不完满的人物，在经历了众多的考验之后，每个人都在成长和领悟，每个人都带着自身的缺憾朝向神圣的彼岸。从中可以推测出作者的初衷：宗教给定了一个精神高度，然后众生向着那个高度不断修炼自心，不是一定要成为教徒，而是要成为最好的自己，即使在世俗的纷扰中也可以保持住心灵的一份安宁。小说还写到了利迪因对露西的迷恋而绝食，荣安凤因为苦等石高静而未嫁，景秀芝对阿暖愧悔交加，卢美人的女儿紧步其父后尘为利益出卖了自我；也写到了石高静母亲和阚敢父子这样的普通人对道家理念的认同。这些人物和情节，让我们看到了世俗生活的多面，世道人性的复杂，小说因此具备了表现生活和人性的深广度。

僧俗两界欲壑难填，人性复杂善恶纠结。觉通是佛门叛徒，卢美人是道观败类，乔市长和电厂老板、铅场老板，还有祁高笃等人利欲熏心，这些人有的惨死有的入狱，这是作家给出的最严苛的结局。这里面当然饱含警醒之意，其实还有关于人性恶的思索，在更深层面契合作家的创作本意。禅宗认为，人皆有佛性，弃恶从善，即可成佛。郜化章和孟悔就是典型。那么，死亡和入狱，这两种生命的终结和绝对不自由状态的出现意味着什么呢？显然作家是相当理性的，很多人因为对生命的理解只局限于最低层面的满足，而无法完成人性的自我拯救，罪与罚在此岸必然各处其位，是在自我规范之外的强制调整。小说写到了罪，对权力、财富和性的贪婪占有是人类的原罪，问题在于这些人内心没有罪感，所以不会主动赎罪，只有借助外力来终结人性恶的蔓延。由此与佛家的"放下屠刀，立地成佛"的主体觉悟形成呼应，也是作品中两种人生态度的比照，体现出作者的思想倾向。

在道教看来，人的本性是淳善、纯朴的，由于欲望泛滥，朴真愈来愈散，唯有去欲澄心，方能日臻于善，所以道教倡导人的本性，修养人的德行。慧昱和石高静即是人性善的典范，这两个人物有相似之处，均以出世情怀做世间事业，立志普度众生，面对凡尘俗世的诸多困扰和阻碍，虽然也有痛苦和徘徊，不过最终在种种考验中成长为真正有为有德的智者。赵德发在这部小说中试图塑造一种接近完美的人格，以此对抗金钱价值观的横行，最终还是指向世俗人生理想的落实。

时代的不义，历史的尘烟，乌托邦的救赎交错缠绕在一起，赵德发的思维是现代理性的，叙事是现实主义的，但是还有一点奇异之处，就是小说中的传奇色彩。这两部小说都带有传奇意味，《双手合十》中有关佛门的典故，秦老迢的讲述，遥远的舍利子传说，并不遥远的山洞闭关，都为小说蒙上了一层神秘主义的面纱。《乾道坤道》尤其掺杂了武侠小说的侠义叙事，与严肃的生命追问、宏阔的现实生活、深厚的宗教文化，共同构成独特的审美，打开人间的死角，编织理想的心灵乐园，重新建构一种理解世界的方法，一种自我塑造和自我成长的途径，一种超越传统和现实的新的世界维度和世界秩序。是的，在这两部小说中，赵德发有一种重构世界的内在冲动，这种秩序是生命本身的需要，也是经由极端现代理性之后的回溯，就如同在渐渐倾斜的人类发展的天平上往回移动了一下砝码，从而获得了新的平衡。赵德发有一种证道原道精神，今日之社会病态源自信仰缺乏。"伦理学和道德形式已包含在故事的想象形式中了……文学故事中出现的关于美好的生活的想象变样，构成了伦理道德大厦的基石。"① 或如黄锦树所言："小说并没有独立在哲学问题之外，还是必须包含在人的基本认识论问题之下。"是因为有问题需要面对，有疑问需要解答，才会不断地思与写。这个求证的过程历经万水千山，最终还是要回到人间。就像沈从文当年花样的水乡，多么遥远的桃花源，最终也还是要落实在人生和世界上，那就是他的理想人性和理想国。

一个探究者面对我们并不了解的那个显得有些陌生的僧侣世界，保持本然于自我生命意识的现代人格，亲手翻检历史和文化，通过询问、叙述和聆听使自己进入那个真实存在的世界；并且能够清醒地直面现实与历史的种种病态，努力寻找文化和信仰重建的道路，从这个角度而言，赵德发的文化姿态是朝向传统的，而其历史观则是立足于现代性追求，理性地构建自己的历史文化维度。《乾道坤道》中多线交织，草蛇灰线，以俗世和道门中的纠葛和各自景观为视窗，既有恢弘的全景俯瞰，也有分镜头的细节雕刻。结构紧密，收放自如，人物立体，饱满细

---

① 李幼蒸：《伦理学危机》，（台北）唐山出版社 1997 年版，第 112 页。

致，当真是笔尖生死，腕底春秋。作家眼光宽泛而犀利，六界色相的无穷变数，宗教文化的一脉相传，可以超越红尘，也可以看淡死亡，更有灵魂深处静默的喧哗，尘世之中喧嚣的凋零，也不是没有世俗的爱，只是对那个不断毁坏的世界不认同罢了；而且还怀抱着改造社会人生的启蒙立场，知识分子的眼光和情怀来得理性而又感人至深。《双手合十》在叙事上具有复调特征。不同的叙述者之间的叙事形成互相补充的格局，在看似无序的时代内部，共同完成了一个清晰的历史构图，游走于僧俗两界的人物群像，把单向度的现实生活带入了二元视野，叙事视角在世俗和宗教间不断转换，时间与空间相互渗透，"现在"和"过去"交融。多重话语构成了历史与现实、神话与传说、幻想与写实的交叉叙事。虽然话语之间不可避免地存在着叙事的缝隙，却因思想的链条紧扣而完好地成为整体，呈现出历史的丰富性和话语自由，其中的文化反思指向是双面的，既有对历史陈迹的凭吊和怀想，也有对美好生活的无边向往和真诚期待。

综观《双手合十》和《乾道坤道》，我们不难发现这两部宗教题材长篇小说的主旨所在。"赵德发自然并不是要以佛教或宗教为唯一的途径来解决人的精神问题，他所要启示我们的，是人应该有一颗出离之心，超拔之心，以便使我们在庸庸碌碌的生活中抽出身来，追问一下生活的价值和意义，并进而对大于我们自身的存在产生一种敬畏感，追求一种更应该和更值得的生活。"[1] 佛门也好，道门也罢，终究不是大众的生存方式，和西方的基督教信仰不同，基督教信仰落实在日常生活中，并没有严格的修行戒律。所以，赵德发的写作初衷肯定不是让大众成为佛家或者道家哪一种宗教的虔诚信徒，而是走出迷失，淡化物欲，超越生死，重建心灵生活和精神信仰，由此，我们可以看出知识分子的精神寻找和信仰重建的坚定和执着。[2]

---

[1] 王士强：《追问与敬畏——评赵德发的〈双手合十〉》，《文学报》2007 年 3 月 15 日。
[2] 本章部分内容参照了张艳梅《赵德发长篇小说〈双手合十〉中的生存关怀》一文，此文刊于《当代文坛》2010 年第 6 期。

第七章 拈花微笑：沉静的人生

就文学写作的本质而言，每一种体裁都是一种立足于作家的个人体验、沉思与记忆的心灵凝视，是无限逼近、探索、呈现主体心灵世界的语言现实。当我们审视作为小说家的赵德发在文坛上备受瞩目的小说创作，会深切地感受到他以个体的深切体验和沉思介入他的乡土记忆中，传达出他对故土、对历史、对文化的审美理想，而赵德发本人也承认，小说对他而言意味着心甘情愿的"生命的榨取"，是他"生命的升华"，也是他"生命价值的体现"。但是，以此介入他的散文写作，我们依然能够发现这样的"生命的升华"和"生命价值的体现"。赵德发在散文中既秉承了现代文学中散文传统的闲话散文之风，又体现了当代散文的知识小品之型，贯穿其中的则是一种人文精神和智者情怀。无论在谈天说地、论古道今中重构思想性、知识性和趣味性的统一，还是在自我与他者的生命回望中进行精神的对话，以期冀着充满理趣与禅趣的精神家园的建构，赵德发都像在林间漫步一般的闲适语境中传达着他关于人与人、人与自然、人与社会的沉思。

一 我在：诗意栖居的追问

散文家郭风说："当一位作家——诗人在沉醉于诗的境界看到花朵，那是一种幸福，那是真正的一位诗人。"① 对于这个时代，我们都是亲历者。当社会的高速发展带来物质的高度发达时，我们都被卷入了这个时代对物欲无限追逐的漩涡中，于是，来自于消费时代的种种焦虑

---

① 郭风：《在放生池前》（文艺札记），《文学月报》1986 年第 2 期。

成为一种非人格化力量，日益逼近我们的内心深处，让我们总有一种无处逃身的不安。所以，在这个时候，我们无法"在沉醉于诗的境界看到花朵"，似乎从某种意义上讲，我们都在向着世俗世界的深处滑落，没有单个的人可以避免被吞噬。但是在文化意义上，我们还是可以成为历史的见证者和反抗者的，在作家的笔下，我们依旧可以见到他们对于这种向世俗世界滑落的沉思与对抗，并表达出对于人类重返诗意的追求。

赵德发先生的散文时时清醒地传达着他的沉思与对抗，表达了他重返诗意境界的追求。他的散文文笔是那样自然、平易，而时时有许多轻逸绝尘的感悟，又出之以沉郁的底色，形成一个深沉、厚重的境界，其间也会有海潮涌动、林木森森、高峰耸立、荒草迷径、异国见闻等层层境界。他所见所思的事情对于生活在钢筋水泥丛林里的都市人来说，天然就有一种吸引力，然而，他的文章真正吸引人之处，却不仅仅在于题材的力量——赵德发不是以一个过客猎奇的眼光，去写他的所见所闻，有些时候，他会把自己看作一个世界的记录者：

> 我站在漫天飞溅的水雾里，我站在震耳欲聋的水声中。惊回首，自北方滚滚而来宽宽散散的黄河，到这里骤然一缩，缩成50米宽的模样，从断崖上暴跌而下，势若投壶。(《壶口瀑布》)

> 喜鹊果然是在垒窝。它们夫妇俩勤勤恳恳，来去匆匆，银杏树上的那堆木棒越集越多。几天下去，一个大大的窝便做成了。那鸟窝，连同银灰色的树枝，让蓝天白云映衬着煞是好看。此后，这对鸟儿或出去觅食，或在窝里歇息，将小日子过得一五一十。我相信，用不了多久，它们还会在这窝里生儿育女的。(《聪明的喜鹊》)

> 淡淡的月光充溢在天海之间，飞机翅膀让它洗得明明亮亮。机翼下，极小极少的几朵白云浮在月光里，轻轻柔柔，呈半透明状态。再下面，一望无际的太平洋铺展着，黛黑，宁静。偶尔点缀其间的，是形状各异的黝黝的海岛，还有海岛周围让浪花与沙滩镶出的一圈银边儿。再仔细去看海面，因为水深不同而形成的颜色不同也能够辨出：淡青，深黑，由浅入深，从淡到浓一弧一弧的，一道

一道的，恰似中国画的"墨分五彩"。(《夜过赤道》)

想到寺外听这钟声，我信步走下一级级台阶，去了山门之外。因为寺墙将灯光全部挡住，眼前突然地就现出了另一种境界：头顶是半边月亮，一天星斗；身边是几丛淡竹，满地月光。而四周如莲花瓣状的一圈山头，都静静地立在那里，和我一起听钟，并对每一声都做出回应。(《光明寺的半边月亮》)

在这一段段并没有太多华丽辞藻采饰的文字中，有一种天光云影下的开阔旷达，呈现在我们视野里的是一个现成的美好世界，写作者所做的是俯下身来，细察这世界本身的秩序、美和神秘，并与之建立某种亲密关系，并把这种美好记录下来。其间，充盈着这个世界的辽阔、明亮与神秘。于是我们身边的事物在这种开阔旷达中显露出其曾有的诗意本相。显然，这是一种对生活、对自然有着亲切的关系之下的情感生成；即使是对过去生活的回望，其间也总是有着生活深处的温情。所以，在赵德发的散文里，当他回望过去生活曾有的痛楚时，纵然是艰难的生活本身，写来也亲切坦荡，没有畏缩与寒乞，因为本来就是广阔的生活与世界的一部分，就如同《1962年鬼节月夜》那个夜晚，就如同他记忆中的《蒙山萱草》，他始终对于身边的人、事、物、景抱持一种息息相通的感情，并对此保留了一种亲切的可贵素质。而这种素质显然也和作为小说家的赵德发的人生体验是密不可分的。如同他的小说所构建的乡土沉思一样，曾经的乡村生活和青春时期的艰苦赋予了他北方特有的质朴、厚重、气质，以后负笈城市时那种潜伏于心底的现代知识分子无根的漂泊都使他一直向往着与生活建立起更亲切的关系。因此，他的散文天然地充盈着那些喧哗的文字所不具备的沉静与低调的温婉亲和。放眼当下的文坛，在这个喧嚣的时代里，大家拼了命似的想办法吸引人的眼球，以致我们的感官阈值被刺激得越来越高，却也越来越对强烈的戏剧化感到疲惫。因此我们期待那些真正沉静平淡、亲切而美好的事情，就如同赵德发的散文所呈现的生活。他写着身边的人、事、生活，想着每个人心中的关怀，抵达了我们内心深处某个平日很少开放的角落。

从另一方面看，赵德发在追寻诗意时，时时以清醒的思考表达着诗意背后那些我们一直忽视的，将会让我们无法重返诗意之境的深度原因。所以，赵德发对生活本真的诗意追求并不是局限于一己感受，而是放眼社会，关注整个人类，他在反复的质疑、诘问中思辨，在感性的认知中进行理性的思考，从而使他的散文随笔表现出"思的聚合"的哲学理性。

在《阴阳交割之下》这篇散文中，赵德发在航程中看到夜与昼交替之时的阴阳线，看到了夜的推进和昼的退却，他想到了生命，"生命是出现在这种刮割之下最奇的奇迹"，因为生命从诞生、成长到复制乃至消亡既像是造物主的旨意，又像是人类自行上演的神话。而在对人类自身的"堪忧堪虑"中，作者关注的是人与时间的较量，要么人类对时光"疯狂预支"，要么时光无情地使物种消亡。但无论是否有沉重代价的产生，人类终归会落入"人烟"之中，这就昭示着赵德发对众生生存状态的忧虑，出路在哪？作者亦是茫然，但审视的目光仍在穿梭，仍在坚定地探索。

这种带有现代性的反思姿态的写作，不管是不是赵德发的本意，但他却无意间接触到了这一层面，当他审视的目光投至深邃的自然空间时，"思的聚合"便赋予他的笔触某种与天地万物交通的气质，写出人对世界的掠夺的寓言。在《惧怕大海》中，作为歌曲里所唱的大海故乡和科学意义上作为人类故乡的大海也已经不再是我们精神上的家园，"大海的笑声"为人类蒙上了惴惴不安的心理阴影，所以，他眼里的大海，没有了潮涨潮落时可以涤净人心的力量，没有了流连海边的人赶海的惬意和宁静，而是带给他心理的惴惴不安："我对大海的惧怕又有了新的内容：我怕它上涨。"他担心人类的未来一如"《未来水世界》里描写的那样，地球上一片汪洋，人类流离失所，拥有一捧干土就等于拥有了珍宝""人欲之海的飞涨"所导致的"自然之海的飞涨"给人类未来的诗意栖居蒙上了忧虑的阴影。

那么我们又该如何回归旧时的道途？在《抛却肉体》一文中，赵德发给出了一个明确的答案："人类之所以成为人类，就是因为拥有了精神""人类能否改换一下精神赖以存在的物质基础？"在这里，作者以科学而又充满想象与期待的语言说："我对抛却肉体这个信念坚定不移。"诚然，人类的生存赖以肉体这个"基础"，可精神的含量亦是不可低估的，但在肉体与精神的天平上，赵德发采用的是自嘲方式，因为

赵德发创作论

最终他"摸出一根火腿送进嘴里",这是在寻找精神出路中的尴尬,也是在信念迷途中的矛盾情感。因此,他在《方向问题》中再次明确提出"在精神领域,'方向问题'真是那么重要吗?我看未必"。进而由此使他对精神层面的形而上追求找到了一个具有非理性色彩的出路,那就是实实在在的爱,只要有自己爱的方向,就可以找到精神的方向感,就可达到诗意的栖居。

在《我舞动先祖的神经》中,作者叩问自己,叩问历史:"我们是龙的传人,究竟要传什么?传的是对上天的敬畏?是对神灵的礼赞?是对皇权的盲从?还是对传统道德的承接?"《爱因斯坦的上帝》中则是对人类道德信仰问题的关注;在《品位"老梁"》中嘲讽人们对梁祝经典爱情的亵渎;而《人的第二次诞生》又体现着对学校教育问题的忧心忡忡;《初识女书》则是站在女性的立场反观男权,反观两性,反观平等。尽管对一切社会问题的关注似乎是在申明立场,传授知识,描述趣味,但作者的一个核心焦点则是社会既存道德、秩序、伦理、规范的非常态化。在大众普遍的社会认同中,"把一些正常的事情看作不正常,又把那些不正常看作是正常的"(《做坏人的宣言》)。而所有问题的纠结何在?赵德发窥见人类"羡慕"与"嫉妒"的"场"(《财富与"魔鬼"》)一方面存在于当下的物欲社会里,另一方面存在于信仰的匮乏与精神的荒芜中。这就涉及现代科技所造成的快节奏生活以及这种生活方式对人的异化问题。但是,赵德发并没有因此就否定这种生活理念与方式,而是在精神维度上,他感受到了人类社会宽容度的缺失与崇高性的消解。在一定程度上,物质与精神并不矛盾,而当下的现实是物质发展了,精神却停滞了。

因此,赵德发对自我,对人类,对社会的审视是多向度的,也是思辨性的,他在不断地寻找精神的出路,探索诗意栖居的方式,但结果却陷入了一种尴尬境地,因为我们毕竟是人,而且是芸芸大众中的一员,时时难以摆脱世俗世界带给我们的一切困扰,因此他的发现只能是叩问式的,而非终结性的。但是,他的审视与追寻却告诉我们,尽管我们不曾走出世俗世界,至少,我们可以不那么乖顺地束手就擒。没有岿然不动的位置供我们站立,但是我们可以没那么容易后退,就这样,我们选择一动不动地凝视这个时代;也许有一天我们会彻底看不到光,那时,我们要把心中的亮投射到灵魂的画布之上。所以在这样一个我们都处身其中的时代，我们都参与了的阿伦特所说的平庸的恶的时代，依然有永恒的事物，让我们内心流淌着溪水一样柔软的情怀，让我们恍然面对与重新记起某种常常被遗忘的美好、壮阔与神秘。

二　我爱：心间真情的敞开

显然，赵德发并非像许多流连于诗意栖居而追问人生的作家那样，写到自然、天地就会高蹈凌虚，只一味地站在天地之道来思考当下的人类文化的失误，他自觉地摒弃了居高临下地俯视众生的姿态，力图还原世事人心，在哲思追问之外，描绘丰富的人生图景，记录生活中常为人忽视的细节和温暖。作为一个负笈城市多年的"异乡人"，漂泊的内心会让他时时回望来路，他对一路走来的生活充满了熟悉与爱意，记忆中的人和事，一草一木，一条河流，都能成为他回归心之故乡的道路。回归自然，回归朴素的人情世故，也是回归自由灵动的心性，回归一个知识分子所应坚守的独立精神。尽管在赵德发的散文中，回忆过往的人和事的篇什并没有占多大的比重，但这些恰恰是他在精神上回归的一个个路标，是他在经过都市喧闹之后一步步摆脱都市浮躁气息对内心的逼仄而走向内心宁静的见证。

在怀人记事这一系列散文作品中，赵德发将他的生活体验与至真性情融为一体，写下好多好多的爱，很平凡，微带着痛感，又在叙述、议论与抒怀中见证人间真情，诠释人生要义。或诉说生存环境的艰难与庄严；或感受亲情、友情、师生情、同谊情的至真至诚；或领悟自我与他人、与自然、与社会的妙趣妙意，在写人记事中传达至真至善至美的生命情怀与审美理想。

赵德发以真挚而又悲悯的情怀关心着他的良师益友，《海迪：一个高高站立的女性》再次让我们看到了这个不让须眉、不让健全人的高大女性形象。尽管身体的病痛折磨着张海迪，但她一直做着"关于行走的梦"，她一直为自己的创作而孜孜不倦，一直为全社会贡献着自己的爱心与善意。因此，赵德发感动着，他不无激动地写道："正因为海迪是坐着的，所以才显出我们许多健康人的矮来。也正因为我们许多健康人的矮，才显出海迪的高大。"的确如此。在赵德发的怀人篇中还有几位真善美的化身，比如《毋须送行》中给予文学后辈启蒙、教导与帮助却为保留最后的完美而善意地不许后辈为她送行的张恩娜老人，《一个殉于完美的人》中，在顽强地攀登"完美"高峰的过程中"欲臻于完美，却殉于完美"的女作家陈玉霞。《探视绝症患者》中，"工作大胆泼辣，粗中有细"大公无私的出色乡长刘长果；"一上任就拼起来"，为了公路建设"天天跑"甚至连觉"都睡不踏实"的交通局副局长刘成锡；还有"濒死的人却努力给健者以欢乐"的才子孙嘉嶙，尽管在病魔面前他们形容枯槁，但在工作面前，在生活面前，他们不愧为伟丈夫，因为他们在生命的每一阶段谱下的都是真善美的乐曲。

如果说写别人是在冷静的审视，那么在《姥娘》《奶奶的奶》等篇中赵德发是用心的回忆去铭刻，用泪水去怀念他的至亲。他以真挚的深情去吟咏亲情，以精简的笔调去描画姥娘，写的是在苦难面前执着于乐观的姥娘，在爱情面前忠贞于亡夫的姥娘，在亲情面前倾其所有的姥娘，姥娘虽为农村小妇人，实为世间大女子，而"我"与姥娘之间的血肉相连之情更是跃出于文字之外。而奶奶，不只是养育了父亲、叔叔五男三女，当"我"因为二弟的出生而断了口粮的时候，奶奶那寡淡的奶水还养育着我；"我"与年长一岁的叔叔一起在奶奶的呵护下成长、读书，甚至长大成人之后娶媳妇成家也由老人拍板定夺。对奶奶的依赖所体现的是作者对奶奶无限的感激之情。在《车轮滚滚宿命难逃》里，父亲始终没有学会骑自行车及处世的憨厚纯朴在"我"看来是那样的怯懦和笨拙，并让"我"有点看不起，但父亲的形象却清晰地浮现在字里行间。在《蒙山萱草》里，则有着对操劳一生的母亲的拳拳牵挂，饥馑年代的黄花深深地印在心间，而日渐老病的母亲在记忆渐失时唯记得"我"的生日的细节更是让人读来心碎而潸然。《路遥何时还乡》则从标题到行文无处不弥漫着深深的亲情眷顾与感伤，洪运叔朴实而又坚韧的性格让人尊敬，而"道远几时通达，路遥何时还乡"的篇末怅问，却又有着直指人心的悲叹。在《攀上个三哥叫德明》中则处处流露出对"三哥"的真挚情分，虽无血缘却也同样手足情深亲情无限。这些篇什是悲悯人世的自然的情感流露，是在写人，是在记事，亦是在抒情。

如果说亲情的缱绻眷顾是人心回归的情感表达，是作家遵从自己内心的写作，那么在记事篇中，赵德发则首先是以迂回的笔触和游离于事件之外的情感态度去介入真善美的存在领域。在《让我做个伪君子》中，以抨击中国"食文化"的虚伪与残忍来呼唤"不忍之心"与"博爱之心"，因此，对植物、动物，人类需要做"伪君子"来收敛"残忍"的人性。在《邂逅蟹群》中描写的是人与蟹亦能和谐共处的惬意情怀，是动物与动物之间的本真存在方式，而在这种相处中需要的是真诚的情感和善良的天性。人类与有生命的存在相处需要真善美，而与无生命的自然界相处亦需要真善美。在《绿色二题》中，从人类能否对自然做到宽容，就可预见自然能否对人类有所馈赠。在《壶口瀑布》中，虽惊叹于瀑布的美与奇，但也哀叹于瀑布的黄与浊，而由黄河之水想到的是炎黄子孙，想到的是华夏民族，在瀑布的轰响中呼喊的是人类多一些良知，多一些贡献，多一些进步，而并非无知落后甚至是战争与死亡。在《踢那一脚杀心》中，赵德发不仅从善的角度出发，也从宽容与和平的立场说话。在国内，大家知道的是一个声名卓著的诗人顾城，但在激流岛，那是一个杀人犯，是一个高喊"杀人是一朵荷花"的杀人犯，面对不争的事实，作者只能抛却景仰之心，"踢那一脚杀心"，并自忖"生命本来短暂，柔弱，我们有什么理由粗暴地对待它，人为地使之早夭？"而在《爱因斯坦的上帝》一文中，作者最终明晰并重申了这一观点："人类应该永远向真、向善、向美。"

　　其次，赵德发又在直面人类灾难之场时，表达了对人类坚韧的生存意志的深深敬意。在《北川城的死与生》里，汶川地震为同胞带来了巨大的灾难和伤痛，当他走入震区，看到满目疮痍的破碎山河，访谈中体验着同胞们心间的丝丝创痛，他为风景如画的北川城的死去而痛心，为无数逝于灾难的同胞泪洒衣襟。但他也在陪同的友人葛志武、劫后余生的北川中学学生以及曲山小学学生李月等人身上看到北川城依旧坚韧地活着的灵魂："在大地震中活下来的北川人，无论去哪里，都很快拂掉了地震时撒落在身上的尘灰，包扎好自己的伤口，咬紧牙关，挺直腰杆，开始了新的生命进程。"他们"昨天是从废墟里爬出来，今天还要从心中的废墟里爬出来，勇敢地面对未来"。他走入"云朵上的街市"萝卜寨《倾听羊皮鼓》，看到羌寨里的羌族同胞又一次跳起羊皮鼓舞，听到老者苍凉、悲怆的唱词里所蕴藏着的撼人心魄的力量，虽然失去亲人失去家园的伤痛还在，可是历经苦难的古老民族那坚韧的精神让我们看到北川人向死而生、不屈不挠的勇敢与坚毅，让我们为"美丽的羌山命脉不断"的誓言而感动，让我们为古老的羌乡"羊角花一定会灿如云霞，羊皮鼓一定会响彻云霄"的美好未来而魂牵梦萦。

钱穆先生曾说："人生的一切美与知，都需要在情感上生根，没有情感，亦将没有美与知。人对外物求美求知，都是间接的，只有情感人生，始是直接的。"[①] 直接的、可感知的人生才是文学写作的灵魂。《庄子·渔父》则强调"不精不诚，不能感人，故强哭者虽悲不哀，强怒者虽严不威。"因此，散文离不开真情实感，散文作者可以将无形的"情"之艺术渗透进有形的文学创作，从而提升作品的美感效应。在赵德发这些怀人记事的散文中，他书写的是最为真实却又充满悲悯之情的"情感人生"。逝去的先辈，不会骑车的父亲，慢慢老去的母亲，为着飞翔的梦想而去的表弟，漂泊在外的孩子，经历苦难巨变的同胞，自然因人为而致的变化……人世的苦难，很强大，赵德发没有刻意去背负，而是以宽广的心胸人间爱的情怀将之收藏在内心，慢慢磨砺，直到生命和世界愈见清晰，并从中洞见其中的力量其中的真善美。没有爱，人生一片黑暗，没有爱，世界一片黑暗。赵德发的怀人记事散文写作也许并没有救赎人世的念头，但他的写作穿越语言的小径，让我们尽可能地接近日渐缥缈的美的真谛就如同海德格尔的向死而生，那一切，是模糊的，但仿佛有光……

三 我思：澄明人生的凝望

赵德发先生在其简约的文字里，常常表达着他对人生至美至慧之境的追寻，一如最初走入城市的诗人，内心始终不愿意也不能够与时代苟合，不愿意在充溢浮华和喧嚣的时代故作恣意的浪漫。笛卡尔说，我思，故我在。而在赵德发先生这里，反之也对：我在，故我思。活着，就是在，在，就要思考。

---

① 钱穆：《人生与知觉》，《中国文学论丛》，三联书店 2002 年版，第 91 页

他自称是"一生只能干一件事情的寡才之人"，所有他有着一种安静、寂寞而从容的气质。这种寂寞、从容与内在的安静，有一种逼近事物本质的力量，也是他散文中常见的一种态度。所以，他总是希望通过那能包蕴无限思绪的文字空间，尽可能地接近思想和生活的真实。实际上，其散文的本身内里就有一种安静的品质。其中所写的生活充满了自然的活力，然而作者的态度却有一种深刻的安静。这种安静在现在真是一种难能可贵的素质。当下的生活仿佛是一个怪兽，催逼着大家匆匆赶路，使得奔忙几乎成了一种貌似必不可少的习惯，很少有人检视自己大多数时候其实是做了无用功，更少有人在忙碌之中还关心我们必不可少的内心生活，去探寻我们人生的理想境界究竟在哪里，我们又如何能重返人生的澄澈状态。

赵德发的散文保持了这种安静的素质，这种安静、寂寞、从容，其实是长久面对辽阔的社会文化和幽远的人生而浸润出的一种气质。这种气质来自于《槿域墨乡》里仪态万千的汉字所弥漫出的如溶溶月辉般的醉人墨香，来自于《拜谒龙山》时凝望"那广泛散布着龙山文化堆积的田野"所包蕴的四五千年时光的沉思，来自于《在旺山读书》时"走近那赫赫有名的'万卷书'"而看见的"历史的尘屑纷纷扬扬"的沉积。

从更深层看，向着宗教思想去探寻人生至境也成为他散文独特气质的重要源起。

林语堂在《吾国与吾民》中认为，宗教"是一种生活的情感，亦为一种宇宙的神秘而壮肃宏巍的感觉，生命安全的探索，所以满足人类最深的精神本能"。宗教的核心问题是关于人的本质、人的处境和人的归宿问题。宗教是在历史发展过程中大众百姓和知识分子长期体验、思考和探索而形成的一整套观念，它对人类的影响已渗透到社会生活的各个领域，并积淀为稳定或超稳定的文化心理因素，隐含于人类的精神文化之中。作为文化传统不可分割的一部分，宗教的根本精神常常是通过文学艺术形式的过渡和沉淀，表现为对人类的终极关怀和对生命意义的终极追求。读过《殊胜之缘》，我们了解到赵德发并非一个佛教徒，而是由于写作《双手合十》这部长篇小说的使命与机缘促使他走进佛学，并因此在佛学与佛教中感受禅理，参悟生命。在《高旻之禅》中作者

赵德发创作论

走进高旻寺，学坐禅，参禅语，悟佛性，但一句"念佛是谁"却首先问住了自己。"念佛是谁？坐在这里的是谁？来这世上之前是谁？离开这世界之后是谁？"几个问号参悟的是"大生与大死"，参悟的是"哲学论题"，参悟的是人对自身的探索。尽管作者强调自己是个"凡夫俗子"，没有很高的悟性，实则已在审视自我，解剖自己了："你心里还装着小名小利，还有着这欲那欲"，最后只好逃出佛门。而越是对自我解剖、分析得深刻，就越是对佛性产生敬畏，越是对禅理参悟透辟。在《光明寺的半边月亮》中作者以细腻的对比体现自己的心境，一是以自己"丑极"的"今生幻影"对比僧人"五体投地拜佛"的虔诚与恭敬，一是以尘世的繁琐对比仅挂有半边月亮的光明寺。尽管作者身处繁华之境，但更倾慕简衣素食的佛家圣地，因为那里有一颗宽容、友爱、忍让的佛心，也正如《且说"怨憎会"》中所言："佛陀教给我们的法门是无缘大慈，同体大悲，让人首先有一颗慈悲之心，视一切生命为同体，一切是一，一即一切，自悯悯人。"那么我们可能会发问：赵德发真是就佛参佛，立地成佛了吗？没有。他是通过借向佛之心参人生之义，的确，生命需要宽容，而这种"宽容"的度是可以无限的，是可以上升为"享受"之层面的，"享受艰难，享受苦难，享受失意，享受病痛，享受生命中所遇到的一切一切"（《"享年"的意味》）。或许赵德发认为，人活在这个世间并不难，难的是活得有深度，活得有境界，活得有气度。

而在《记忆是什么》一文里，赵德发思考的是"记忆"与"生命"问题，他在对"生命深入到极致的追问"中认为："生命就是记忆，记忆就是生命。"小到一己的幸福，大到人类的文明，需要的是记忆，是传承，无论是历史还是现在，无论是国内还是国外，人，都需要参透记忆的意义，因为参透记忆就等于参透生命，参透生命才会懂得"自己只是宇宙中的一滴，短暂的一滴，所以你应该安分知命"。"享受宇宙给你的一切，同时也尽力折照出宇宙的辉亮，给身边多一点光明。"（《赐你以气》）至此，作者对生命的要义有了深层的领悟，知道生命是什么，生命需要什么，生命的意义是什么……赵德发正是通过对禅理的"参"达到了哲理的"悟"，在这一"参"一"悟"之中攀登的是境界，升华的是精神，享受的是生命。

大地、宇宙广阔无边，然而在广袤的天空下，也自有不为人熟知的运行轨迹，存在着人所未能触及的生命神秘，生命的力量撑驻在天地之间，在这无边无际的巨力面前，我们满怀谦卑，心存敬畏。当世间越来越繁复，简单成为一种越来越稀有的品质时，赵德发先生借助他的文字让我们在日常生活中抬眼看到浩瀚璀璨的星空，想到人生里那些曾有的广阔、高远、深刻，也因此心怀感激与谦卑，愿意领受世界的馈赠与神秘，重返人生的澄明，重回我们的精神家园。

楼肇明先生说："散文创作中的'精神家园感'，其实是一种艺术深层次上与宗教等高的极限。"赵德发的散文大多从小处落笔，大处着眼，以剪辑生活中的典型事件进行细节化、深刻化的处理，在简易素朴中重在知识性的搭建和思想性的传达，在平淡之中见真切，在自然之中见深刻，看似清瘦而实则珠圆玉润。最为重要的是，他在冲淡质朴的话语表达里获得了一种至上的精神超越，在谱写生命情怀的感悟的同时又将自我体验与客体内蕴融为一体，既有感性的沉思又有理性的力度，在深层的心理变化中体现出审美理想的诗意化与哲理性。而在语言上达到了素朴与精练、清新与凝重的统一，不重雕饰却倍显鲜活生动，在侃侃而谈、挥洒自如之中赋予了散文舒缓自在的灵动性，也赐予了文本明澈深刻的思想性。

圣奥古斯丁说："我的心就是我的仇敌。"赵德发先生写道："该遗忘的要遗忘，该记住的要记住。一个人是这样，一个民族也是这样，整个人类也是这样。"在我们的内心世界中，不妥协的自我对抗，远比反抗世界来得更艰难而漫长。时光浩瀚，天地苍茫，赵德发先生从文字出发，踏上了他的人生远行之路。生活，自然，人生，就是高悬的画布，虽内心时有忧怀，却笔墨自如。

附录一 世心与史心的守望
——赵德发访谈录

王晓梦：赵老师，很高兴能为您写些什么。仔细阅读您的作品，时常会有融及内心深处情感的打动；您的作品所呈现的生活，尤其是那些乡村生活，时时会唤起我内心的许多回忆。您的作品里处处见出您所走过的足迹，也呈现着您的人生阅历和对生活的深入思考。您的小说里浸染着您的用心和写作理想。从人生阅历上看，您的童年、少年、青年基本都是在乡村度过的。这一点，我和您都有着共同的乡村生活经历，比如，我也在童年少年时代经历了物质贫乏的时代，懵懂的心灵世界其实缺乏对贫穷的认知，从不知道什么是人生的理想，也谈不上对文学有任何感知。所以我想先请您就这方面谈谈您的乡村生活时光。这段时光对您的创作的最大影响是什么？

赵德发：我1955年出生于莒南县一个叫作宋家沟的山村。饥饿、贫穷、疾病，是我回望童年时挥之不去的三大阴影。我亲历了1960年左右的大饥荒，至今还记得一些树叶、草叶的滋味；我14岁时想去公社商店买一支标价为0.36元的笛子，可是家里拿不出这份"闲钱"，我只好用柳树枝做了一只实心笛子整天操练；我是过敏体质，小时候让过敏性哮喘、过敏性皮炎折磨了十几年，经常觉得生不如死。但我恰恰是兄妹五个中的老大，浓重的长子情结让我十来岁时就整天琢磨怎样给父亲减轻负担，妄图将饥饿和贫穷从我家赶走，所以14岁那年我主动辍学，回家务农，让本来可以通过升学早早进入城市的我又继续滞留于乡村。我在老家当农民，当教师，当公社干部，娶妻生女，直到28岁那年将家搬进县城，才基本上结束了乡村生活。

当然，我的乡村生活并不只是饥饿、贫穷与疾病，血缘纽带，邻里交情，四时八节，五谷六畜，山水草木，村舍道路……现在回想起来，都感觉有许许多多的温馨与美好。最重要的是，我在那些年里亲眼目睹了历史车轮一次次碾过乡村时的惊人后果，也亲身感受了农民面对历史巨变时的种种反应以及他们命运的起伏跌宕。可以说，我与土地血肉相连，我与乡亲们休戚与共。因而，我走上文学创作之路时，必然会从乡村出发，写乡村生活。这是乡村生活对我的最大影响，也是土地对我的慷慨馈赠。

王晓梦：是的，乡村生活对我们来说是一种根性的存在，不管在哪里都能让我们时时铭记着我们曾有的乡村生活。其实乡村生活不只是给了我们生活经验，更给予了我们人生的品性。不过，在我偶尔写下些乡土回忆的文字时，会觉得乡村似乎是个文学素材丰富的世界，却并不是一个文学的世界，因为在我成长的过程中，其时并没有多少文学书籍可以阅读，尤其是在那个物质和知识都贫乏的年代里。现在想来，我最初的文学启蒙应该算是不知不觉中产生的。我在小学时代刚好赶上农村到处发动农民扫盲，我伯父是生产队会计，有一次接到大队通知，让去公社拿书，几麻袋的书拿回来后，反而是我找出了不少小说，诸如战争年代小英雄故事的小说，以及朝鲜战场的小说，这些小说丰富了我夏天放牛的日子，慢慢喜欢上了读小说。尽管不怎么懂。我很好奇您在更为贫乏的年代里如何对文学产生的兴趣。除了乡村生活在内心的沉积之外，您最初的文学启蒙来自什么？

赵德发：您的文学启蒙很有意思，一边放牛一边读小说，结果读出一个文学教授，哈哈。我的启蒙，来自两只破酒篓。我姥娘家是本村，我小时候经常住在她那儿。她家墙角有两只原来用于牲口驮运的大酒篓，不知什么时候破得只剩了半截篓壳，姥娘便用它装了上百本书。我上学之前，就经常翻看那些书，虽然还不识字，但里面的插图深深地吸引了我。等到上学后认得一些字了，两只破酒篓更是成了我的心仪之地。那些书是我姥爷和我三姨的。姥爷出身富户，上过私塾，还去临沂念过"洋学"，后来投身革命，1948 年牺牲于河南；我三姨作为烈士子女，被政府照顾，免费上学，一直到师范毕业。他俩的书，汇集了新旧两个教育体系的施教内容。我常常看过姥爷的《三字经》，再去看三姨的《动物学》；看过三姨的历史教材，再去看姥爷的三民主义读本。我

赵德发创作论

十多岁时，被篓壳里的文学书籍迷住了。给我印象最深的，是抗战前夕姥爷在临沂买的几本小说集和三姨在中学里读的《文学》课本（20世纪50年代，我国中学设有《汉语》《文学》两门课程）。记得姥爷买的小说集中有《阿Q正传》《沉沦》《超人》等五四时期的作品。三姨的《文学》课本，则有古今中外的许多文学名篇。我参加工作之后，去姥娘家少了，听说那些书后来被老鼠和蠹虫咬得残缺不全，姥娘就把它们当废品卖了。然而，两篓书早已在我心中播下了文学的种子，十几年之后它猛然发芽，从此决定了我的人生方向。

王晓梦：我老家那边的生活习俗很多，都和你小说中所写的相同或相近，就像通腿这样的细节性生活习惯也一样。所以，我读您的《通腿儿》，一下子就觉得是很亲切的生活场景。《通腿儿》这篇小说给您带来了很多美誉，当年写作这篇小说的缘起是什么？它对您后来的创作有什么样的影响？

赵德发：1988年秋天，我因为痴迷于文学，便离开莒南县委组织部副部长的职位，成为山东大学作家班的一名学员。当时好多人都说我犯傻，我就想赶快拿出像样的作品，证明我犯傻犯得对头。我不断地写，拼命地写，写出一篇后或寄外地，或直接送往省城的各家报刊。不料这些作品的绝大多数都在一段时间后"完璧归赵"，搞得我这个作家班班长灰头土脸。这种情况持续了将近一年的时间，我对写作越来越没有自信，但又无法回到家乡政界，只能硬着头皮继续前行。我审视一番自己，找出了两大不足：一是读书太少；二是没有找到创作上的突破口。从那以后，我认真读书，广泛涉猎，努力用书本来垫高自己。同时，仔细翻检我的生活积累，决定从沂蒙山往昔的生活下手。

一群老太太首先进入了我的艺术视野。在沂蒙山还作为抗日根据地的时候，有许多妇女踊跃送郎参军，然而等到他们的"郎"成为城市的主人，"郎"们却不愿做乡下发妻的主人了。新中国成立初期的干部休妻大高潮，创造了中国历史上一种奇特的婚姻形式："离婚不离家"。我们村有六名"南下干部"，除了我姥爷早早牺牲，我的一个三爷爷因为年轻到了南方才成家外，其余几人都甩掉了家中的发妻。那几位憔悴不堪的老太太，是我童年时最感困惑的几个形象。1989年夏天，我用新的眼光重新打量她们，写出了短篇小说《通腿儿》。这篇作品在《山东文学》1990 年第 1 期发表,《小说月报》第 4 期作头题转载,一年后获该刊第四届百花奖。《通腿儿》的成功,让我获得了自信。有了这份自信,我才在写作道路上坚定地前行,再没回头。

王晓梦:您早年当过一段时间的民办教师,所以您的写作中有一部分是写这个群体的。就我而言,我的父亲和叔叔都是民办教师,他们和他们的民办教师同事从小学教我一直到我初中毕业;所以我对这个群体在乡村所经历的生活以及人生负重都有着深刻的理解与体认。不过,关于民办教师这个群体的书写,除了之前读过刘醒龙的作品外,还读过除您之外的其他作家所写的反映他们生活的内容。而您的写作也同样用心很深,写得很感人。从一个乡村知识分子的角度,您怎么看待曾经从事的这份职业?从您的经历出发,您怎么看待这个群体的内心世界?时代的发展,让"民办教师"这一称谓已经成为一个过去时间的特殊称谓,您对这个群体又是如何看待的?刘醒龙的《天行者》给予这一群体一种别样的缅怀,您对李传嵝等乡村知识分子是否还会有继续颂写的可能?

赵德发:我从 15 岁开始当民办老师,整整干了八年才考上公办老师。这段经历在我的生命中打下了深刻的烙印;这个群体也让我有着十分复杂的情感。在中国存在了几十年的民办教师,对于农村的文化发展和文明传承,曾经做出了不可磨灭的贡献。但同时也要看到,这个群体的文化素养普遍低下,确实存在误人子弟的现象。拿我来说,一个 15 岁的孩子,只上了四个月的初中,就登上讲台,教学效果可想而知。我在这个群体中混了八年,比较了解民办教师的内心世界:他们身上混杂着泥土味儿和粉笔味儿,心里混杂着农民与知识分子的意识流。他们一眼瞅着课堂,另一眼瞅着田野。他们在公办教师同事面前自卑,同时又在纯庄户爷们面前得意。他们中的多数人热爱教育工作,愿意为之投入整个生命,同时又对微薄的待遇感到愤懑不平。他们似乎已经处于劳心者阶层,但又为摆脱不了劳力者阶层的身份而焦虑不安。现在,这个群体已经不存在了,但人们应该记着他们。最近,山东省搞了一次原民办教师调查摸底登记,被很多人解读为要给他们发放补贴,如果真是这样,那将成为政府的英明之举。至于我会不会再写这个群体,目前还没有这方面的打算,因为我觉得新作如果不能超越从前的那一组小说,就不如不写。

王晓梦：同意您的想法。民办教师这个词语从现代汉语的角度应该说已经是个即将过去的词语了。这一群体从国家层面上也许已经成为历史中的一个存在点。只不过，我想，这一群体在乡村曾有一个重要存在，他们始终会在乡村的历史中站着，那么经过历史的沉淀，未来的乡村书写中还是会有他们的身影的。就我的整体阅读印象，您的写作以乡土题材为主。您是否介意读者把您看做一个乡土小说作家？您又如何理解乡村小说或乡土作家的写作？

赵德发：不好意思，我曾经很介意被别人称为乡土作家。我学历不高，出身于农村，进入文坛也是靠了一批乡土小说，那种来自农民子弟骨髓里的自卑感，让我很不情愿被人看做"老土"，很不情愿戴"乡土作家"这顶帽子。我出版了长篇小说《缱绻与决绝》之后，听到有人议论：赵德发没多大文化，但小说写得不错。后一句虽然表扬了我，但前一句让我深受刺激。"没多大文化？"好，我就写一部有文化的给你看。于是，表现儒家文化的《君子梦》随后出炉。其实，我这种心理十分可笑。中国就是一个乡土的中国，写好乡土，是中国作家的一份责任。再说，一代又一代的作家都写乡土，能写出名堂很不容易。2012年，白烨先生主编了一套六卷本《中国当代乡土小说大系》，选编了1979年以来120多位作家的小说作品150余篇，其中包括我的《缱绻与决绝》与《通腿儿》，这是对我的鼓励。

王晓梦：其实，就我的阅读喜好说，我一向最喜欢读的小说是乡土小说，觉得更有亲切感。尤其是您这一代人写的乡村，总能让我感觉着乡村无限的丰盈性。可能从我个人的乡村经验看，年轻一代的乡村小说作家总是少了许多真正的乡村经验，这导致他们的乡村故事显得浅显，难以深入我所理解的乡土深处。而您这一代作家的乡村经验却更能显出深刻意义。您如何看待您这一代作家与当下的青年作家的乡村写作。

赵德发：我认为，我们"50后"这一代作家，对于"苦难"的亲历与思考，是年轻一代作家所欠缺的。他们没经历过饥饿，没经历过"文化大革命"，甚至连农业集体化也没有经历过，所以作品中只是写一些当代农民的生存状态，打工经历，或者讲述一些村长与村民的"猫鼠游戏"。这样的乡村故事大多肤浅轻飘。而在"50后"这一代作家的作品中，你会读到农民所经受的种种苦难，读到作家对于苦难成因的追寻以及如何避免苦难再度发生的诸多思考。当然，年轻作家中也会有伟大作家诞生，他们对于农村历史的思考与表现可能会超过我们，从而导致伟大作品的诞生。

王晓梦：如您所言，可能正是年轻一代作家少有对乡村艰难的体认，也少有对乡村所蕴含的文化丰富性的深刻感受，所以，就目前看，您所说的伟大作品的诞生我觉得还是有点遥远。毕竟年轻的一代多数生活在一个城市化成为中国大地发展主流的时代，似乎他们更为向往城市的生活而忽略乡村，甚至忽略他们曾有的乡村生活经历和亲历的乡村文化。其实，在我写下自己的乡村回忆时，想着现代化对乡村日益深入的影响，想着每一次回到老家看着越来越寂静的村庄，我总是担心那些乡村会渐渐消失，以至于心生悲伤，呵呵。那么，站在当下，您如何看待您曾生活过的乡村？当下的乡村是否还能给您提供您所期待的写作资源？

赵德发：今年，我因为要伺候年迈多病的父母，经常回老家居住，对当下的农村有了新的体认。我感觉到，现代氛围、商业气息，已经在农村广泛弥漫。我们村有两千口人，竟然有七家超市，里面的东西与城市超市相比，只是少了一些高档商品而已。看看街上，各种各样的广告画满了墙皮。许多人家有红白喜事，或者来了客人，都到本村饭店开桌就餐。我的一位本家小叔，在本村建筑队打工。有一天他收工后到我家串门，满身尘土，满手水泥，却在说话间隙忙着摁他那个已经磨损得不像样子的手机。我问，你是不是在聊天？他笑着点头：是，这个女的，嘿嘿……我这个小叔，是有老婆孩子的。在我们村，已经有好几个小伙通过网聊找到了老婆。有的娶回家里，又因为新的网恋而离婚。而且，村中的年轻人越来越少，有些人干脆把家安到了城里。更严重的是，传统观念、家族意识、风俗习惯、是非标准等，在农村人那里都有了改变。婚前同居，已经相当普遍。过去同姓人不能结婚，而现在，不出"五服"的近亲男女做夫妻也没人管。过去有人去世，都要一次次上坟祭奠，尤其是"五七坟"，那是很隆重的，而现在有的人家在举行葬礼的当天就上，理由是大家都忙，不必在 35 天之后再集合一次了……我现在看到的农村，与我小时候经历过的农村，已经大相径庭。我一方面为农村的"进步"而高兴而振奋，一方面又为传统的消失而忧虑而伤感。当下的农村，肯定会给我提供新的写作资源。

王晓梦：我也总在担心现在乡村的年轻人对农村的感情会淡漠，对农村的文化也不再有自觉的传承，对亲情看得有点淡了。而对土地，也越来越不如我们这一代有眷恋感了，更不必说和那些老人们比了。您如何理解乡村与土地，人与土地的情感？对于封大脚所代表的老一代农民，您如何理解他们的土地情结，如何看待他们？

赵德发：土地，是农民安身立命之根本，更是生灵万物之载体。世世代代，祖祖辈辈，中国人对土地都是一往情深，甚至是奉若神明的。"土地爷"这个过去在每个村子都供奉的神祇，就是土地的人格化。对于属于自己的地块，农民更是看作"命根子"，不到万不得已的时候绝不会放手。为了土地，老一辈农民愿意为之流血流汗，甚至付出生命。我在《缱绻与决绝》中表现的封大脚那一代农民对于土地的情感，都是真实的。地主宁学祥宁肯放弃被土匪掳走的女儿，也不愿为赎她而卖地，这也是真实的，不过，那是一种因贪恋土地而造成的人格扭曲了。可悲的是，自从实现了农业集体化，农民对土地的感情急剧下降。到了今天，新一代农民更是决绝地背离土地，走向城市。不过，今天盯着土地打算盘的城里人却有好多，他们恨不得让农民全部"睡吊铺"（这是被赶上楼去的农民的自嘲说法），以便腾出用地指标供他们在城市使用，以积累更多的资本，赢得更多的财富。

王晓梦：这确实是个悖反式的发展走向。只是我们的经历让我们始终以根性的存在来怀念自己的乡村，这就是所谓的"缱绻"吧。这也是我所理解的乡村土地伦理了。所以我们永远难以"决绝"啊。当然，像我们一样对乡村依依难舍的，还包括那些构成了我们人生观、价值观的乡村文化伦理。不过，我对这个一向无法准确表达。呵呵，所以也顺便向您请教一下这个问题。您理想的乡村伦理形态是什么样的？《君子梦》中伦理道德的挣扎，是不是您对理想乡村伦理形态的一种挽留？

赵德发：中国的乡村伦理是经过两千多年才形成的，其中有着浓重的儒教色彩。一个"孝"，一个"悌"，形成经纬，将家庭、家族紧紧地交织在一起。族长、族规、家庙（祠堂）、家法作为一个权力系统，维系着血缘关系，维持着道德水准。家族之外，也通过亲戚甚

139

至"干亲"变成了一家人，也依从"孝悌"二字拉近了关系。而"三纲五常"则被上升为"天理"，成为不可冒犯的神圣律条。当然，这种伦理体系也有明显的负面作用，它在某种程度上限制自由，甚至扼杀人性。所以，我在《君子梦》中对其有肯定，也有否定。我不是挽留，算是唱了一首挽歌吧。事实上，那种传统的伦理纲常很难与现代生活接轨。我认为，在当今农村，一方面要继承过去那些好的东西，如孝老爱亲、和睦邻里、见义勇为等；另一方面，还应搞好公民道德建设，建立一套在现代理念指导下的伦理关系，既保证个人自由的发展，又不对别人造成伤害，我为人人、人人为我，以稳定社会秩序，提高幸福指数。

王晓梦：离开乡村之前，我会觉得乡村生活总是那么缓慢，一年之中，四季交替，日光流年，似乎变化不大，在乡村文化伦理的规范中，那个小村就一直那样漫不经心地存在着，祥和，安然；可是，又迟缓，笨拙，真的有一种天高皇帝远的感觉，似乎无论如何都融不到现代政治的规范中。当然，在收取各种提留款及交公粮时，也是有政治的深刻影响的。不过，后来读到的一些乡村小说的评论，总是会提及乡村政治这个语词。在您看来，乡村是否存在"政治"这一意识形态本身的言说？家庭、权力、政治、乡村，这其中的关系究竟应该如何，才是一种您认为的理想关系？

赵德发：毫无疑问，乡村存在"政治"这一意识形态本身的言说。人是社会的人，尽管有"山高皇帝远"的老话，但很少有人能够真正脱离政治。在过去，"民"与"官"是一种对峙的关系，因为感受到腐败官府对他们的欺压与剥夺，所以他们的"清官情结"一直很严重，希望有清官大人为他们作主。同时，他们也梦寐以求能够跻身官僚阶层，掌握权力，荫护家族。进入新中国，农村中的政治空气异常浓厚，"突出政治"一度成为响遍田间地头的紧箍咒，"政治生命"竟然被许多人看得比自然生命更为重要。而被人为划分的"阶级"，被刻意制造的"阶级斗争"，从上到下的一次次"政治运动"，都对农村秩序、人际关系、生产与生活产生了极其严重的影响。我在《青烟或白雾》中，对这一段历史做了十分具体的表现，同时也对农村政治的未来走向做了探讨。我认为，家庭、权力、政治、乡村这种种关系的协调有序，都应该寄希望于民主与法制的建设。民主选举村委会，是一个良好的开端，但现在暴露出的恶人政治与贿选现象，也让人深感忧虑。

王晓梦：的确，我在读《青烟与白雾》这部小说时，也警醒于这样的政治运动对乡村的冲击，让我觉得大有一种乡村的固有存在秩序被击碎的不安与惶恐。不过，我觉得您的另一部小说《震惊》里面所呈现的人和事，似乎更接近于我对乡村政治对普通百姓生活的影响的印象。您写这部小说的初衷是什么？相比于您的农民三部曲，您可否谈谈这部小说。

赵德发：《震惊》的写作，缘于我对当年"地震慌"的记忆。1976年唐山发生大地震，在全国许多地方引发了过度反应。临沂地区早被国家有关部门定为地震重点监控区，那时更是人心惶惶，家家都在地震棚里睡觉，人人觉得大难临头，人际关系发生了诸多改变，人性有了种种扭曲。2002 年，我根据这段经历写出了这个 18 万字的小长篇。要说明的是，小说的背景是真实的，但主人公"我"的故事是虚构的。与"农民三部曲"的宏大叙事和百年跨度相比，《震惊》只是截取了一个历史片断。

王晓梦：您所说的"地震慌"我也经历了，那时我还不过是一个刚上小学的懵懂孩童。不过，那时的经历留下的记忆并不深刻，只是记得晚上需要穿衣睡，找个酒瓶倒放在桌子上。小孩子吗，也没觉得有多少严肃性。呵呵，可能更多的是觉得好玩。所以在这部小说中，我十分惊奇于您书写出的其中的悲剧性。由此，我想到在阅读您的作品中的一种深刻感受，就是在您的乡村写作中，我总觉得悲剧性氛围要浓郁得多，尤其是三部曲总能给读者较深刻的悲剧性阅读感受。这是因为您内心里有悲剧性情结吗？还是有其他原因呢？

赵德发：这不是因为我喜欢写悲剧，而是因为我写到的那一段历史充满了悲剧，作品中自然而然地就会有悲剧性氛围。我希望，今后中国农村不要再有那么多的悲剧发生，能够有祥和的气氛氤氲于土地之上。

王晓梦：说真的，我有时候在思乡的时候也会联想到一些悲剧氛围的乡土小说，甚至常常会追问自己，如果有一天，自己生于斯长于斯的那个小村在我每一年的归去与离开的注视中消失了，那是不是最大的悲

剧呢？不过，回到乡土小说的写作，我觉得很多写乡土的作家并没有在文字间抵达我期待的乡土灵魂深处。所以这也是我特别推崇您的"农民三部曲"的原因，您是在用灵魂和您的乡村对话，让我感受到您心灵深处带有忧伤的注视。在您看来，乡土写作中真正的乡土精魂是什么？怎样才能让小说抵达真正的乡土精魂？

赵德发：我认为，被土地滋养了几千年的农人性灵，即是乡土精魂。这个性灵指中国农民的精神、性情、情感等，虽然有无数个体所表现出的千差万别，但还是有一些共性的东西的，并且代代传承，类似于佛教里讲的"阿赖耶识"。一个作家要写好农民，就必须研究这个东西。你研究透了，并且让自己的心灵与农人心灵相通，形成感应，你才能写好农村题材作品，抵达真正的乡土精魂。

王晓梦：那么我是否可以这样理解，您在抵达您所理解的乡土灵魂时，让您的创作从整体上看，始终浸染着浓郁的乡土情怀。即使您所写的为数不多的一些城市题材的小说，也有一种类似乡土情怀的大度与厚重气质，而没有城市题材所惯有的小市民气息。您如何看待您的城市书写？应该说，离开乡村走进城市之后，您城市生活阅历和城市生活时间都远远大于乡村，您是否想过要书写关于城市的厚重的故事呢？

赵德发：哈哈，我是一个农民的后代，从哪里来的小市民气息？我在城市居住多年，但对真正的市井生活并不了解。同时我也感觉到，随着城市化在中国的突飞猛进，市民的构成日益复杂，那种所谓的小市民所占的比例也越来越小。我在城市居住，是将自己定位于一个现代意义上的市民的。我写到城市，也是努力用现代理念来观照城市生活，努力从人性的视角写好人物。但是，城市题材写作，在我整个创作中的分量不重。今后我可能会继续写一些，力求写出你所说的"厚重"。

王晓梦：其实新生代也好，八零后也好，这些作家们的城市生活经验是很丰富的，毕竟他们是随着国家30年的改革开放所带来的经济发展长大的，随着他们的年龄、阅历的增长，应该已经到了能写出极具厚重感的城市文学了。只是我们目前看到的还真的不多，我总觉得他们的都市小说就整体看显得和这个时代的生活一样有点浮华之感，少有深刻与灵动。您的《挠挠你的手心你什么感觉》这篇小说，我想作为城市题材小说还是十分出彩的，您是否认为这是您最为满意的城市题材小说呢？

赵德发：这个中篇是我在 2003 年写的，发表后被几家选刊转载。有许多读者告诉我，看这小说时是流了泪的。当然，我写作时也流了泪。这是我感到满意的一件作品吧。另外还有《下一波潮水》《摇滚七夕》等，我也比较满意，有兴趣的朋友不妨看看。

王晓梦：说到这个问题，还是要请您见谅，我在这次研究写作中，并没有深入研究您的城市题材小说。不是我有意忽略，而是我的理解与理论所限，我暂时还没有找到一个理想的角度介入。以后我会补上这个缺憾的。如果说，把您的小说分为三个时期，以《通腿儿》为代表的早期小说写作，以"农民三部曲"为代表的史诗般写作，以及《双手合十》《乾道坤道》的宗教书写，您是否同意这样的划分？您如何看待您写作的这种变化？

赵德发：我同意你的划分。我的写作就是分为这么三个时期。第一个时期，可以看作"不自觉的经验写作"——凭借自己的生活积累，想到啥写啥，没有规划，任马由缰；在艺术上，也没有高标准严要求，有些作品显得粗糙。第二个时期，是一种"自觉的经验写作"——虽然还是凭借生活积累，但我已经有很自觉的追求了。第一部长篇小说《缱绻与决绝》，在准备阶段我就给自己定下了标准：要让这部书成为表现农民与土地的顶级作品（当然，《缱绻与决绝》成书之后，还是没有达到我所期望的高度）。对"农民三部曲"的整体构思，也是要通过三个主题来表现中国北方农民百年来的历程与命运。第三个时期，便是"自觉的经验之外的写作"了。因为佛教、道教，对我来说都是陌生领域，有关书籍读得很少，宗教界人士更没接触过，一切都在经验之外。但我写作时是自觉的，那就是要通过大量读书和深入采访，努力写好这两部书，填补当代长篇小说的空白，让当代汉传佛教和当代道教的存在形态在我笔下得到生动而具体的展现。同时，倾力塑造宗教人物群像，对宗教与人类的一些问题做出思考。我的写作之所以有这样的三个时期，是因为我想不断地超越自己。

王晓梦：那么，您的宗教书写是不是您一直期待的一种自我超越呢？不过，我更好奇的是促使您的写作转向宗教题材的原因。我想不只是我有这个意外，有时和其他朋友谈到您的创作时，大家也都有这样的意外，并且我们也都有相同的感受：您的宗教书写真的有一种填补空白的感觉。毕竟，在我们的认知里，许地山也好，张承志也好，还有金庸吧，他们的作品会有宗教的文化呈现，但只是一种文化的表现，并不是像您这样专注地进行宗教的书写。

赵德发：刚才说了，是我想超越自己。同时，也缘于传统文化对我的吸引。我说过，写《双手合十》的契机是日照光明寺住持觉照法师让我上山，讨论如何发掘五莲山佛教文化。但仅仅是这样一件事，还不足以让我做出创作上的重大调整。我之所以进行宗教书写是因为我对神秘而深邃的宗教文化心仪已久，早想学习、探究，因此才在那一刻怦然心动。心动之后，我又想到，中华文化之根就在儒、释、道这些领域，中华文化的一些基因就在这些领域悄悄传承，所以我就形成了一个想法。2009年春天北京大学"我们文学社"邀请我去谈创作，我就把这个想法明确地讲了出来：让写作回到根上。

王晓梦：您为了完成小说写作，去那么多那么远的地方切身体验寺庙生活，我真的很感动于您的执着与坚持，那是一种什么样的心劲啊！从《双手合十》到《乾道坤道》，这样的宗教题材写作对您的内心世界有什么样的改变或影响吗？

赵德发：肯定是有的，而且很明显。我这人原来是个急性子，一遇事就着急上火，牙疼，嘴唇起泡。年轻时，我的执着心很强，自己想干的事情一定要干出名堂，要实现目标。还有，争心也重。虽然，我对权与利不感兴趣，但对名却特别在乎。举例来说，我当年业余读电大，整天盼望考试。为什么？就为了争那个第一。三年中有五次考了第一名，第六次考了个第二，就很不开心。成为作家之后，我很在乎别人对我作品的评价，对自己在文坛上的座次也比较看重。自从接触到佛教、道教文化之后，"三观"都有了变化，觉得以前的我是多么可笑，心态渐渐平和、平静，执着心、争心慢慢变淡。我尽量用平常心对待一些事情，懂得了随缘任运。一个明显的例证就是：我这十多年从没害过牙疼，嘴唇上的燎泡也十分罕见。

王晓梦：《乾道坤道》无疑是一部很有特色也很有深度的小说。很特别的小说名字，很有人生韵味。请您谈谈写这部小说的初衷，是否还有什么您想表达但小说中未尽的意味呢？

赵德发创作论

144

赵德发：谢谢您的夸奖。我写这部书，缘于一位道士的鼓动。我认识日照九仙山中的一位道士，《双手合十》发表后我送给他，他读后大加赞赏，建议我写一写道教。我想，我写了表现儒家文化的《君子梦》，又写了表现当代汉传佛教的《双手合十》，再写一部表现当代道教的，那我这三部作品就成为反映传统文化的一个系列了，于是就开始读书，采访，用三四年的时间写出了《乾道坤道》。我想表达的，在作品中基本上都有了表达，如果说意犹未尽，有这么两点：第一，考虑到读者的接受程度，对内丹术没能深入细致地表现，本来，我是做了大量研究，并有一些亲身体验的；第二，我最初的计划是，小说写到逸仙宫建起后还要继续展开，表现常住道士内部的一些情况，但后来觉得这样有些拖沓，就放弃了。

王晓梦：不过，在我浅显的认知里，您的小说一路写来，在此也算是一种圆满了呢。所以我会认为，您的小说世界也可以划为三个世界：一是您执着留恋的乡村，一是您生活的城市，一是您观念里的宗教世界。您是如何处理这三个世界的关系的？

赵德发：对，是有这么三个世界。乡村，是我的生命之根；城市，是我的栖身之处；宗教世界，是我的心灵归宿。最后一句，并不是说我会皈依某一宗教，成为教徒，而是说，只有传统文化才会抚慰我的心灵，让我对这个世界有更加透彻的认识，让日渐苍老的我平平静静地走向死亡。从另一个角度说，这三个世界也是可以打通的，出世情怀与入世事业并不矛盾。八年前，我为我的博客相册起了个题目，叫作"今生幻影"，这表达了我对人生的体认。

王晓梦：您的写作在我看来是一直坚守一种本分的写实传统。虽然乡村题材中有乡村传奇的元素，宗教题材中也会有神奇现象，但并未有过于神秘的色彩。您是如何看待这些传奇元素与您小说的关系的？

赵德发：乡村有传奇，宗教有神秘，对此我在作品中有一些描写，但都是根据需要出现的，适可而止，因为文学说到底是人学，不是佛学、仙学，所以我还是要贴近现实写人。

王晓梦：借用您的小说，乾有乾道，坤有坤道，呵呵，我这样说有点不合规范了，小说的写作是否也会有一种"道"的存在呢？以您这些年一路走来的体验看，您认为您写作的"道"是什么？

赵德发：这里用得着两句老话："文以载道""道法自然"。我们反对将文学变成政治的工具，但不能否定文学的载道传统。我们有必要把小说写得好看，娱人娱己，但作品还是要以正确的价值观、历史观做支撑，给这个物欲膨胀的社会输送一些正能量。在写作技巧上，我不是十分讲究，一个原因是自己笨拙，在形式上玩不出花样；更重要的原因是，我认为"道"高于"术"，内容大于形式，好作品首先要有好内容。有了好内容，不加雕琢、自自然然地写出来，同样也能打动读者。

王晓梦：和您聊这么多，心中一直有一种感动，就是您在写作上的坚守。文如其人，您在小说中氤氲着的厚重气质，与您身上由里而外的、自然而然的厚重与沉静是一样的。我很景仰您这样的品性。那么，在您看来，一个作家应该具备什么样的品质？

赵德发：起码要有这么三条：善于思考，对宏观宇宙与微观宇宙有独特而深刻的理解；善于观察，能将社会与人生的方方面面收入眼纳于心；善于表现，能将思想与生活巧妙地编织成作品。

王晓梦：嗯。这几点我想是我从您作为一个作家身上得到的一份精神财富了。今后还需要多向您请教写作的经验。最近你发表和出版了一部《白老虎——中国大蒜行业内幕揭秘》，请问，现在报告文学已经是个边缘文体了，您怎么有兴致进入这个文体了呢？

赵德发：《白老虎》的写作，也是因为一个偶然的机缘。2011 年春天，我的一个远房表哥到我家，带着他的侄子。他侄子做大蒜行业多年，而且做过两个大蒜电子盘也就是大蒜期货交易所的老总，被人称为"蒜神"。他给我讲了大蒜行业的许多事情，还带我去大蒜产区转了一圈。后来，他与他的老板因涉嫌非法经营被捕，至今还在江苏盐城坐牢。我本来想以此为素材写一部长篇小说，写了几万字之后进行不下去了，觉得还是写成纪实文学合适。这也算是"随物赋形"吧。

王晓梦：我前不久在作协的一次学习会上，遇到一位研究报告文学的评论者，讨论发言时一直呼吁大家关注这个文体。不知道您对这个文体有什么独到的理解，它还会再度出现 80 年代那样的辉煌吗？

赵德发：报告文学这个文体确实应该关注。我至今记得 20 世纪 80 年代那些优秀报告文学作品给我们的阅读感受。求真，是人类的天性之一，那么，真人真事加上文学手段，便成就了报告文学的独特魅力。要

赵德发创作论

看到，非虚构写作在全球会越来越占上风，遇到合适的机会和题材，我们中国的小说家、散文家甚或诗人，都可以尝试这种写作。事实上，现在除了一些"报告文学专业户"外，跨文体写作的人很多，其中有人就兼写报告文学（纪实文学）。从全国看，每年都有大量此类作品问世，其中不乏优秀之作。然而，与20世纪80年代相比，现在的报告文学写作总体上不理想，尤其是缺少振聋发聩之作。能否再现30年前的辉煌，我说不准，因为一方面要看当代作家的胆识与担当，另一方面要取决于社会风气和舆论氛围。

王晓梦：这个我也说不好。直观的感受是，这些年读到的确实有影响力的报告文学作品少多了。那些大型文学期刊每一年刊发的报告文学数量极其有限，甚至有的一年连一篇都没有刊发。但我觉得，我们这个社会依然需要纪实的写作，也应该鼓励作家写出有分量的报告文学和其他纪实性作品。和您的小说写作相比，报告文学和小说写作有什么不同的感受？

赵德发：突出的感受是"痛快"二字。同样遇到一个题材或者素材，如果写成小说，要进一步虚构、变形，使其充分"典型化"，而纪实文学的写作，是怎样就怎样，如实道来，原原本本地告诉读者真相，这是一种痛快。另外，小说讲究用形象说话，将思想藏得越深越好，不主张作品中有过多的议论，而纪实文学写作，作者可以直抒胸臆，对所写的人和事给予评判，发表相关见解，这又是一种痛快。

王晓梦：痛快过去呢？是不是会心微笑了。呵呵。就好像您的散文随笔集《拈花微笑》，这是个很有意蕴的书名，耐人寻味。其中，我看您写的《余生再无战略》，算是对自己心绪的总结吧。那么，现在看，是否还会有更大的战略呢？因为我总觉得您应该还有更深刻的生命体验没有在写作中完成。那么，应该继续写一部大书来呈现。

赵德发：《余生再无战略》一文，表达了我在56岁时的真实心声。年近花甲了，应该懂得随缘，余生真是再无战略。我明白你的意思，是说我的创作应该更上层楼，应该表达出更深刻的生命体验。说实话，我对自己的创作也不甚满意，遗憾多多。2013年10月26日早晨，我为了给曲阜师范大学硕士生讲课而读《圣经》，一个念头突然萌发，让我激动不已。我在微博里写道："一个念头，一部作品。记住今天早晨，

147

这将成为我创作生涯的重要时刻……"这部书会不会是您和读者朋友们期待的"大书"呢？我将好好努力。

感谢您对我创作的关注与评点！

2013. 12. 9

赵德发创作论

附录二 赵德发长篇小说《缱绻与决绝》研讨会发言纪要[*]

时间：1997 年 5 月 30 日

地点：北京文采阁

主持人：何启治（人民文学出版社副总编）

魏绪玉（山东《作家报》总编）

何启治：

今天，我们很高兴地召开赵德发同志的长篇力作《缱绻与决绝》的研讨会。最近中宣部与新闻出版署召开繁荣长篇小说创作的会议，我在会上发言的一个重要内容就是如何处理好长篇小说的数量与质量的关系问题。最近还在天津召开了两次长篇小说的评奖会，评"八五期间中国优秀小说出版奖"，一次是初选，一次是正式选。1991—1995 年出版的近 2500 部长篇小说中评选出 25 部左右。专家们从初选的 100 多部中好不容易才选出 51 部，又从 51 部中咬咬牙选出了 20 部。我说这些没有别的意思，只想说明提高长篇小说的质量是多么困难。我还要说一个消息，人民文学出版社准备从建社以来出版的 500 多部长篇小说中，选编一套长篇小说珍藏丛书，目前已选 36 种、48 部，我很希望德发同志的"农民三部曲"也能列入这套珍藏本丛书。

林为进：

我首先说说书名的问题，作者起得复杂拗口，与其他长篇简单明白

---

[*] 此座谈纪要曾在《中华文学选刊》《小说评论》等刊物上发表。

的书名相比，是吃亏了。但书是非常好的。书名很文雅，但内容很朴实，讲的是很生动的滚滚沸沸的老百姓的故事。中国文化说穿了就是一种农耕文化，要想写出中国社会的特点，写出中国历史的变化，就得写农民。作者的追求很有野心，这是好的。想通过农民把这种丰富的历史变化都表现出来，是很好的追求，但有点杂。作者把历史一页页地打开给你看，一件事一件事地写出来，写出整个历史的进程，这也很好，但好像这就把笔墨平均了。时间流程式的写法和《白鹿原》差不多，像一幅幅画，历史感、文化感是很浓的。作者很会写小说，一开篇就让人感到一种分量。作者用一个传说就写出了中国文化在农村的浓厚氛围，写出了各种文化在农村中的沉淀与积聚，足见功力不凡。作者通过细节来描写农民与土地、与道德、与政治等方方面面的关系，写得既凝重，又风趣，很有幽默感，善于把悲剧用喜剧的形式表现出来。作者在这部小说中的另一个突出表现是，运用了浮雕式的群像描述。这与《创业史》《红旗谱》等只写一个主要人物是不一样的，这就避免了褊狭。作者通过好多个性鲜明真实生动的人物，写出了中国农民可敬又可怜，纯朴又狡猾，大方又小气，善良又可恶的形象。在这些人物中，绣绣是一个中心，是当代文学中不可多得的女性形象。作者是一个男作家，他能以这种感情写出这个人物的命运，塑造了这样一个独特的女性形象，是很可贵的。总之，这是一个非常不错的作品，是当代继《古船》《白鹿原》之后写农村最好的作品。

蔡葵：

这本书很早就受到我的喜爱。我刚从《大家》上看到第一卷就非常兴奋，到处打听作者，问山东的朋友赵德发有过什么作品，想找来看看。也就是说，这个长篇激起了我看他所有作品的兴趣。我当时感到开头非常像《白鹿原》，甚至感到比《白鹿原》还好。第一卷写得很好，没有什么可挑剔的问题，艺术上立意也好。当然，这本书也不是十全十美的。我之所以喜欢这个作品，是因为这个作品真正有生活，写了众多成功的人物，而每一个人物都有鲜明的个性，独特的命运，无不牵动着人心。这些人物之所以牵动人心，是因为作者抓住了两点：一是作者从高度的人道主义精神出发，写出了对普通农民、普通劳动者平凡命运的关注和关怀，有着发自内心的同情和理解。现实主义的哲学基础就是人道主义，作者能从这个高度把握全篇作品是难能可贵的。另一点，书中洋溢着一种劳动人民的美德。作者抓住了这两点来塑造人物，就使人物的命运抓住了读者，使人放不下书中人物的命运，这是作品最大的成功。这本书是用塑造中国农民的群像来表现中国农村变迁史的一个长卷。这本书最成功的人物，我认为是女主人公绣绣。她的命运，她的道德观，她的人道主义精神，倾注了作者全部的爱、同情和真诚的理解，是现当代文学作品中少见的一个成功的女性形象。男主人公封大脚是个老实正派本分的农民，写他一生勤劳俭朴，是很动人的。还有腻味、封铁头、苏苏、费左式等也都有鲜明的性格，令人过目不忘。总之，不同人物牵动人心的不同命运构成了中国农村的变迁史，具有史诗和百科全书一样的风格，几乎把半个世纪以来中国农村的各种人物包括在内了。这本书是一部很厚重的作品，是我读了《白鹿原》《古船》之后第一次使我惊喜的作品。当然我也认为它有一点小毛病，后两卷跨度大，描写有点草率，不像第一卷那样凝练、厚重。再就是如果第一卷和第二卷各写一本书更好，这样浓缩浪费了好多素材。

白烨：

赵德发的作品我一直比较关注、喜欢，我感到他是山东作家中有潜力的一位作家。我认为，这部长篇小说是赵德发创作中的一个标志，超越了他以前的作品。在当代小说中，是继《古船》《白鹿原》之后最重要的一部作品。我感到突出的有两点：一个是作者对土地的认识、理解和浓烈的感情，是其他作品所看不到的，没有别的作家像德发这样写土地。作者把土地与人的许多关系都写出来了，例如土与人的关系，生与存的关系，食与性的关系。作者抓住了人生最根本的东西，就是食与色，许多东西都写得很有意味。所有的一切都与土地有关，包括那些土匪，也是没了土地才成匪的，这就达到了主题还原，给人的印象非常之强烈。另外一点就是从作者的立场和角度来看，表现出一种鲜明彻底的民间化立场倾向。作品写由土地产生的穷人与富人的斗争，包括由土地产生的政治斗争，作者并不刻意站在传统的哪一方，而是站在民间化的立场上，写得很真实而且客观。我觉得，这个作品要谈的地方很多，要谈清楚，只看一遍是绝对不行的。作品要谈的东西比较多，给人一种说不清说不透主题繁复的感觉。再就是作品跨度大，有些地方没安排好，语言前半部分很精彩，后边就稍差。书名也有问题，下劲太大，反而显得雕琢太过。德发的生活底子很厚，肯定能写得更好。这一部已出手不凡，希望后两部弥补这一部的缺点，争取一部比一部好。

牛玉秋：

我看到这部小说，首先想到的不是思想内容和艺术形式，而是作家的创作个性。作家有情感型的，有思考型的，有回忆型的，有感觉型的，有知识型的。《缱绻与决绝》也许算不上一部艺术十分成熟的作品，但却是一部艺术个性十分鲜明的小说，体现了赵德发作为一个思考型作家的创作个性。这部小说思考的是农民与土地的关系问题，我发言的题目就可以叫"中国北方土地变迁史的一个形象写照"。土地生育万物，自从人类有了职业分工以后，只有农民才和土地始终保持着那种生死相依的直接关系。自从私有制产生后，农民对土地所有权的拥有和分离便成为历史上一个解不开的结。我认为，这部小说是从土地与农民的关系变迁来结构的。另外，小说如题目所示，写了农民对土地由缱绻到决绝，由爱到恨，不断回环往复的复杂情感。如果把此书和《白鹿原》《古船》做比较的话，不是特别好比较，我觉得这部小说构思角度更为特别，场面更为宏大一些。当然并不是说它的艺术比前两部更成熟。《白鹿原》是从农村文化的角度来写的；《古船》更多的是从社会政治的角度着笔；而《缱绻与决绝》则是从农民与土地的关系来结构全篇的。马克思在评价巴尔扎克的小说时说，他从巴尔扎克小说中得到的东西比从社会学家和经济学家那儿得到的要多。我读这部书也有类似的感觉。作者对土地诸多问题的了解和考虑，非常深刻、细致。因为作者从文化的角度，他对土地的思考比那些专家学者也就更有价值。从人物形象来看，也是写农民与土地的关系问题的。作品讲的是食与性，是把女人也作为土地来写的，作品中的人物设置也是从土地生发出来的。譬如说大脚，他代表的是一种与土地有着非常质朴、直接关系的农民，而腻味则不代表这种关系，里面增加了社会学的内容。绣绣这个人物完全是一种土地母亲的形象，博大、宽容、深沉。作者还用两性关系来映衬和代表人与土地的这种关系。作者写到性，总是与土地有关、与生存有关才写。在写女人时，作者写了两种：一种是与土地密切相关的，如绣绣；另一种是不生产的，如苏苏。女人是一种天然的土地的象征，应该是被人开垦、生产的，这是女人的命运。这部书的缺点是写土改写滑了，偏向于惨烈的一面。应该从经济方面看问题，可以把政治的冲突淡化一点。

陈骏涛：

我觉得牛玉秋的话是接近于这部长篇小说的实际的。现代写农村的长篇小说是很多的，可以从不同的角度切入，从阶级斗争的角度是种模式，像过去的《创业史》；也可以像《白鹿原》那样，从家族的斗争来写。赵德发的这部长篇，是与前两者不同的一种写作模式，独特的地方是从土地的角度切入，因此用过去陈旧的模式来评价这部长篇是不合适的。我觉得第一部写得最好，到后面劲头小了，三、四卷不如一、二卷写得惊心动魄。书名也太别扭，应该起个简单易记形象一些的名字。总之，这部书是部好书，作者必须面壁数年才能够写得出来。

胡德培：

首先感觉这本书是很有价值的。我觉得从编辑的角度，它有不足：首先是书名别扭，这里不再多说。其次从结构上说，作家太吃亏了。因为里边的素材太多了，完全可以写成两本、三本同样字数的书。我真担心作家一下子把重要生活素材都用尽了，那么以后怎么写？但是，这本书主要的还是它的成就。首先表现在作者对中国文化的把握上。作者在写农民与土地的关系上渗透着一种浓郁的思想文化，有相当的厚度，表达了农民对土地的一种很凝重、浓厚的关系和感情，这在表现农村题材的作品中是有重要地位的，是应该受到文学界充分评价的。应该很好地加以分析和品评，要比较慎重地对待这部作品。

何西来：

不管赵德发本人是否自觉地做到了这一点，但他毕竟选择了百年反思的角度。目前我们正处在新世纪的门前，回过头来看百年中国走过的艰难曲折的历史进程，非常重要。这部作品则是从一个村的历史来看百年中国，读了这本书后，就会对中国的百年史产生一种坎坷辛酸的感觉。首先，作品很厚重，写出了一种历史感，一种历史的深度。而这种感觉，不是通过作者的议论或者人物的议论来得到的，而是通过作品真实生动的人物形象、人物曲折的命运来得到的。通过这些人物命运，这些不相同的离奇的悲惨命运来写这个村，就提供了一个很特殊的角度。其次，通过作者充满人道主义的描述，我感到该告别一个暴力的世纪了。20世纪是一个暴力空前高涨的世纪，人类为此付出了惨重的代价。土地角度也是文化的角度，土地与人的关系受战争的影响最大。"铁牛"旁边发生的一幕幕血腥的事情，令人痛心疾首，使人对暴力充满了痛恨，这就是作者的良苦用心所在。最后，这部作品最成功的地方是写人。写在这块土地上生长的农民善良的人道主义。绣绣确实写得不错，是近年来不多见的从正面写又写得很好的一个女性。另一个成功的人物是封大脚，写的是那样真实而生动。这部长篇是近年来不多见的一部好的作品，很值得推荐。人民文学出版社还是很有眼力的。看一部作品的好坏，就是要看有多少人留在你的脑海里。作者能把那么多人物写得有厚度，活灵活现，有十多个人物能给人留下深刻的印象，这是很不简单的。应当祝贺山东出现了这么一个相当有实力有才气的作家。他很会讲故事，有独特的语码体系，独特的看人角度，人又年轻，我感到非常高兴。

赵德发创作论

张志忠：

别人讲的我不再重复，我只想补充几点。一是觉得作者选择农民与土地的关系切入，这个取材角度非常独特，非常有价值。20世纪是传统社会向现代化社会过渡的世纪，由农业文明向工业文明过渡的世纪，也就是几千年的生活模式和劳动模式发生了重大的转折。新与旧的生存关系、劳动关系都在发生变化，这里面有喜也有悲。从这个角度落笔，是非常有意义的。在近年来的小说当中，这一部是独特而深刻的。二是它采用了写史与写人两条线的结构方式，有的地方写人，有的地方偏重于写史。作者立的志向很大，要写出中国人与土地几十年的变迁关系，以表达自己的思想。但对于文学本身来说，写史并不是文学的标准。两条线转来转去，后来写史的成分变重，这就大可不必。因为从史的角度来说，中国对于土地史还没有理清的时候，人们还会从小说当中得到一点知识和理解，但几十年后，有了专门的详尽的土地史的时候，人们就没有必要从你的小说中了解这些了，读者感兴趣的只是作品本身。作者还是应该回到写人上来，把人写深写活写透。要明白这点，作者不是给历史写编年史，而是写人的心灵史，写人的生存状态，写人与土地的各种关系，写在这种世纪大转折、大蜕变的背景中人的内心反应与回响。三是小说如何出乎其外，入乎其中。我觉得这个作品在阐述农民与土地的视角上，好像一方面在人与土地的血肉关系上写得非常足，非常到位，但另一方面在写中国农民走出土地方面，写这种走出土地的生活选择，写得并不是很到位。此外，结构上枝蔓太多，尚需修剪。

雷达：

今天听了大家的发言，很有感想。总觉得如果这个会开得不这么急，不这么匆忙，沉淀一下，效果会更好。而且，我觉得这个研讨会也不必作为结论性的东西。我比较了解德发，他的东西我读得比较多，我觉得他是一个实力派的作家，功力比较强，像《通腿儿》《蝙蝠之恋》。还有《青城之矢》，我还专门写过文章。所以这部长篇我比较重视。我承认这是一部力作，但我想到的问题很多。它不单写了农民与土地的关系，还写了农民与革命的关系。作者一定要在一个动态中表现农民与土地的关系，这就不得不涉及近代尤其是这一时期以来我们的历史，这里面还涉及如何看待中国农民，如何表现农民人生，还有一个怎么看农村女性的问题，怎么看食与色的问题。对这些问题，我还没想得十分明白。赵德发写出了一部非常厚重、非常扎实的作品，但我认为他涉及的这些问题几乎是我们这个时代的作家们无力回答的问题。我有这么悲观的看法。譬如说，我看到了很多女性的结局，心里有很复杂的感觉。举例说，费左氏、苏苏、小米等，写得极为残酷，我觉得过多地突出了动物性的东西，影响了作品的博大深沉。这部书在表达中国农民和土地的关系，在表达中国农村半个多世纪的变迁，包括农民心灵的历程方面，做了很多的探索并且取得了很大的成就。譬如说绣绣这个人物，我是非常赞赏的。她在她哥哥要活埋贫雇农时，敢于跳到坑里，怎么拽也拽不出来，感动得我要流泪，真是写得太棒了。她是一个地主的女儿，但她说土地应该分给大家，这就是说土地改革是个正确的运动。开局写得非常精彩，绣绣下山后就沦为普通农妇，成为一个含辛茹苦的母亲形象。如果她的形象再扩大一点，就是一个中国农民的代表形象。中国农民在中国历史的进程中起到了什么作用，这个问题太大了，决不是三两本书就能揭示明白的。应该写出农民那种土地一样博大深沉的东西，写出他们的力量。既不能把他们写得十全十美，也不能写得充满劣根性，无可救药。这真是一个大课题。到现在为止，我还没有看到真正把农民那种艰辛伟大的历程写得很足的作品。封大脚不如绣绣写得好，写得复杂，他是一个普通农民。宁学祥写得好，他证明农村改革是正确的。作者写土改用了一种客观的态度。我觉得这里边血腥的场面多了一些，农民在土改中迸发出的革命力量应该再加以强化。目前对于历史的解释是一个很大的问题，很多东西难下结论。现在小说太难写了，一个作家敢于碰这个题材，就说明他有大气魄。

赵德发：

非常感谢各位老师因为我这部小说在百忙之中抽出时间坐在了这里。我前几年主要写中短篇，从前年开始写我的系列长篇"农民三部曲"。今天捧到大家面前的是第一部。我十分感谢各位老师对我作品的肯定，同时也更感谢老师们对我作品不足之处的指点，因为我今后还要写。我将认真思考、消化老师们的意见，努力把第二部、第三部写好，以不辜负大家对我的厚望。谢谢。

（蓝强根据录音整理　未经发言人审阅）

附录三　赵德发长篇小说《君子梦》研讨会纪要

　　《君子梦》是著名作家赵德发"农民三部曲"的第二部,讲述的是发生在山东沭河岸边一个村庄里的几代优秀农民追求道德完善的悲壮故事:老族长及他的嗣子想把全族人都调教为"君子",并身体力行,结果历尽了曲折……小说反映了全人类所面临的道德困境,对中华民族与儒教文化的关系做了深刻的思考,并对人类文明的建设途径做了深入的探讨,是关于终极关怀的诗意表达。其中的第一卷在《当代》1998年第6期发表后,引起了较大反响。

　　1999年7月20日,由山东省作协和人民文学出版社联合举办的"赵德发长篇小说《君子梦》研讨会"在济南召开。来自省内外的评论家、作家及新闻记者共计40余人参加了会议。会议由山东省作协副主席、著名作家张炜主持。山东省作协党组副书记张树骅致贺词。

何启治（人民文学出版社副总编、《当代》主编）：

　　在当今文坛比较浮躁的情况下,我们首先应该肯定赵德发同志扎扎实实、严肃认真的态度。我认为,这是我们文坛应该倡导的。近年来,他一边精心地构思,一边认真地调查,为《君子梦》的写作做了大量的准备工作,不知道翻阅了多少县志及一些别的资料,从不为浮躁所动。其次写农民、写好农民,是中国作家责无旁贷的义务,也是一件非常有意义的事情。农民问题是一个非常复杂的话题,赵德发多年来一直孜孜不倦地研究这个问题,这一点也是值得赞赏的。最后,我希望把赵德发的"农民三部曲"放到文学史的地位上去衡量。一个有出息的作家,一个有现代感的作家,他的最重要的作品应该是在文学史上有一席之地的。我也相信，赵德发的"农民三部曲"会在文学史上有它的一席之地。

李心田（济南军区作家）：

赵德发能在这么短的时间内写出两部长篇，而且它们在文学史上将是不会被否认的，就这一点来说，是很了不得的。从他的《通腿儿》开始，我就发现，赵德发老在寻找自己，不满足于自己的现状。这一点，后来在他的《缱绻与决绝》里得到了证实。当时我就想，这是继《白鹿原》之后又一部反映农村生活的力作。我还想，德发是一位信奉自然主义的作家，最大的特点就是真实。再后来，我读了他的《君子梦》，更加发现，他是一位有追求、有思想、肯努力的作家。做到这一点真是不容易。《君子梦》写的是一种道德精神，里面的很多细节都栩栩如生，比如写"文化大革命"的那一部分，写得相当好，称得上一个"文革博物馆"。从整体上说，它写人的生存状态，写生命，也写得相当地好。整本书的认识价值和审美价值是相当高的。当然了，这部作品还可以写得更好一些，更精致一点，比如在时间的衔接上，再比如后一部分有些平面化……

李贯通（山东省作协专业作家）：

赵德发是山东文坛的骨干力量，是在当代文学上已经形成了"话题"的作家。他的扎扎实实，一步一个脚印，在当今这个浮躁的社会里显得难能可贵。他的《君子梦》我认真看了，觉得这确实是一部厚重之作。与他的《缱绻与决绝》相比，它更突出了自己的想法。我觉得，特别是一部长篇，如果一个作家没有自己的想法，光固定在某一种思维上，那是很可悲的。《君子梦》的超越之处，就在于它确实拥有了自己的想法，这既包括观念的，也包括知识追求的，还有它的叙述也特别地道——如果忽略了叙述，当然还有结构，就忽略了 20 世纪小说家和十八九世纪小说家的不同——德发在叙述上显然是特别有所追求的，这便是它的成功之处。但在总体上，我觉得《君子梦》不如他的《缱绻与决绝》，《缱绻与决绝》是在中国文学史上留得住的一部长篇，我们应该引起充分的重视。《君子梦》尽管想法很明朗，但理念太重，意象少而理念多。比如其中的雹子树，我认为是个多余。它既不是一个文化符号，也不是一个道德符号和寓言符号，它与通篇的构想、通篇的布局毫无关联，反而破坏了一种和谐。

刘玉堂（山东作协专业作家）：

我同意贯通的意见。《君子梦》的叙述语言的确是很圆熟的。我在读《缱绻与决绝》的时候，有一种磕磕绊绊的感觉，读《君子梦》时，这种感觉基本上就没有了。《君子梦》所表现的主题，是山东作家新时期以来最关注的问题之一，这就是道德问题。山东作家一向很关注道德问题，但大多都是板着脸孔，十分严肃的，但《君子梦》一反过去的那种庄重，代之以嘲弄和消解，还是很不错的。《君子梦》比较好地反映了沂蒙山人的生存方式和思维方式——沂蒙人确实比较操心道德问题，哪怕吃不上穿不上，他们总是先关心道德，老担心道德出了毛病。这部作品里所写的道德，还是跟以往的山东作家的作品大不一样……如果把一些比较硬涩的东西去掉，不露痕迹、不动声色一些，那无疑就是一部非常好的作品了。

牛运清（山东大学教授、评论家）：

德发是我的学生，当时在山大作家班当班长。他们班里出了不少作家、诗人，德发称得上是佼佼者。这也是山大的一份荣誉。德发从短篇到中篇再到长篇，发展是有序的，是一步一个脚印的，走得很扎实。《通腿儿》是他的突破，从那以后，他就像喷泉一样，一发不可收了。《君子梦》的叙述语境和叙述语言是很有个性的，也很娴熟，可谓谈古论今，左右逢源，叙述和人物融为一体，显得很自然很流畅，文气一贯到底。它不仅仅是为了讲故事，讲故事是为了出人物，出思想，出精神。道德是一个永恒的主题，是一个老话题，《君子梦》在触及这个问题的时候，有着自己独到的思考和追求。当然这是没有结果的。"君子国"的追求是说不清道不明的——这就是赵德发独创的地方。他不想阐示哪一种道德标准，或者建立一种什么样的道德结构，而只是从人的生命意识、生存状态和社会发展来建构一个比较理想的"君子之国"，或者"君子梦""君子境界"。这就给读者留下了思考的余地，让读者来共同探讨，让接受者来共同完成他的美学理想。这部小说不仅写出了历史的真实，也写出了现实的真实。《君子梦》写了100年的道德衍变，旧的道德标准渐渐地淡化、失落了，而新的道德标准又没有很好地建立起来，这就出现了一种很大的困惑，这就是时代的困惑，当然也是作者的困惑。因此，这部小说的"精神"是值得肯定的，它是在追求一种理想的、高尚的，一种可以作为人类精神的境界。近几年小说的软弱、无力，我想其原因主要还在于精神。如果小说把"精神"这部分责任推出去了，那作品也就成了一个空壳，也就丧失了生命。艺术的力量主要还是在于精神。赵德发的作品在这方面无疑还是十分突出的。再一点，赵德发的作品一向就很注重细节。乍看起来，它不需要太多的典型化，实际上这也是经过了选择的。比如其中的性意识等，都无不与情节的发展和人物塑造密切相连。小说有了丰富生动的细节，再加上人物塑造，就成功了一大半。小说就是靠细节来支撑的，细节当然就来自于生活，来自于对生活的观察和思考。关于作品中的電子树，我是这样想的：在一部作品中，用一棵树或一条河作为道具或象征，是常有的事儿。因此，電子树在作品中作为一种恶的象征是可以的——这样既突出了善的方面，也突出了恶的方面，它们都是推动社会历史发展的因素——问题在于，電子树在作品中不断地出现，有时候是和谐的，有时候却不那么和谐了。从整体上说，这部作品还是有它独特的视角、独特的描写、独特的人物、独特的贡献的。从这点上说，我同意启治同志的看法，它在文学史上是会有一席之地的。

陈宝云（山东省作协顾问、评论家）：

尽管赵德发的这部长篇是用了一年的时间写成的，但他的酝酿和思考却决不是一年两年。我们搞评论的只是看了一遍，就想把握住作家的心灵、作品的思想，我想是一件非常困难的事情，因此，我有些惶恐，我不能说我已经把握了，我只能谈一点感觉。我的第一个感觉就是这部书是一部农村的道德史。它不是全面地写那近百年的历史，而是从道德这样一个角度来展示。赵德发的"农村三部曲"，第一部是写农民与土地的关系，这一部是写道德问题，它们都是从史的角度入手的；我想他的第三部写农民与政治的关系，肯定也是从历史的角度来写的。我觉得他是要从这三个不同的方面向人们展示农村在经济、道德和政治上蜕变的历史。这个历史过程是通过农民的心灵来展示的。这部道德史，基本上是一部悲剧的历史。作者是用现代意识来观照农村那近百年的道德的，因此他发现了道德本身的悖论：一方面它提倡一种道德，另一方面它又制造了一种极不道德的悲剧，像许瀚义、许景行、许正芝所制造的悲剧。没有现代意识是决不可能这样写的。同时它又在寻求这样一种东西：道德的历史将来究竟向哪里发展？因为现实本身没有一个明确的答案，虽然作品最后落脚到了一个关于精神文明建设的决定上去，但依然给我们留下了这样一个问题。对于道德、历史的这种悲剧意识及过程，作者的把握是准确的，也是深刻的。至于其中的电子树，我觉得，它是一个生命的象征、历史的象征、道德的象征。它的缺点不在于象征不象征，而在于这种象征之物和被象征东西之间还不够浑圆。刚才贯通说这部作品是线性的，但我觉得这既有线性，又有面，是线和面的结合，这就使整部作品在思想上成为一个统一体。但是，由于面受线的束缚，它就影响了对面的充分展开，影响了对于生活的丰富性、多样性、复杂性及人物心灵的充分展示。

邱勋（山东省作协顾问、作家）：

这本书里面的几个人物，特别是许正芝、许景行，我认为，这两个农民的形象是自五四以来的新文学中所没有的，对他们的塑造是非常成功的。从总体上说，我认为，第一卷写得特别好，虽然赵德发没有亲身经历那一段历史，但他通过查资料，甚至从父辈那里得到了很多信息，因此他充分地写出老族长的心理世界。我认为，许正芝和许景行有赵德发父辈的影子，如果不这样的话，他不会写得这样真实。"存天理，灭人欲"，天理怎么存，人欲怎么灭，这都是一些不好解决的问题，这些事情也永远解决不了。因此，赵德发的小说也解决不了这个问题。我在读这部作品的时候就想，赵德发怎么掌握了那么多材料，无论民俗含量，还是文化含量，抑或信息含量，都是十分丰富的。这一点很了不起。特别是第一卷，赵德发在这方面显然是下了大功夫的。这一部书跟他的上一部书相比，我觉得各有千秋。这一部的叙述语言的确是十分圆熟的。

孙国章（济南市文联副主席，《当代小说》总编，诗人）：

《君子梦》的确是一部很成功的作品。这就需要感谢赵德发同志对文坛的贡献了。对于成功之处别人都说过了，我就说几点不足吧。第一，理念太过明显和直接，这就导致了鲜活生活的萎缩和单一。比如托尔斯泰等一些大师的作品，你就很难给它归纳出一个主题，最后一部分结束在那个关于精神文明建设的文件上，我认为是个败笔。第二，情节故事太多，这就显得相当拥挤，空白少了许多，给读者留下的想象空间少了许多，有些情节和细节完全可以拿到另一部作品中去。第三，"苞子树"这个意象的确立，是作者从恶是推动社会历史的动力这样一个观点出发的，这是一个很好的想法，但从整体作品来看，这个意象和整部作品不是很融洽，有些游离，总体上对生活还是缺乏超越的。

王光东（《文学世界》副主编、评论家）：

《君子梦》抓住了生活的本质，从道德角度解释了社会，空间比较大。大家都认为他的第一卷写得好，我也这样认为。它好就好在，是将道德放在人的联系中来思考的；在第二卷和第三卷中我就觉得道德越来越抽象，只是作为一种意念和一种符号在起作用，特别是从"文化大革命"到新时期开始这部分的描写。是从道德角度看历史的发展，还是从历史发展过程来看道德的变化，这是非常重要的。

施战军（山东大学副教授、评论家）：

《君子梦》的语言相对于《缱绻与决绝》来说，风格更加突出，更加饱满，这是让人惊喜的。从内容上看，虽然写的是道德，但是让我们看到的是在一个特定的乡村社会中，那种道德权威的建立、维护和丧失这样一个过程，尤其对道德权威是怎样一步步巩固和丧失的，写得非常深刻。这里面有很多复杂的东西，比如，"存天理灭人欲"，在这部小说中有着一种复杂的状态，表现为天理有的时候并不是道德的律条，天理当中还有一种天谴的成分，人欲当中也有人的互相约束。比如乡村的道德权威，它也是人欲的一部分，这种人欲并不是完完全全的那种性本能等。小说把这些东西进行了一番重构，显得非常可贵。它对乡村道德做了一种综合的展示，无论是来自自然的还是人本身的。在这个过程当中，第一卷贯穿得比较好；到了第三卷，这种综合展示意识就弱了。这部小说最成功最精彩的地方，就是它揭示了道德的负面力量，这种负面力量更富有生命力。它还揭示了社会的一种常态，就是恶人的得意和善人的无措，相对于以往的道德小说，它取得了长足的进步。这部小说虽然写的是道德主题或宗旨，但是有明显的不足，就是这种倾向是向后的，而不是向前的。向后道德的写作，倾向于道德的自恋和缅怀，至多它采用了一种批判的视角；而向前的道德写作应该是一种道德的现实主义和道德的理想主义。由于这种视角的向后，使君子的梦想失去了依据，这就使作家主体的倾向和小说的倾向产生了一种矛盾，这种矛盾就造成了小说艺术上的瑕疵。

张清华（山东师范大学副教授、评论家）：

《君子梦》使我想到了山东作家沉重的责任感和使命意识。先前的一些山东作家的作品，大多是从政治角度或历史文化角度来进行探讨的，现在更进了一步，开始从道德、信仰这种角度来探讨，这就更加接近了一种终极角度，因此它达到了空前的一个高度。再者，它的立意非常好。《君子梦》使我想到和中国传统小说进行一种有意识的连接，比如说《红楼梦》，讲的是富贵无常的悲剧，是红楼一梦；《金瓶梅》是人欲的悲剧；而《君子梦》讲的是一种道德的悲剧。我比较赞成把这部作品的主题定位在对道德的悲剧性思想和追寻上。这部小说既表现了作家关于道德的理念、理想，同时也是对现实生活中长期的宗法制度所造成的悲剧的深刻揭示。《君子梦》是一种正剧叙事，这就形成了一种多元的风格，但我又有一种感觉，它太规矩，过于严肃了。虽然让我敬畏，却不能让我惊喜。至于"雹子树"，我觉得这是一个比较好的构想，它像是悬挂在农民头上的达摩克利斯之剑，它在作品中不仅仅是一个装饰。

吴义勤（山东师范大学教授、评论家）：

我认为，《君子梦》是一部成功的长篇小说，单纯地把它和《缱绻和决绝》相比是没有价值的，只有把这三部曲作为一个整体来看，才能看出它在文学史上究竟有多少价值。从现有的作品来看，已问世的这两部作品是互补的。第一部谈的是农民的生活方式，而《君子梦》谈的是农民的精神方式问题，它向我们展示了农民生活的文化含量。这一点是它在艺术上的追求。谈到道德问题和文化问题，与对于人的思考结合在一起，从文学的角度来阐发道德问题和文化问题，我们通常很自然地会引起艺术上的一个毛病，这就是抽象化。抽象化是艺术本身很难避免的一个问题。《君子梦》却没有给人一种抽象化的感觉，它是努力把道德问题和文化问题融入乡土中国的社会结构和农民的生存历史的描绘之中的。这种融合就使它有效地避免了非常抽象的主题，而有了一种原生态的民间的丰富的生活气息。他努力做到把道德和文化问题结合起来写，这也是一个很成功的地方。但这部作品是一部主题先行的小说，它的艺术构思决定了这部小说就是要表达农民与道德问题。这种主题先行就导致了作品中的许多东西都是意念化的。比如几代族长的形象，在我看来他们都是一些文化符码，如果把他们串起来，人物的生命性、艺术魅力和艺术内涵就会打折扣。由于在作品里面赵德发比较好地注意了人物，注意对民间东西的挖掘，同时赋予符码式的人物一种复杂的人性，因此其价值是可以肯定的。作品中有许多象征和意象，比如"雹子树"，我觉得是比较成功的。之所以有些不满足，是因为作者赋予它的内涵过于直接，它太像一个象征了，一个象征应该作为一个审美的形象出现，如果过于明确了，就会留下很多遗憾。

胡玉萍（人民文学出版社副编审）：

赵德发是我们出版社的重点作者，签约作家——这是经过考察的。实践证明，这些年我们合作得一直很愉快，大家非常关注他的作品，对他的文品都非常赞赏。在审稿的时候，《君子梦》让我们感到眼界大开。觉得第一二卷的文化氛围、生活积累、表现方式等都很好；觉得第三卷对复杂的现实生活的处理方式是作者的无奈之举，世风日下，作者又能有什么好办法呢？只能这样来反映了。比如许景行这一形象，在现实面前实在是苍白无力的。这就使我想到了许多，当今社会靠君子来治理恐怕是不行的，用君子来治理恐怕只是一个永远的梦想，这就只能靠法治了。比如造纸厂污染问题，最后还是靠法治来强制拆除的……总的来说，赵德发已经出版的这两部，都写得相当从容。我觉得，他的第三部是不会辜负大家的期望的。

陈汉萍（《新华文摘》编辑）：

从我个人的阅读经验来说，选择道德这个题材来进行写作，山东作家是最有资格最有实力的。这个题材本身在当今这个文化、经济、道德转型时期，有着特殊的现实意义。《君子梦》对我触动最大的是对儒家道德的考问，它把儒家的道德理论推向了一种极致。从最强制的宗法制度的制约，到第二代许正芝的道德感化，到第三代许景行借助于特殊时代的努力，他们都希望做到的是每个人的道德自觉。这种道德自觉的失败，就来自于把儒家道德的某一面推向了一种极致。就我个人的阅读兴趣来说，我还是比较喜欢作品里面那些旁逸斜出的东西。我觉得写得最好的就是"文化大革命"那一部分，也就是第二部分：第一部分写得太完美了，打磨得太光滑了。

崔苇（《当代小说》执行主编、评论家）：

刚才吴义勤先生谈到，这部作品观念性太强，有些主题先行的味道，我觉得，不能简单地看待这个问题。也就是说，评价一部作品的好坏，不应该仅仅看它是主题先行还是后行，而应该看它的整体效果怎么样。过去，特别是"文化大革命"时期有些作品写得不好是因为主题先行，因此留下了许多忌讳。而实际上，有些作品如果是主题先行，也可以写得很好，比如托尔斯泰的《复活》等。《君子梦》写的显然是中国农村的一种道德问题，肯定是预先有了这么一个意向的。由于作者的生活功底很深，加上语言功夫，等等，这就弥补了作品中可能出现的一些不足。它最值得肯定的一点，就是它触及了中国社会发展中的一个根本性问题：天理和人欲。大家都知道，中国落后主要的还是在于文化上。靠儒家的道德精神和文化精神能不能解决中国的根本性问题？——小说中提出了这样一个根本性问题。换一个角度说，就是我们对"人性"究竟应该怎么看待，是应该顺着人性的健康发展，还是压抑人性，这的确是一个老矛盾。《君子梦》对这样一个问题，并没有简单地加以肯定或否定。现在很多人都在逃避精神，而《君子梦》试图面对中国社会发展中的一个根本性问题，关注我们精神的发展，探讨文化精神和人性之间的关系，从这一点上说，这部作品是非常值得肯定的。再者，第三卷中提出了一个非常尖锐的问题：信仰问题。如果信仰问题不解决，中国的好多问题恐怕都难以得到解决。当然这不是一两代人能够解决得了的。第三卷对这样一个问题给予了极大的关注，因此我觉得第三卷还是有它的重要意义的

（谭延桐记录整理）

赵德发创作论

附录四　赵德发传统文化题材作品研讨会发言纪要

时间：2013 年 8 月 30 日
地点：中国现代文学馆
主办：中国作家协会、山东省委宣传部
承办：作家出版社、山东省作家协会
主持人：山东省作家协会主席张炜

张炜：大家上午好！赵德发传统文化题材作品研讨会是本次图博会中国作家馆山东主宾省活动的一项重要内容。本次研讨会选取赵德发近年来创作出版的传统文化题材长篇小说三部曲《君子梦》《双手合十》《乾道坤道》进行集中研讨。在此我谨代表主办单位和承办单位，对各位领导、各位来宾的出席表示热情的欢迎和衷心的感谢！

何建明（中国作协党组成员、副主席）：我代表中国作家协会对这个研讨会的召开表示祝贺。德发是我的老朋友，我在《中国作家》当主编的时候发过他的作品，他还获了一个奖。德发是从他的那块土地上成长起来的一个具有农民思想、农民意识、农民感情的作家，对他的前几部作品我的印象很深。现在这几部作品又在宗教、传统文化方面进行研究探讨，非常有意思。我觉得研究这一块极端重要，一个民族没有一点宗教文化意识，是很难支撑这个民族的长久生存发展的，所以要提倡传统文化，了解这些文化的精髓。我非常敬佩德发，他不断地进行着文学创作，而且这几年进行这样的题材创作，我觉得非常有意义。

王红勇（山东省委宣传部副部长）：山东历史文化悠久，在孔子思想的熏陶下，山东文学构筑了厚重的历史文化底蕴，深邃的思想内涵和坚定的道德追求使得山东文学成为中国文坛上的一道独特风景。在这些奋发有为的优秀作家当中，赵德发主席就是其中有代表性的一位。德发主席一直致力于农民、农村题材创作，是乡村土地的深情书写者，他的作品都深深植根于他心中的那片熟悉又热爱的乡土之中。20 世纪 90 年代初，德发主席就凭借发表在《山东文学》上的短篇小说《通腿儿》在文坛上一炮打响，1996 年，长篇小说《缱绻与决绝》让他获得了重要的地位，之后用近十年时间完成了他的重要代表作"农民三部曲"。近年来，他的《双手合十》《乾道坤道》将笔触伸向了宗教文化领域，这是他的一次自我突破。我对德发主席非常钦佩，也深受他作品的感动，为什么？我觉得他对文学的这种执着、坚守，这种不懈的探讨精神令人折服。这次德发主席传统文化题材作品研讨会的召开，也为我们提供了一次非常好的学习与交流的机会，恳请各位专家学者能够畅所欲言，各抒己见，为德发主席的文学创作和山东文学事业的发展繁荣建言献策，提出宝贵的指导意见和建议。

葛笑政（中国作家出版集团党委副书记、管委会副主任、作家出版社社长）：我认为，这是一个迟到的研讨会。我翻了一下这两本书，感到特别惭愧。为什么这么说呢？就是因为德发的作品至今作家出版社还没出一本。刚才我发现了一个令我十分惊讶的现象，《双手合十》《乾道坤道》这两本书的出版人和编辑全部是出版界的顶级人物，足见赵德发作品在出版界的受认同程度。我十几年前就认识了德发，1997 年《小说选刊》创办了长篇小说增刊，我们选载了《缱绻与决绝》。我觉得，《缱绻与决绝》在品质上应该跟陈忠实的《白鹿原》在一个层级上。这两年，他的思考上了更高的一个层面，即精神文化层面。所以我觉得安波舜、朱社长都抢在了我之前。我今天正式约德发一部稿子。这样重量级的作家，作家出版社不应该有疏漏。

杨学锋（山东省作协党组书记、副主席）：刚才葛社长说这个研讨会开迟了，实际上德发主席的作品研讨会去年我和张炜主席就在讨论，后来因种种原因拖到今年，正好考虑到这次北京国际图书博览会中国作家馆山东主宾省的活动，我们就想把这个传统文化题材作品的研讨会放到这个大的活动里头，对于丰富我们这次活动的内容，对于提升德发主席作品的影响力都有好处。

德发主席的成名作是农民三部曲，《缱绻与决绝》《君子梦》《青烟或白雾》，这次我们推出的是《君子梦》《双手合十》《乾道坤道》。这有很大的转型，但是恰恰这三部作品是交叉的，既有作品的转型，也有作品的延续和连续性。这三部有关儒、释、道的小说，标志着赵德发文学创作开拓了一个新的境界。德发主席为创作这三部长篇小说付出了巨大的心血，如广泛积累素材，深入寺院道观了解生活，亲自体验修行的各种方式，同时还精心研读儒、释、道的书。正是因为有这样的经验，才能使他创作出这样的三部曲。希望他进一步开拓创新，不断超越自己，为文学事业做出新的更大的贡献。

解世增（山东省日照市市委常委、宣传部长）：今天我们在这里隆重聚会举办赵德发传统文化题材作品研讨会，既是全国文学艺术界的一件喜事，更是我市文化建设中的一件大事。

日照是一座美丽的海滨城市，原生态的山海风光，深厚的文化底蕴，现代化的港口，动感时尚的水上运动等，为文艺家们提供了丰富的创作资源，涌现出一批又一批奋发有为的文学艺术家，赵德发就是其中的优秀代表。赵德发的传统文化三部曲，是他厚积薄发的精品力作，凝聚了他对中华文化复兴与重建的思考，充满了对社会、个人命运的深度探幽和精美呈现，具有很高的文学价值。这次研讨会不仅给赵德发的文学创作提供了宝贵的支持和帮助，也必将激发文学爱好者的创作热情，进一步推动日照文学创作与文化建设。

施战军（《人民文学》主编）：赵德发主席的创作情况，我是非常了解的，他创作的每一部我都比较清楚，我也专门为他写过两次作家论。我觉得，农民三部曲和《双手合十》《乾道坤道》事实上都属于传统文化题材，他的创作是一个统一的体系，只不过他的体系由过去的对于乡村的正面描写转向了信念层面。《君子梦》探讨的是关于儒家的伦理、道德在乡村的生态问题。《双手合十》探讨的是佛学和人生境界的关系，有一对范畴就是禅净和红尘，探讨的是如何突破自身的业障。《双手合十》的尖锐度更强，思辨性也更强，理性的介入和蓬勃的沸腾的世俗生活之间呈现了对立。这部小说充满了作家内心的一种强烈的忧患和焦虑。《乾道坤道》这部长篇，我觉得是赵德发写作最自由的一次发挥。他从一个海归博士的成长经历和遭遇着手，使这部小说的天地由中国延伸到整个世界。这部小说忧虑的依然是当代，但是比《双手合十》更加忧虑的是人类的命运。这部小说反映的主旨不仅是要给中国人立规矩，而且要给整个人类立法。

吴义勤（中国现代文学馆常务副馆长）：我一直是德发老师的忠实读者。我没去山东之前读了《缱绻与决绝》，对这部作品感觉非常震撼。他这些年写宗教文化小说花了非常大的力气，跑了很多的寺庙，去很多的地方体验生活，能够看出德发是一个非常执着的写作者，也是非常自觉的写作者。其实，他从《缱绻与决绝》到后来的宗教文化小说，风格的转变是非常大的，因为《缱绻与决绝》里感性的东西、乡土的东西、伦理的东西，让我们感受得非常强烈，但是《君子梦》《双手合十》和《乾道坤道》中理性的东西很多。他这三部作品对我们今天的文学创作很重要。首先，中国社会是没有宗教的社会，德发通过这三部作品，其实给我们建立了一个价值的维度，很值得我们敬佩。其次，这三部作品的文学价值很大，主要是系统地提供了一个宗教人物形象谱系。最后，他对宗教知识的介绍，对宗教的理解和阐释，达到了一个高度。当然，作品的问题仍然存在，就是一个理念问题。是先设定一个写作的主题，这个主题本身有着很强的理性和理念色彩，虽然从完成的角度来说，付出一点牺牲是值得的，但终究这个痕迹还是存在的。我们还是希望德发老师今后能给我们写出更好的，连这一点点痕迹也去掉，艺术性更强的作品。

成曾樾（鲁迅文学院副院长）：简单讲四点。第一，我觉得他在钻研的基础上，写出了自己独特的感悟，普及了传统文化，这是独特的贡献。第二，在德发的小说中，他并不止于宣传儒、释、道的东西，说白了就是注重精神的文明建设，抑恶扬善，可以说为当前的文化建设注入了很多正能量。第三，与现实紧密结合。他把传统文化放在现实中来写，真实地勾画了源远流长、内涵广阔的中国传统文化，在当今这个历史变革时期鲜活的现状和走势，并在清浊交汇当中去伪存真。第四，作品的文学性也很强。对人物情节细节的安排都十分注意，文化底子和创作底子很厚，这是德发最大的优势。关于不足，刚才吴馆长提到的我也同意，就是说理念的东西比较多。

张清华（北京师范大学教授）：昨天我和孟繁华教授一路同行，他对我说，赵德发是一个被严重低估的作家，他是 N 多次这样说过，不是当着赵德发的面说奉承话。我觉得他这个话很有代表性，体现了批评界的一种反思，或者是一种态度。我觉得像赵德发这样一位非常有分量的作家，非常有贡献的作家，对他应该有更多的研究，更多的谈论，批评界觉得欠着赵德发的账。

赵德发身上体现了山东作家的厚重与敏锐。例如《缱绻与决绝》，它的出版时间是 1996 年，是相当早的一个年份，你现在拿出来再看，也会觉得它和《白鹿原》，和当时所有写土地主题的小说搁一块，有它不可替代的价值。《君子梦》，当时在山东开过研讨会，我记得有些先生给了一些批评，就是说这小说写得太沉重了，观念化比较明显，当时我也觉得这种批评是有道理的，但是，如今把它放到整个谱系里看，我觉得它的价值会增加。山东作家对于伦理一向是比较有担当的，是比较有勇气的，在张炜的作品里也是这样，那么这个小说对于乡村社会道德的二元状态有一个剖析，对乡村文化里人性的两面性也有特别精到的剖析。《双手合十》同样体现了厚重而敏锐的特点。它的笔法非常有意思，比较原来的小说有了很大的变化，也可以说有了很大的提高，是一部在叙述上有格调，有红楼梦气息，或者有《金瓶梅》味道的小说。不过，对于个性化的东西，德发今后还要增加。张炜主席就是一个很好的例子，他的作品也写土地，但是他的主体性足够大，他总是能够把厚重的东西做出四两拨千斤的安排，做出艺术的甚至穿透力极强的处理，同样是厚重的，但是他的力度并不晦暗，或者拥挤，他是非常舒朗的。德发兄，我也期待你在主体性上更加自信，更加充满创造性，以独有的个性气息，穿透你的厚重。

贺绍俊（中国当代文学研究会常务理事、副秘书长）：我也觉得赵德发是被低估的作家，但是我觉得他的被低估是一个必然的过程，因为他是一个不追逐时尚的作家，也是一个不凭经验写作的作家，他作品的价值不会一下子就呈现出来，需要慢慢地琢磨，他的经典化会是一个漫长的过程。赵德发是一个理性十足的作家，这恰好是他的一个最大的特点，也是他作品的价值所在。他的整个作品的思路是非常清楚的，虽然他的几部长篇小说，题材变化很大，但是他内在的思想是一以贯之的。我记得在他的农民三部曲还没有写完时，我写过一篇文章，对他做了一个命名，叫作伦理现实主义。我现在感觉，这个说法还是有一定道理的，就是说他实际上在努力探寻这样一种人生的关系，社会的关系，他觉得在人生关系、社会关系中伦理是很重要的。他转而写作宗教文化题材作品的时候，这种思想还是延续下来了。他虽然以佛教和道教为主题，但是他还是侧重于佛教思想、道教思想和这个世俗社会的关系。我感觉，他始终认为有一种天道在左右着我们，他告诫我们，不能违背天道。他在这几部作品中提供了非常丰富的社会理论和人生哲学思想，这恰好是需要我们慢慢去解读的。这也是他为什么长期被低估的原因。所以，今天这个会非常有意义，让我们重视一个思想能量非常足的作家的创作，我们要很好地去解读他。

安波舜（长江出版集团北京图书中心总编）：关于赵德发这部作品是不是被低估了这一问题，我觉得没有被低估，为什么？我出版了这本《乾道坤道》，送给好多人，他们看了以后都觉得很有意义，非常好，我个人也受益匪浅。在读者当中，在社会反响当中，它没有被低估。被低估的是，我们文学评论界在拿过去的思想衡量这部作品的时候，找不到他好的地方。我看小说就是要看故事，看你反映的内核是什么，就是人性的变化，情感的变化。我在《乾道坤道》里面确实感受到了变化，《乾道坤道》的每一个修炼细节和实践体验，都有生命的质感和启示。读者明显有拨云见日的豁然感和通透感。尤其是对知识密集而又专业的遗传理论和哲学观念，赵德发的叙述既不枯燥也不生涩，相反，倒是引发读者对生命的神奇联想。这充分体现了作者深厚的艺术功力。为什么我们这么多年没有伟大的作家、伟大的作品，我觉得信仰是很大的问题。在今后10年中，如果山东能够出大作家，应该体现在宗教信仰上。你心里要有一盏明灯，你才能有力量，才能照亮黑暗。

朱寒冬（安徽文艺出版社社长）：德发的《双手合十》，新版是由我们安徽文艺出版社出版的。前天在北京国际图书博览会上举行了海外推广，现在美国的、泰国的和我国台湾的出版商有很大的兴趣，今天又迎来了德发的传统文学题材系列作品研讨会。对德发本人来说，对于他的作品来说，都是双喜临门，可喜可贺。我和德发是在日照相识的，他的作品我早就关注了。我觉得德发为人真诚，做事执着，写作投入。我说，你的新作品我拿，你的老作品修订了，我也出版。正好《双手合

赵德发创作论

十》经过修订，被纳入我们社里的"当代名家典藏系列"之一。提一点小的建议，德发的作品，书名取得都太雅了，把读者推得太远。你当年的《缱绻与决绝》应该是一炮打响的，可是名字太雅了。希望以后你在选书名的时候注意一下。

苗长水（山东省作家协会副主席、济南军区政治部创作室主任）：德发是与我们同时代的，我们是一块探讨沂蒙文学的，他的《通腿儿》，我读了感觉非常有韵味。在90年代以后，德发进入文化的探索阶段。他开始这个计划的时候我知道，但是我没想到他写出来的这些作品能进入这么高的一个境界上。我对德发这种执着的追求，在境界、意境上的这种追求非常佩服，我也期待德发的作品能够真正引起世界范围的关注。

刘海栖（山东省作家协会党组成员、副主席）：感谢寒冬社长，《双手合十》这本书做得非常漂亮。安徽出版集团现在发展得非常快，出版德发的书是一个非常明智的选择。祝贺德发大作的出版，祝寒冬社长越做越火，希望安徽出版集团能够取得更大的发展！

李军（山东省作家协会党组成员、纪检组长）：我简单地说三句话：第一，由衷地祝贺德发主席，他的传统文化题材作品创作取得了如此大的成果。第二，祝愿我们这次研讨会能够取得圆满成功。第三，祝福德发主席在今后的创作道路上再上新台阶，取得更大的成就。

谭好哲（山东省作家协会副主席、山东大学文学与新闻传播学院教授）：德发从1985年开始发表作品，90年代初在小说界成名，经过十几年的创作积累，90年代中期他的《缱绻与决绝》出版。从90年代中期到现在又过了20年，这20年他有五部大作品。大家刚才讲了《君子梦》是创作上的一个交叉，前十年是农村题材三部曲的创作，这些年又开始了传统文化题材小说的创作，《君子梦》是其中的一个连接点。他的《缱绻与决绝》，在中国当代小说史上占有非常重要的地位。他在达到这样一个高度之后转型，我不敢说是一个非常华丽的转身，但是我想说这是一个非常富有价值和意义的转型，体现了一个作家的担当。这三部作品的广度也是非常大的，他不仅写了佛门不清净，道场不干净，也写出了整个生活当中的种种乱象。他比较具有忧患意识，给我们描绘了一个乱世，主要是人心之乱，大家都没有信仰。有一句话是这么说的，托尔斯泰是在大家都不再信仰宗教的时代要恢复宗教信仰。赵德发是在一个价值失落、信仰缺失的时代去恢复价值和信仰这样一个维度。这样的追求在中国作家当中不是太多。另外，他的视野在逐渐扩大，就是说，他从农村写到了城市，甚至写到了国外，他向整个人类延伸，同时他又对人物聚焦，向内部透视，这样一种聚焦是非常有意义的。

刚才有的同志提到，赵德发的文化题材作品有一些理念性比较强，但是我认为这并不一定就是弱点。如果涉及理念这一层面，还有比 19世纪末 20 世纪初俄罗斯文学，像托尔斯泰、陀思妥耶夫斯基的理念更强的吗？德发你不一定要把这个东西当成你的弱点，我倒是觉得你主观性还不够。你不足的地方是作品里面多多少少有二元化的思维，有的人物是正面弘扬传统文化的，另一些人就是反面的，这样二元化的思维不太好。

许晨（山东省作家协会副主席、青岛市文联创作室专业作家）：我要讲的，第一，是祝贺。不仅仅祝贺德发主席个人取得了这样的成就，也祝贺我们山东作家取得了今天这样一个辉煌局面。第二，就是敬佩。我敬佩德发主席在这些年中孜孜不倦的学习、写作，我父亲做过山东宗教局的局长，现在还是宗教学会会长，《双手合十》《乾道坤道》两部作品出版以后，我都及时拿给他看，他看了以后大为惊叹，说写宗教题材的作品还能这么写，而且还写得这么好。第三，是学习。我是一个报告文学作家，在这方面我感到比德发主席差得很远。报告文学是需要大量采访体验工夫的，而德发主席写这两部小说，跑遍了主要的名寺、道观，他的这种体验令我们报告文学作家非常敬佩。

李掖平（山东省作家协会副主席、山东师范大学传媒学院教授）：在我心目中，德发兄一直是位谦谦君子，所以他的《君子梦》《双手合十》《乾道坤道》必然要沿着一个君子做人、行文、立世、展望未来的精神脉象，勾勒他所要坚守的道德救赎的人文情怀和立场，以及非常开放、非常具有前瞻意义的文化反思和人性的考辨。身处当下的俗世之中，当作家们都不由自主地跟着热门选题乱转的时候，什么题材讨巧就写什么已经成为聪明的代名词的时候，像张炜、赵德发、苗长水、刘海栖这种以整体的创作实力在当下的浮躁文坛中，坚持、坚守自己的精英文化立场和纯粹文学写作，的确是非常罕见的现象。我觉得，赵德发将来必定成为文学史重要的书写符号的另一个重要意义在于，他对于儒、释、道的全面阐释，不仅填补了中国当代书写在广泛性社会人生中向来少有人问津的一个空白，他为人们敞开了宗教和现实人生这种高度缠绕、密切交集的可能性。立足于大地的抒写，必须向天空敞开，知识分子必须坚持救世、救人、救生的理念，所以我觉得这三部书也为中国文学怎样将复杂的现实人生和宗教文化结合起来展示了多条路径。他全心全意地经营这些容易被人认为理念过强，容易被人认为简单化处理的复杂的多元世界，但我觉得，对一个始终恪守君子立场、坚持用君子的道德情怀去看天下人生的作家而言，大概世界在他心目中就是这么两极，就是善与恶，忠与奸，因此他才能决绝地行走在朝向善的终极之途上，用自己的呼唤引领更多的人前行。说到德发今后的创作，你不妨在书写自己理想人物谱系的时候，把他们放到一个更纠结的人性漩涡里面，让他们实实在在地滚一遍，不要让他们身上过于清冽的正气影响了他们性格的真实性和可信度。

张艳梅（山东理工大学文学院教授）：这三部小说对人的心灵关怀、生存状态和社会运转，都有非常深刻的理解。今天我们面对的是一个文化不断沙漠化的时代，在这样一个时代里，赵德发老师以这样执着的精神，为我们提供了文化发展道路的思考，是难能可贵的。面对这样一个精神迷失、信仰缺失的时代，这三部作品带给我们的那种深切的社会忧患意识，深厚的人文关怀，是非常难得的。这个时代处于一个断裂、离散和晃动的过程中，怎样才能够重建生活信念，张炜老师的精神信仰，尤凤伟的历史反思，还有赵德发老师的文化重建，都是具有超越性的。在晃动的年代，我们如何找到平衡支点，让我们重新获得对人生、世界和活着的信任，这个支点就是赵德发老师带给我们的他心中的君子梦，他心中的平常禅，他心中的天道与人道。

丛新强（山东大学文学与新闻传播学院副教授）：人的根本，或者文化的根本不在于道德，也不在于伦理，可能真的在于信仰。信仰宗教是理解世界的方式，对于个体而言，创造世界、改造世界并不重要，解释世界则更为关键。《双手合十》《乾道坤道》涉及大量现实的问题、社会的问题，如果不了解宗教，可能就无法理解这样的问题，这不是一般泛泛而谈的现实关怀和现实批判。当代中国文学一直说什么是现实主义，什么是批判现实主义，我想赵老师的作品能够让我们得到启发。还有文学的最大特性在于超越，不仅仅是超越现实，更重要的是超越文化。他写博大精深的宗教形态，用一种文学的方式形象地表现出来，对于文学和宗教两者而言都很有意义。我有一个明显的感受，就是书中好多人物还有很大的开拓空间，像一些中间性的人物，可以从人性、善恶的转换过程中去开拓，艺术的表现可能会更加真实。

赵德发（山东省作家协会副主席、日照市文联主席）：非常感谢中国作家协会、山东省委宣传部、作家出版社、山东省作家协会为我召开这次作品研讨会，非常感谢在座的各位对我作品的认真评点。

中华民族有一个独特的文化基因，它体现了文化积累，彰显着文明印记，绵长而复杂。如果说，生物的 DNA 是双螺旋结构，中华民族的文化基因，则是由多条文化线索拧成的长绳。两千多年来，儒、释、道这三条线索紧绞密缠，影响深远。这条长绳优在何处？劣在何处？到了今天，它是怎样的存在形态？在实现中华民族文化复兴的进程中，它有什么样的地位和功用？现在，文化界、文学界对之都有许多讨论，或以作品，或以演讲的方式。我虽学识浅薄，却不愿袖手旁观，用十几年时间写出了这三部长篇小说。

刚才大家对这三部长篇给予了诸多的肯定，同时也指出了不足，我都深表感激。尤其是对我作品中不足的提醒，无异于禅师开示。今后，我要继续修炼，培养慧根，不辜负大家的厚爱与厚望。

张炜：好，各位专家，各位朋友，今天上午的讨论会结束了，我觉得开得非常成功，感谢各位。德发是一个值得骄傲的作家，本来我还有好多话要讲，因为时间的关系我就不讲了。对德发的赞扬，就是对全体山东作家的鼓励；对他的一些不足的提示，也对全体山东作家有很大的启示。在座的诸位长期以来一直支持山东文学的创作，在漫长的未来的时间里，让我们一起向前发展，往前走，为中国文学的繁荣做出新的贡献！

（沈凤国根据速记员记录与录音整理）

附录五 赵德发创作评论文章选目

刘玉堂：《苦难的温情》，《山东文学》1990 年第 1 期。

丁振家：《满纸诙谐语一把辛酸泪》，《山东文学》1990 年第 4 期。

卢兰琪：《清水微澜底蕴深》，《山东文学》1990 年第 4 期。

孔范今：《我读〈通腿儿〉》，《山东文学》1990 年第 5 期。

张学军：《戚而能谐的悲剧人生》，《文学评论家》1990 年第 2 期。

焦桐：《冰层下面是河流》，《文学评论家》1990 年第 2 期。

牛运清：《听唱新翻杨柳枝》，《山东文学》1990 年第 7 期。

孙震博：《大俗中见大雅》，《山东文学》1990 年第 7 期。

张达：《评赵德发的"生态"小说》，《山东文学》1990 年第 8 期。

刘春：《历史事实的重新寻找》，《小说评论》1990 年第 4 期。

高旭东：《我眼里的赵德发》，《作家报》1990 年 8 月 14 日。

刘锡诚：《熟悉的和陌生的》，《山东文学》1990 年第 11 期。

邬明志：《中国农民文化命运的深刻揭示》，《大众日报》1991 年 9 月
  26 日。

李德明：《大道如青天》，《作家报》1991 年 10 月 21 日。

刘坚：《文学叙事的审美奥秘》，《春风》1992 年第 11 期。

胡蓉：《意料之中的结局》，《青年文学》1992 年第 12 期。

邱勋：《山野群儒的画卷》，《山东文学》1994 年第 3 期。

谭延桐：《身影溶为动人的歌唱》，《作家报》1994 年 4 月 23 日。

封秋昌：《文学需要怎样的真实？》，《作品与争鸣》1995 年第 5 期。

王力平：《青城之矢：无的之矢》，《作品与争鸣》1995 年第 5 期。

周克冉：《〈窑〉具有深度和广度》，《小说月报》1995 年第 8 期。

丁力：《赵德发小说审美视点扫描》，《文学世界》1995 年第 5 期。

王光东、周海波：《赵德发：民间视角看生活》，《大众日报》1995 年
11 月 28 日。

张颐武等：关于《止水》的评论，《小说家》1995 年第 6 期。

徐璧如：《钟情文学俯瞰人生》，《文学报》1996 年 8 月 1 日。

张炜：《感动与欣悦》，《中华读书报》1996 年 12 月 25 日。

庞岸：《如何缱绻怎样决绝》，《日照日报》1997 年 1 月 25 日。

袁滨：《赵德发和〈缱绻与决绝〉》，《淄博晚报》1997 年 1 月 18 日。

唐家兴：《土地之子》，《作家报》1997 年 5 月 15 日。

李恒昌：《天·地·人》，《大众日报》1997 年 6 月 19 日。

郑静：《土地与农民的命运》，《经济日报》1997 年 6 月 21 日。

牛玉秋：《读〈缱绻与决绝〉所想到的》，《作家报》1997 年 8 月
28 日。

何向阳：《深植大地的根须》，《作家报》1997 年 8 月 28 日。

《〈缱绻与决绝〉研讨会纪要》，《小说评论》1997 年第 5 期，《中华文
学选刊》1997 年第 5 期。

施战军：《农夫本色》，《文学世界》1997 年第 5 期。

水浪：《土地的诗学》，《文学世界》1997 年第 5 期。

施战军：《农夫的情不自禁》，《齐鲁晚报》1997 年 9 月 5 日。

施战军：《知识者趣味的退场》，《齐鲁晚报》1997 年 9 月 17 日。

陈志强：《为中国农民立此存照》，《文学报》1997 年 10 月 16 日。

翁寒松：《人类法理精神的文学颂歌》，《当代》1997 年第 6 期。

林敏：《民主和宗法的怪胎》，《当代小说》1998 年第 6 期。

姚淑华：《展现现代意识烛照下的农民群像》，《大众日报》1998 年 8
月 7 日。

周蓬桦：《土地上的守望者》，《鸭绿江》1998 年第 7 期。

徐璧如：《开口即成大音》，《中华工商时报》1998 年 12 月 24 日。

武鹰：《能上台表演的人》，《齐鲁晚报》1999 年 1 月 20 日。

李恒昌：《君子有道托之于梦》，《文学报》1999 年 3 月 11 日。

张荣东：《赵德发：关注生命的苦难》，《齐鲁晚报》1999 年 5 月 2 日。

石一宁：《深重的自由》，《文艺报》1999 年 6 月 24 日。

李心田：《何谓君子》，《联合日报》1999 年 8 月 11 日。

赵德发创作论

胡英子：《托举人生之梦》，《临沂日报》1999 年 8 月 15 日。

邱勋：《一团乌云和一棵树》，《齐鲁晚报》1999 年 8 月 25 日。

崔苇：《天理人欲的悲剧冲突与文化探索》，《联合日报》1999 年 9 月 2 日。

《〈君子梦〉研讨会纪要》，《中华文学选刊》1999 年第 5 期。

贺绍俊：《伦理现实主义的魅力》，《当代作家评论》2000 年第 3 期。

许家强：《倾听大地心音》，《山东青年》2000 年第 8 期。

崔苇：《天理人欲的悲剧冲突与文化探索》，《山东文学》2001 年第 1 期。

李波：《根植于大地的灵魂求索》，《山东文学》2001 年第 1 期。

袁滨：《〈君子梦〉书话》，《淄博声屏报》2001 年 1 月 2 日。

夏立君：《文学意味着什么》，《日照日报》2001 年 4 月 22 日。

胡玉萍：《一幅农村变迁史的长卷》，《小说评论》2001 年第 4 期。

孔庆水：《把文学当生命为农民树丰碑》，《齐鲁名人》2001 年第 5 期。

赵进斌：《为了党的文艺事业》，《宣传月报》2001 年第 6 期。

刘佳秀：《大地之子》，《日照日报》2001 年 7 月 29 日。

光夫：《该杀！》（评《杀了》），《作品与争鸣》2001 年第 9 期。

欧阳明：《沙上筑室难久远》，《作品与争鸣》2001 年第 9 期。

谭晓娟、张鹏飞：《大地行者的脚步》，《山东作家》2002 年第 1 期。

韩琛：《回荡在现代荒原上的救赎之音》，《山东文学》2002 年第 12 期。

霍晓蕙：《记忆中提炼〈震惊〉》，《齐鲁晚报》2003 年 1 月 19 日。

李恒昌：《动荡岁月之灾惊醒今日之灵魂》，《日照日报》2003 年 2 月 16 日。

刘心德：《赵德发让人"震惊"》，《淄博晚报》2003 年 3 月 11 日。

吕薇：《是什么使我们震惊》，《齐鲁晚报》2003 年 3 月 23 日。

尹玉珊：《现实与精神的双重裂变》，《日照日报》2003 年 3 月 30 日。

尹秀英：《人文精神的执着追求》，《日照日报》2003 年 4 月 13 日。

李恒昌：《灵魂的震动》，《大众日报》2003 年 5 月 9 日。

霍晓蕙：《十年苦吟终成田园绝唱》，《齐鲁晚报》2003 年 5 月 23 日。

周永涛：《对恋土情结的文化深思》，《当代文坛》2003 年第 5 期。

尹秀英：《浅析农民的土地观》，《当代社会》2003 年第 6 期。

袁滨：《唤回生命的真实》，《淄博晚报》2003 年 6 月 6 日。

赵雪梅：《通向辉煌的大地艺术》，《大众日报》2003 年 6 月 20 日。

周志雄：《漩涡中的精神之旅》，《人民网》2003 年 6 月 15 日。

徐兆淮：《告别清官文化吟唱农村新人》，《日照日报》2003 年 7 月
　　6 日。

朱孔平：《吕中贞——一只由别人吹响的泥哨》，《日照日报》2003 年 7
　　月 6 日。

袁滨：《用新的审美理念解读农民》，《日照日报》2003 年 7 月 6 日。

李恒昌：《青烟何处去白雾绕心头》，《济南时报》2003 年 6 月 29 日。

周志雄：《游历乡间的"传奇"叙事》，《山东文学》2003 年第 7 期。

李凤奎：《纷杂场景里的世相人生》，《当代小说》2003 年第 7 期。

王万森、周志雄：《历史叙事与农民情结》，《山东师范大学学报》2004
　　年第 1 期。

李波、郭玉华：《忧患精神与生活悲情》，《临沂师范学院学报》2004
　　年第 2 期。

尹秀英：《对人文精神的执着追求》，《青年工作论坛》2004 年第 2 期。

理钊：《永远的焦虑与追寻》，《洗砚池》2004 年第 2 期。

夏立君：《土地的器官》，《红豆》2004 年第 3 期。

张艳梅：《真实的感觉》，《2003 争鸣作品选》2004 年第 3 期。

张云峰：《谁在挠我们的手心》，《2003 争鸣作品选》2004 年第 3 期。

李生滨：《从生活的细微处发掘文学意义的人》，《山东文学》2004 年
　　第 6 期。

咸立强：《苦难与欢欣的交响曲》，《山东文学》2004 年第 6 期。

李波、郭玉华：《历史穿梭中的农民镜像》，《山东文学》2004 年第
　　6 期。

贺绍俊：《好的作品是一座寺庙》，《中华读书报》2004 年 7 月 14 日。

李波、郭玉华：《文学的炼狱》，《小说评论》2004 年第 5 期。

刘荣林：《金钱冲击下农民人生价值取向的位移》，《日照日报》2004
　　年 9 月 26 日。

胡军：《赵德发：挑战佛教题材》，《文艺报》2005 年 1 月 27 日。

赵德发创作论

王淑芹：《土地文化的生命之歌》，《山东文学》2005 年第 6 期。

郑士选：《精神与肉体》，《临沂日报》2005 年 10 月 15 日。

郝永勃：《大地的回声》，《淄博晚报》2005 年。

南方：《赵德发：文学是我的宗教》，《新山东》2006 年第 4 期。

贺绍俊：《跟着赵德发喝茶去》，《长篇小说选刊》2007 年第 1 期，《文
　　艺报》2008 年 12 月 9 日。

王士强、张清华：《民间大地上的行走与歌哭》，《南方文坛》2007 年
　　第 1 期。

张懿红：《〈双手合十〉：人类的宗教与未来》，《当代小说》2007 年第 5
　　期。

王士强：《追问与敬畏》，《文学报》2007 年 3 月 15 日。

刘荣林：《赵德发农民小说创作述论》，《当代文坛》2007 年第 3 期。

高军：《两两关照相得益彰》，《鲁南商报》2007 年 6 月 13 日。

杨政：《当代佛教文化景观的生动展示》，《华夏文坛》2007 年第 2 期。

王士强：《佛：在远方，在心里》，《山东文学》2007 年第 9 期。

李娟娟：《赵德发散文作品赏析》，《当代小说》下半月刊 2007 年第
　　8 期。

杨政：《双手合十》——佛门内的凡间喜剧，《光明日报》2007 年 10
　　月 26 日。

晨光；《题三幅楹联说〈双手合十〉》，《日照日报》2008 年 7 月 5 日。

陈方永：《静思现实生存境遇的书写》，《现代语文（文学研究版）》
　　2008 年第 5 期。

庄友燕：《植根于沂蒙山的歌者》，《牡丹晚报》2008 年 6 月 20 日。

李恒昌：《当代社会现实的批判》，《城市信报》2008 年 7 月 21 日。

高军：《僧俗两界的社会现实》，《济南时报》2008 年 7 月 23 日。

郝永勃：《赵德发的"豹变"》，《中华读书报》2008 年 8 月 20 日。

宁可：《〈双手合十〉：人生智慧与境界的讲述》，《扬州日报》2008 年 8
　　月 23 日。

马明博：《双手合十》，《江南晚报》2008 年 9 月 8 日。

陶安黎：《回归平常方是禅》，《淄博晚报》2008 年 9 月 5 日。

孟繁华：《追问共同的"红尘"困惑》，《中国图书商报》2008 年 9 月

9 日。

孟繁华:《文学速度中的赵德发》,《山东作家》2008 年第 10 期。

李恒昌:《考察世道人心探究生命意义》,《联合日报》2008 年 11 月 24 日。

胡少逸:《责任·觉悟·忧患》,《民营科技》2008 年第 11 期。

王方晨:《掌心中的残酷与温柔》,《当代小说》2009 年第 4 期。

纪春海、刘海杰:《论赵德发土改小说中的善恶观》,《辽宁教育行政学院学报》2009 年 26 卷第 1 期。

曾岚:《灵魂的洗礼与升华》,《太原日报》2009 年 3 月 15 日,《现代教育导报》2009 年 3 月 16 日。

王者凌也、施战军:《有一种中国式叙事叫"通腿儿"》,《小说评论》2009 年第 3 期。

房伟:《一种独特的"中国经验"叙述》,《小说评论》2009 年第 3 期。

张丽军:《再建新世纪中国伦理的文学思考》,《小说评论》2009 年第 3 期。

张懿红:《作为思想重构的历史叙述》,《小说评论》2009 年第 3 期。

李波:《多维叙事中的佛教景象与湛然之境》,《山东文学》2009 年第 8 期。

宋伟:《论赵德发小说的地域性》,《消费导刊》2009 年第 9 期。

刘荣林:《佛俗两世界梵我一本心》,《解放军艺术学院学报》2009 年第 3 期增刊。

黄煜:《淡然时佛心无限觉悟处大道万千》,《科技信息报》2010 年 3 月 2 日。

张学福:《土地的歌吟与道德的重建》,《青年文学家》2010 年第 5 期。

房绍伟:《赵德发短篇小说述评》,《文学界(理论版)》2010 年第 7 期。

张艳梅:《赵德发〈双手合十〉中的生存关怀》,《当代文坛》2010 年第 6 期。

房绍伟:《赵德发小说艺术浅析》,《青年文学家》2010 年第 13 期。

乔洪涛:《赵德发:写作是一种修行》,《文学界》2011 年第 2 期。

李波:《汉传佛教的景观展示与现代反思》,《文学界》2011 年第 2 期。

赵德发创作论

戎平：《艺术的仙境》，《日照日报》2011年6月4日。

史建国：《乡村民间的启蒙挽歌》，《文艺争鸣》2011年第3日。

程丽华、江腊生：《土地上的孤独与传奇》，《名作欣赏》2011年第3期。

岳兆花：《喧嚣有净土，俗世修佛心》，《黄海晨刊》2011年7月25日。

衣向东：《衣向东批注〈通腿儿〉》，《莽原》2011年第4期。

刘宏志：《民间视角下的乡土观照与历史反思》，《莽原》2011年第4期。

赵德明：《我和德发》，《时代文学》2011年第9期。

张丽军：《当代中国伦理文化小说的书写者》，《时代文学》2011年第9期。

凌可新：《班长赵德发》，《时代文学》2011年第9期。

夏立君：《端灯的是谁》，《时代文学》2011年第9期。

赵琳琳：《老赵头的月球背面》，《时代文学》2011年第9期。

林琳：《我遇到了导师这部书》，《时代文学》2011年第9期。

李恒昌：《感人肺腑的"土地三吟"》，《名言与警句》2011年第10期。

崔舸鸣：《何处是归程》，《日照日报》2011年12月17日。

王晓梦：《隐痛与坚韧》，《东岳论丛》2012年第6期。

张艳梅：《赵德发宗教题材小说论》，《时代文学》2012年第5期。

丛新强：《神圣与世俗之间》，《大众日报》2012年11月2日。

尹小鹏：《大道无形道法自然》，《日照日报》2012年11月10日。

邵长缨：《小说叙事的机巧整合》，《临沂日报》2012年11月30日。

雨兰：《赵德发的自我超越》，《文学报》2012年11月15日。

吴义勤：《宗教文化的人文反思》，《文艺报》2012年11月23日。

闫祯：《一次穿越两千五百年历史时光的对视》，《齐鲁晚报》2012年11月24日。

尹秀英：《有一种情怀叫悲悯》，《黄海晨刊》2012年12月10日。

王春林：《传统文化的现代反思与人性透视》，《百家评论》2012年第12月。

徐璧如：《众妙之门玄之又玄》，《日照日报》2013年1月19日。

王春林：《传统文化的现代境遇》，《扬子江评论》2013年第1期。

丛新强：《人，在世俗与神圣之间》，《东岳论丛》2013 年第 3 期。

嘉男：《道存绵绵，用之不勤》，《文艺报》2013 年 3 月 15 日。

弘玄：《人生如潮水》，《日照日报》2013 年 3 月 30 日。

陈文昊：《无法直面的告别》，《淄博晚报》2013 年 4 月 11 日。

陈文歆：《飘然若雪，沁人心脾》，《淄博晚报》2013 年 4 月 11 日。

徐璧如：《最炫潮水来》，《黄海晨刊》2013 年 4 月 15 日。

由卫娟：《嫁给鬼子，昧下粪筐里的银元》，《齐鲁周刊》2013 年 5 月
3 日。

李恒昌：《〈乾道坤道〉的澄明之旅》，《当代小说》2013 年第 7 期。

尹秀英：《〈嫁给鬼子〉的社会意义》，《日照日报》5 月 25 日。

南方：《赵德发：大地的悲悯》，《黄海晨刊》2013 年 5 月 29 日。

刘荣林：《理想主义的践行和情感精神的升华》，《济南大学学报》2013
年第 4 期。

姚凤霄：《根扎大地的超越》，《日照日报》2013 年 8 月 3 日。

《赵德发传统文化题材作品研讨会发言纪要》，《日照日报》2013 年 9
月 7 日。

安波舜：《我命在我不在天》，《新华书目报》2013 年 9 月 9 日。

吴义勤：《营造一个独特的文学世界》，《光明日报》2013 年 9 月 17 日。

韩冰彬：《Chance leads to a divine new path》（机缘引领的一条朝圣之
路），《中国日报》2013 年 10 月 8 日。

马兵：《物欲时代的玄学之光》，《出版广角》2013 年第 9 期。

闫祯：《道教文化在当代文坛催生的一朵奇葩》，《中共济南市委党校学
报》2013 年第 2 期。

高一涵：《赵德发伦理文化小说研究综述》，《中学生导报·教学研究》
2013 年第 41 期。

李朝全：《洞察世事针砭人心》，《啄木鸟》2013 年第 12 期。

李晓：《大地的絮语》，《日照日报》2014 年 1 月 4 日。

王晓梦：《论赵德发乡土小说的伦理叙事》，《解放军艺术学院学报》
2014 年第 2 期。

雷鸣：《从传统中寻找应对的智慧与力量》，《文化日照》2014 年第
2 期。

李培金：《欲望有度，有所为又有所不为》，《黄海晨刊》2014 年 3 月 17 日。

昱江：《赵德发的白老虎》，《大众日报》2014 年 3 月 22 日。

吴永强：《一个作家的"君子梦"》，《齐鲁周刊》2014 年 3 月 22 日。

董保纲：《赵德发笔下的大蒜江湖》，《牛城晚报》2014 年 3 月 26 日。

卢昱、王建：《用小说描绘中华文化基因》，《大众日报》2014 年 3 月 29 日。

邓撰相：《警示世人的白老虎》，《日照日报》2014 年 3 月 29 日。

张立国：《汪洋恣肆与利剑封喉》，《百家评论》2014 年第 3 期。

陈丽华：《地域文化视野下的赵德发家族小说研究》，《语文学刊》2014 年第 13 期。

刘志华：《Zhao Defa：novelist who is on nontraditional path》（《赵德发：独辟蹊径的小说家》)，《中国日报》2015 年 1 月 7 日。

杨景贤：《传统文化是文学创作的丰厚土壤》，《山东青年报》2015 年 3 月 17 日。

姜婧婧：《"赵德发传统文化小说三种"编辑手记》，《出版广角》2015 年第 3 期。

姜婧婧《三教一炉熔书香》，《出版人》2015 年第 2 期。

崔静雅：《一种陌生经验的意念化书写》，《时代文学》2015 年第 7 期。

云逍遥：《荡起生命的潮水》，《日照日报》2015 年 9 月 19 日。

翟文铖：《无道不立超越生命》，《中国作家研究》2015 年。

王方晨：《人往何方，心归何处》，《中华读书报》2015 年。

尹秀英：《赵德发创作论》，山东师范大学 2004 年硕士学位论文。

宋伟：《赵德发小说艺术论》，山东大学 2008 年硕士学位论文。

贺宏扬：《认同与超越——赵德发小说创作论》，河南大学 2010 年硕士学位论文。

郭林林：《论赵德发的乡土情怀书写》，山东师范大学 2013 年硕士学位论文。

高一涵：《乡村世界的"常"与"变"》，重庆师范大学 2014 年硕士学位论文。

辛晓伟：《道德理想国的建构》，山东师范大学 2015 年硕士学位论文。

附录六　赵德发创作年表

1983 年　发表小小说《童稚》(《三月》第 3 期)。

1984 年　发表小小说《地震之后》(《三月》第 3 期);短篇小说《鸳鸯藤》(《健康报》7 月 22 日);《暮鼓》(《胶东文学》第 8 期);《清明凑豆儿》(《无名文学》第 6 期)。

1985 年　发表短篇小说《狗宝》(《山东文学》第 3 期);《沂蒙山的花瓣》(《新作家》第 3 期);《赶喜》(《青年作家》第 7 期)。8 月,当选莒南文学社社长;12 月,加入中国作家协会山东分会。

1986 年　发表小小说《日落之赌》(《三月》第 3 期)。

1987 年　发表短篇小说《无题》(《胶东文学》第 1 期);《黄毛楂》(《海鸥》第 1 期);《二木之死》(《百花园》第 2 期);《秋水》(《文朋诗友》第 4 期)。

1988 年　发表短篇小说《老夫老妻们的故事》(《海鸥》第 1 期);《人物速写八幅》(《青年作家》第 3 期);《人物速写六幅》(《青年作家》第 9 期)。9 月,为实现文学梦,离开莒南县委组织部副部长的职位,入山东大学中文系作家班读书。

1989 年　发表短篇小说《好汉屯的四条汉子》(《胶东文学》第 6 期);《奇女村的四位女子》(《胶东文学》第 9 期);《人物速写二幅》(《海鸥》第 9 期);散文《女士,请珍藏你的果子》(《诗与散文》第 2 期);《羞见铁牛》(《临沂大众》7 月 27 日);《姥姥心中的碑》(《农民日报》8 月 30 日)。

1990 年　发表短篇小说《通腿儿》(《山东文学》第 1 期,《小说月报》第 4 期转载,获《小说月报》第四届百花奖(1989—1990)。后来此作品陆续被收入《1990 年短篇小说选》《90 中国小说精粹》《青年佳作》《20 世纪中国小说精品赏读》《中国当代短篇小说排行榜》等十几种选集）；《鹰猎》（《当代小说》第 1 期）；《熨帖》（《小小说选刊》第 2 期）；《那个夏天》（《山东文学》第 3 期）；《闪电》（《作家报》3 月 21 日）；《南湖旧事》（《山东文学》第 4 期）；《金鬃》（《青年文学》第 6 期）；《断碑》（《女子文学》第 7 期）；《浑沌》（《胶东文学》第 8 期）；《窑哥窑妹》（《北京文学》第 11 期）；《偷你一片裤子》（《天津文学》第 12 期）。中篇小说《圣人行当》（《时代文学》第 2 期）；《小镇群儒》（《山东文学》第 8 期）。散文《探视癌症患者》（《大众日报》1990 年 1 月 13 日）。

1991 年 1 月，从山东大学作家班毕业，到日照市工作。发表短篇小说《蚂蚁爪子》（《山东文学》第 2 期，《小说月报》第 5 期转载）；《共枕》（《山东文学》第 2 期）；《樱桃小嘴》（《河北文学》第 11 期）；《残片》（《山东文学》第 12 期）。中篇小说《一醉方休》（《当代小说》第 5 期）；散文《姥娘》（《飞天》第 10 期）。

1992 年 发表中篇小说《蝙蝠之恋》（《中国作家》第 5 期，《中篇小说选刊》1993 年第 1 期转载，获《中国作家》1992 年优秀中篇小说奖）；《回炉》（《时代文学》第 5 期）。短篇小说《盼望地震》（《山东画报》第 1 期）；《卖鸭》（《大众日报》1992 年 1 月 31 日，《小说月报》1992 年第 6 期转载）；仙子》（《作家报》2 月 22 日）；《小镇与眺海人》（《文艺百家》第 2 期）；《叶子的太阳》（《厦门文学》第 5 期）；《艾艾》（《山西文学》第 4 期）；《最后的春天》（《当代小说》第 5 期）；《到台风眼去》（《青年文学》第 8 期）；《闲肉》（《春风》第 11 期，《小说月报》1993 年第 2 期转载，收入《1992 年短篇小说选》）；《好事》（《胶东文学》第 11 期）；报告文学《杲杲日照》（《日照报》11 月 1 日）；创作谈《平平淡淡写故土》（《作家报》6 月 13 日）。9 月，《赵德发短篇小说选》在山东文艺出版社出版。

1993 年 发表中篇小说《要命》（《当代小说》第 5 期，《新华文摘》第 8 期转载，被收入《20 世纪末文学作品精选》）；《团岭旧事》（《山东文学》第 2 期）；《地光》（《北方文学》第 11 期）。短篇小说《实心笛子》（《春风》第 2 期，临沂电视台 1995 年将其拍成单本电视剧，在中央台和山东台播出）；《老姑送我红腰带》（《山东青年报》6

附录六 赵德发创作年表

月 29 日）；《报复之夜》（《芒种》第 8 期）；《年夜里的桔香》（《大众日报》12 月 17 日）。3 月，《通腿儿》获《山东文学》创刊 40 周年优秀作品奖。7 月，日照市第一次文代会召开，赵德发当选为市文联副主席。11 月，在日照市第一次作代会上当选为市作协主席。

1994 年　发表中篇小说《信息》（《青春》第 5 期，收入湖南文艺出版社 2006 年《预备干部》一书）；《青城之矢》（《时代文学》第 3 期，《中国文学》1994 年第 4 期转载，《作品与争鸣》1995 年第 5 期转载）；《入赘》（《时代文学》第 5 期）。《花儿叶儿》（《北京文学》第 1 期）；《匪事二题》（《天津文学》第 3 期，《通俗小说报》第 6 期转载）；《杰作》（《春风》第 6 期）；《我知道你不知道》（《文学世界》第 4 期，2006 年被收入湖南文艺出版社《机关算尽》一书）；《坠子》（《山东文学》第 11 期）；短篇小说《窨》（《北京文学》第 12 期，《小说月报》1995 年第 3 期转载，《传奇文学选刊》1995 年第 5 期转载，被收入《1994 年短篇小说选》等选集）。小说集《蚂蚁爪子》在明天出版社出版。5 月，短篇小说《窑哥窑妹》获山东省新时期工业题材优秀作品奖二等奖。

1995 年　发表中篇小说《今晚露脸》（《山东文学》第 1 期）；《别叫我老师》（《芒种》第 3 期）；《止水》（《小说家》第 5 期，《小说月报》第 11 期转载）；《跨世纪》（《时代文学》第 6 期，《中篇小说选刊》1996 年第 2 期转载）。短篇小说《那天凌晨有流星雨》（《当代小说》第 1 期）；《雨中的铁盒》（《青海湖》第 2 期）；《鬼皮·血债》（《山东文学》第 7 期）。散文《倾听北仑河的水声》（《文学世界》第 2 期）。创作谈《写小说的是什么东西》（《小说家》第 5 期）。6 月，《通腿儿》获山东省新时期农村题材优秀作品奖一等奖。6 月，加入中国作家协会。

1996 年　长篇小说《缱绻与决绝》第一卷在《大家》第 5 期发表，全书 12 月在人民文学出版社出版。发表短篇小说《琴声》（《钟山》第 5 期）。12 月，出席中国作家协会第五次全国代表大会。

1997 年　5 月 30 日，人民文学出版社与山东省作协在北京召开长篇小说《缱绻与决绝》研讨会。该书第一卷被《小说选刊·长篇小说增刊》第 1 期转载。发表短篇小说《海悼》（《延河》第 1 期）；《我来呼你》(《女子文学》第 2 期);《冰障·鬼潮》(《北方文学》第 3 期);《选个姓金的进村委》(《当代小说》第 4 期,《小说月报》1997 年第 6 期转载,获《当代小说》1997 年优秀小说奖,被收入《97 中国短篇小说精选》等选集)。散文《记忆是什么》(《小说家》第 1 期,《散文选刊》第 8 期转载,被收入《97 中国散文精选》);《爱因斯坦的上帝》(《当代散文》第 3 期)。创作谈《新的着力点:历史与本质》(《大众日报》12 月 27 日);《瞩望土地书写农民》(《人民日报》12 月 31 日)。1 月,《作家报》组织全国近二百名学者、作家评选"1997 年全国十佳小说",《缱绻与决绝》为长篇小说第一名。2 月,中篇小说《别叫我老师》获"芒种文学奖"。

1998 年　2 月,《赵德发自选集》三卷:《我知道你不知道》(短篇小说卷)、《蝙蝠之恋》(中篇小说卷)、《缱绻与决绝》(长篇小说卷)在山东文艺出版社出版。发表长篇小说《君子梦》第一卷及创作谈《永远的君子永远的梦》(《当代》第 6 期)。中篇小说《网虫老杨的死或生》(《山东文学》第 10 期,《中华文学选刊》1999 年第 1 期转载);短篇小说《雷殛》(《文学世界》第 4 期,获该刊 1998 年精短小说奖);《山人》(《鸭绿红》第 7 期);《羞仙》(《北方文学》第 12 期,《小说月报》1999 年第 2 期转载,《中华文学选刊》1999 年第 2 期转载,被收入《98 中国短篇小说精选》及《末路狂花》等选集)。散文《阴阳交割之下》(《中华散文》第 8 期);《恼人的"瘀血"》(《今晚报》9 月 26 日);《海迪:一个高高站立的女性》(《人民政协报》12 月 7 日)。创作谈《就这么逼一逼自己》(《文学世界》第 5 期);《给了我自信的〈通腿儿〉》(《文学报》10 月 1 日)。2 月,《缱绻与决绝》获山东省第四届精品工程奖;7 月,《今晚露脸》获《山东文学》优秀小说奖。

1999 年　1 月,长篇小说《君子梦》在人民文学出版社出版;7 月 20 日,山东省作协与人民文学出版社在济南召开该书研讨会;10 月,《君子梦》获山东省第五届精品工程奖。发表短篇小说《思想者人说叔》(《山西文学》第 2 期);《高空营救》(《羊城晚报》2 月 5 日);《故里人物》(《广西文学》第 3 期);《狮子座流星雨》(《芒种》第 3 期);《结丹之旦》(《山东文学》第 9 期,《小说选刊》第 11 期转载,获《山东文学》优秀作品奖，被收入《99 中国优秀短篇小说精选》）；《流动》（《芒种》第 10 期）。散文《惧怕大海》（《延河》第 2 期）；《财富钟和"魔鬼"》（《南风窗》第 3 期）；《抛却肉体》（《文学自由谈》第 3 期）；《我舞动先祖的神经》（《联合日报》4 月 21 日）；《绿色二题》（《中国绿色时报》5 月 13 日）；《驻足壶口瀑布》（《齐鲁晚报》6 月？日）；《赐你以气》（《中华散文》第 7 期）；《品味"老梁"》（《光明日报》9 月 2 日）；《方向问题》（《齐鲁周刊》9 月 1 日）；《回望生命》（《山东文学》第 9 期）。创作谈《讲好故事》（《大众日报》12 月 27 日）。5 月，《选个姓金的进村委》获《小说月报》第八届百花奖（1997—1998）；9 月，《缱绻与决绝》入围第五届茅盾文学奖，为25 部候选作品之一。

2000 年　发表中篇小说《葛沟乡重大新闻》（《创作》第 1 期，被收入湖南文艺出版社 2005 年《步步高升》一书）；《抢人》（《章回小说》第 11 期，被收入湖南文艺出版社 2005 年《公安局长》一书）；《生活在历史之中》（《山东文学》第 12 期）。短篇小说《九号公厕》（《天津文学》第 4 期）；《冒牌家长》（《佛山文艺》第 9 期）；《杀了》（《青年文学》第 12 期，《小说月报》2001 年第 2 期转载，《新华文摘》2001 年第 3 期转载，被《北京文学》评为当代中国最新文学作品排行榜 2000 年下半年短篇第一名）。散文《吃一回花甲寿酒》（《山东青年》第 2 期）；《初识女书》（《齐鲁晚报》5 月 25 日）。创作谈《小说意味着什么》（《三角洲》第 5 期）。

2001 年　发表散文《邂逅蟹群》（《中华散文》第 2 期）；《踢一脚那颗杀心》（《文艺报》3 月 5 日）；《"享年"的意味》（《中国商报》4 月 29 日）；《糟糠之妾》（《齐鲁晚报》9 月 4 日）；《让我做个伪君子》（《中国商报》9 月 23 日）；《呼吸着新闻前进》（《大众日报》11 月 18 日）。3 月，长篇小说"农民三部曲"之一《缱绻与决绝》、之二《君子梦》同获第三届人民文学奖（1995—2000）。4 月，赵德发担任日照市文联主席。12 月，出席中国作家协会第六次全国代表大会。

2002 年　9 月，《中国当代作家选集丛书·赵德发卷》在人民文学出版社出版。12 月，人民文学出版社将赵德发新创作的长篇小说《青烟或白雾》与修订后的《缱绻与决绝》《君子梦》（改名为《天理暨人欲》）成套推出，冠以"农民三部曲"的总名，这个耗时八年的工程终于告竣。发表散文《精神在绝顶闪耀》（《出版广角》第 7 期）；《做坏人的宣言》（《杂文月刊》第 10 期）。9 月，《君子梦》获首届齐鲁文学奖。10 月，在山东省作家协会第五次代表大会上当选为省作协副主席。

　　2003 年　3 月，长篇小说《震惊》在山东文艺出版社出版；9 月，该作品在《中国作家》第 5 期发表，获当年"中国作家大红鹰集团杯文学奖"。发表中篇小说《挠挠你的手心你什么感觉》［《长城》第 6 期，《小说选刊》将其改名为《手疼心更疼》在 2004 年第 1 期（下半月）转载，《小说月报》2004 年第 2 期转载，《中篇小说选刊》2004 年第 2 期转载，《上海小说》2004 年第 5 期转载，被收入时代文艺出版社《争鸣作品丛书 2003 卷》］。短篇小说《生命线》（《山东文学》第 5 期，《小说月报》第 8 期转载，入选人民文学出版社《2003 年短篇小说选》和中国作协创研部编选、长江文艺出版社出版的《2003 年短篇小说选》）；《留影》（《啄木鸟》第 8 期，《小说精选》第 10 期转载）；《发动》（《青年文学》第 12 期）。散文《土地三吟》（《中华读书报》8 月 13 日）；《对我重要的书不在书房》（《时代文学》第 5 期）。12 月，山东省作协调整各专业委员会，赵德发兼任长篇小说创作委员会主任。

　　2004 年　发表中篇小说《嫁给鬼子》（《时代文学》第 4 期，《小说选刊》第 8 期下半月刊转载，《小说月报》第 9 期转载，《北京文学·中篇小说月报》第 9 期转载，《中篇小说选刊》第 5 期转载，《中华文学选刊》第 10 期转载，《上海小说》第 6 期转载，被收入中国作协创研部编选的《2004 年中篇小说选》和百花文艺出版社出版的《第十一届小说月报百花奖入围作品集》）；《被遗弃的小鱼》（《清明》第 6 期，《小说月报》2005 年第 1 期转载）。短篇小说《学僧》（《红豆》第 3 期，《小说选刊》第 5 期转载，入选中国作协创研部编选、长江文艺出版社出版的《2004 年短篇小说选》）。散文《光明寺的半边月亮》（《中华散文》第 4 期）；《高旻之禅》（《美文》第 9 期，被收入《2004 年中国随笔精选》）；《沂蒙基因》（《大众日报》10 月 22 日）；《脑袋上的公道》（《今晚报》11 月 28 日）等。7 月，长篇小说《青烟或白雾》获山东省第七届精品工程奖。

　　2005 年　2 月，散文随笔集《阴阳交割之下》在山东文艺出版社出版。发表长篇小说《魔戒之旅》（《作家》第 9 期）。短篇小说《激惹》（《山东文学》第 6 期）。散文《蒙山萱草》（《大众日报》12 月 2 日）；《我的中学是一场季风》（《海峡教育报》12 月 13 日）。报告文学《日照：初光先照的地方》（《党员干部之友》第 4 期）。

2006 年　8 月，长篇小说"农民三部曲"入选中央文明委等单位组织的"万村书库工程"，由人民文学出版社再版。发表散文、随笔《我有个克隆女儿在澳洲》（《齐鲁晚报》1 月 27 日）；《我的"七十年代"》（《山东文学》第 4 期）；《我与周涛的"肉体之争"》（《当代小说》第 6 期）；《瘦西湖识莲》（《青岛文学》第 7 期）；《作家的宿命就是逃亡》（《中华读书报》7 月 5 日）；《在云端之上俯瞰并悲叹》（《光明日报》9 月 1 日）；《草地，草地》（《光明日报》10 月 27 日，被收入《长征，穿越时空的精神历程——中国作家重访长征路作品集》）；《拜谒龙山》（《大众日报》11 月 10 日）；《拈花微笑》（《翠苑》第 6 期，《散文》海外版 2007 年第 2 期转载，《散文选刊》2007 年第 3 期转载）；《人生到底有多少等级》（《文化艺术报》10 月 19 日）等。11 月，出席中国作家协会第七次全国代表大会。

2007 年　发表长篇小说《双手合十》（《中国作家》第 1 期，《长篇小说选刊》第 1 期转载，登上"2007 年度名家推荐中国原创小说 5 月推荐榜"）。发表散文随笔《念佛是谁》（《长篇小说选刊》第 1 期）、《肉身档案》（《天涯》第 1 期）；《散文二题》（《山东文学》第 2 期）；《告别口号》（《啄木鸟》第 4 期）；《追求"打成一片"的境界》（《当代小说》第 10 期）；《为自己送葬》（《齐鲁晚报》10 月 17 日，《散文选刊》第 12 期转载）等。

2008 年　6 月，长篇小说《双手合十》在江苏文艺出版社出版；12 月，获山东省首届泰山文艺奖（文学创作奖）。发表短篇小说《针刺麻醉》（《人民文学》第 12 期，被收入中国小说学会编的《年度短篇小说选》第 3 辑）。发表散文随笔《呼唤肌肉》（《海燕·都市美文》第 6 期）；《菊香里的梵音》（《广西文学》第 7 期）；《遥望岷江上空的云朵》（《齐鲁晚报》5 月 26 日）；《夜过赤道》（《作文选刊》第 9 期）；《为人类感动》（《光明日报》8 月 29 日）。

2009 年　发表中篇小说《头顶大事》（《清明》第 1 期）。散文随笔《北川城的死与生》（《山东文学》第 1 期）；《倾听羊皮鼓》（《山东文学》第 1 期）；《农者之舞》（《翠苑》第 4 期）；《槿域墨香》（《翠苑》第 4 期）；《老家的年》（《青岛文学》第 4 期）等。4 月 18 日，应北京大学"我们文学社"邀请去谈小说创作，讲稿题目为《让写作回到根上》（《当代小说》第 8 期）。8 月，在山东省作家协会第七次代表大会上再次当选为省作协副主席。

　　2010 年　由本人根据长篇小说《君子梦》改编的 20 集电视剧《祖祖辈辈》由中国煤矿文工团、21 世纪影音公司制作完成，DVD 光盘由辽宁音像出版社出版发行。同名长篇小说《祖祖辈辈》由新世界出版社出版。发表散文《飘飞的魂灵》（《散文百家》第 6 期）；《城堡上空的那片蒲公英》（《光明日报》7 月 12 日，《儿童文学》第 11 期转载）；随笔《教师的空间与尊严》（《中国教育报》12 月 18 日）等。

　　2011 年　长篇小说《乾道坤道》在《中国作家》第 11、12 两期全文发表。《文学界》第 2 期发表"赵德发小辑"，有自述文章《一生只做一件事》，短篇小说《转运》（《小说月报》第 5 期转载），与雨兰的对话《书成呼友吃茶去》，乔洪涛写的赵德发印象记，李波的评论。《时代文学》第 9 期"名家侧影"为赵德发专辑，有自述文章《余生再无战略》，短篇小说《路遥何日还乡》（《小说月报》《中华文学选刊》第 11 期转载，收入人民文学出版社《2011 短篇小说》《小说月报 2011 精品集》），张丽军的评论，赵德明、凌可新、夏立君等人写的赵德发印象记。另外，发表短篇小说《今天是个好日子》（《满族文学》第 5 期），散文《刍狗与爱心》（《大众日报》5 月 6 日）、《鸡司一晨》（《今晚报》9 月 24 日）。《双手合十》参评第八届茅盾文学奖，第一轮投票结果为第 59 名。5 月，被曲阜师范大学聘为硕士生导师。10 月，担任山东省第二届泰山文艺奖（文学创作奖）小说评委主任。11 月，参加全国第八次作家代表大会，当选为中国作协全国委员会委员。

　　2012 年　长篇小说《乾道坤道》9 月由长江文艺出版社出版。长篇小说《缱绻与决绝》5 月由新世界出版社再版。发表短篇小说《晚钟》（《啄木鸟》第 4 期，《小说选刊第 5 期转载》）；《摇滚七夕》（《青年文学》第 5 期）。散文随笔集《拈花微笑》3 月在文心出版社出版。发表散文《在东莞闻香》（《文艺报》4 月 9 日）、《倾听"沥青水滴"

的声响》（《光明日报》5 月 11 日）、《突如其来"人类世"》（《文学界》第 10 期）。发表创作随笔《拈花微笑的散文》（《光明日报》7 月 27 日）、《乾坤大道义难参》（《中华读书报》10 月 10 日）、《经验之外的写作》（《文艺报》11 月 23 日）。发表评论文章《除却蓑衣无可传》（《中华读书报》1 月 4 日）、《2666 一片苍茫》（《齐鲁晚报》5 月 12 日）、《书香墨香润文心》（《齐鲁晚报》9 月 1 日）。根据《君子梦》改编的 20 集电视剧《祖祖辈辈》（编剧赵德发、田迪）9 月在日照电视台首播。

2013 年　发表中篇小说《下一波潮水》（《十月》第 1 期，《小说月报》第 3 期转载）。小说集《嫁给鬼子》4 月由重庆出版社出版，《被遗弃的小鱼》9 月由敦煌文艺出版社出版。长篇纪实文学《白老虎》在《啄木鸟》第 11、12 两期发表，单行本 12 月由山东文艺出版社出版。长篇小说《双手合十》8 月由安徽文艺出版社再版，该社在第 20 届北京国际图书博览会上召开了新书发布暨海外推介会。发表散文《丁君轶事二则》（《联合日报》2 月 1 日）；《在三教堂酿一缸酒》（《山东文学》第 6 期，《海外文摘》第 7 期转载）；《海岸》（《齐鲁晚报》10 月 21 日）；《白纸黑字》（《海外文摘》第 11 期）。《百家评论》第 5 期发表赵德发与王晓梦的对话《世心与史心的守望》。发表旧体诗一组（《时代文学》第 1 期）。8 月底，由中国作家协会、中共山东省委宣传部主办，作家出版社、山东省作家协会承办的第 20 届北京国际图书博览会中国作家馆"山东主宾省"活动在北京举行，作为活动内容之一的"赵德发传统文化题材作品研讨会"在北京中国现代文学馆举行，对《君子梦》《双手合十》《乾道坤道》三部长篇小说进行了研讨。

2014 年　长篇纪实文学《白老虎》获山东省第十一届精品工程奖，并在第六届鲁迅文学奖评奖中进入前十名，为提名作品。3 月 15 日，安徽文艺出版社在济南举办《双手合十》《君子梦》签售活动，当晚，赵德发应邀去山东大学出席《山东商报》晓嫒阅读会。10 月，"赵德发传统文化小说三种"（《君子梦》《双手合十》《乾道坤道》）由安徽文艺出版社成套推出精装本，山东省作协与该社 12 月 18 日在北京召开了新书发布会。访谈录《写作是一种修行》由安徽文艺出版社出版。

发表散文《秋风起，天渐凉》（《老人世界》第 3 期）；《抬起手腕，每一粒佛珠都在》（《当代小说》第 5 期）；《母亲走后的春天》（散文第 6 期，《散文选刊》第 8 期转载）；《杨花似雪 忧思如霰》（《光明日报》6 月 6 日）。散文《在三教堂酿一缸酒》获《海外文摘》2013 年度文学奖。与周景雷的对话《从生存的土地到信仰的天空》在《芳草》第 3 期发表。《序言七篇》在《山东文学》下半月第 6 期发表。10 月，访谈录《写作是一种修行》由安徽文艺出版社出版。长篇小说《人类世》被选为中国作协 2014 年重点作品扶持项目。9 月 7 日，山东卫视《中华家风》栏目播放半小时专题片《赵德发的"君子梦"》。10 月底，与张炜、李浩、徐则臣一起被山东理工大学聘为驻校作家。年内，在日照市多家单位及外地多所大学做传统文化讲座。

后　记

在某一个寒风敲窗的夜晚，把正文的最后一个字敲进电脑并点击句号后，站起身走到窗边，拉开窗帘能感觉到透窗而过的夜风送来的丝丝缕缕的清冷。回望这本书的写作踪迹，就会有许多的感慨。

就我个人的内心而言，我一直是个感性有余理性不足的人，所以我总觉得自己并不适合做学术研究，即使我的工作注定我要与学术研究相伴，我还是对学术研究心生抵触，甚至一度有几年什么样的评论文章都不愿写；甚至上课也只愿讲自己所思所感所理解的内容，而不愿意按教材的既有规范和内容格式去完成一门课的完整讲授。

学术研究是需要沉静的内心的，这会保证所研究的对象能以稳重的学理呈现；但学术研究也是需要感性的，因为我觉得那样会显得研究对象能被研究者赋予灵动的瞬间。而我也一直想追求一种有灵性的研究风格，一种感性大于理性的研究风致。我想这是我的感性内心所期待的。

但我知道，作为我严格意义上的第一本学术写作，我难以达到我想要的写作理想。因为，这也和我的理论知识的清浅有关。因此，要特别感谢赵德发先生对我的信任，放任由我这样一个感性的研究者感性地阅读他厚重的著作并写下感性、浅显的解读文字。虽然和赵德发先生只有过几次短暂的见面，但他对我的信任始终让我感动。

促成我写这本纯学术著作的，是我最要好的同事张艳梅博士。我们所学专业一致，她又是学科带头人，所以我们对文学有着较多的交流。每当我想懈怠的时候，每当我想放弃的时候，她都会用温婉细心的话语交流让我不能过于懈怠和懒惰。在我对本书的宗教一章的研究遇到困难时，她以她广博的知识无私地为我完成了这一章的研究。她的才华和评论的灵性让我非常钦佩，而她对我的鼓励与督促，是我能静心走入学术写作的最大动力之一。

　　回望我工作以来的学术之路，始终抱愧的是我的研究生导师李掖平教授。自入师门开始，她一直知道我是个过于感性的人，喜欢以情感的丰盈去感性地研读作家作品，她指导并规范过我的学术研究，却极大地包容了我这么感性的研究个性，包容了我学术研究中理性不足和学术文章中学理化色彩不足的缺陷。多年来，李掖平教授始终以最大的爱心，细心地关爱着我这个未做出成绩的弟子，并在百忙中为我这本浅显的书写下序言。师恩总是难忘，唯有铭记心间。

　　想起这些，心里便溢满了温暖。因了这些，即使在这样夜风透窗的夜晚，在这样寒风乍起的季节，也会让我无限地憧憬着下一季的繁花盛开，青翠满目。

王晓梦

2014 年冬月于山东理工大学瑞贤园

后

记